SANDRA DÜNSCHEDE

Friesengroll

SANDRA DÜNSCHEDE

Friesengroll

Ein Fall für Thamsen & Co.

GMEINER SPANNUNG

Bisherige Veröffentlichungen im Gmeiner-Verlag:
Kilometer 151 (2017), Friesennebel (2017), Kofferfund (2016), Friesenmilch (2016), Knochentanz (2015), Friesenschrei (2015), Friesenlüge (2014), Friesenkinder (2013), Nordfeuer (2012), Todeswatt (2010), Friesenrache (2009), Solomord (2008), Nordmord (2007), Deichgrab (2006)

Personen und Handlung sind frei erfunden.
Ähnlichkeiten mit lebenden oder toten Personen sind rein zufällig und nicht beabsichtigt.

© 2018 – Gmeiner-Verlag GmbH
Im Ehnried 5, 88605 Meßkirch
Telefon 07575/2095-0
info@gmeiner-verlag.de

2. Auflage 2018

Lektorat: Dominika Sobecki
Herstellung: Mirjam Hecht
Umschlaggestaltung: U.O.R.G. Lutz Eberle, Stuttgart
unter Verwendung eines Fotos von: © Matauw/fotolia.com
Druck: CPI books GmbH, Leck
Printed in Germany
ISBN 978-3-8392-2212-6

Für Bernadett, Anna, Greti und Jonas,
die mittlerweile zu
wahren Nordlichtern geworden sind.

1. KAPITEL

Einladung zum Treffen anlässlich des 40-jährigen Abi-Jubiläums

Hallo, ihr Jubilare!!!

Unglaublich, aber wahr: Es ist jetzt ziemlich genau 40 Jahre her, dass wir das Abitur gemacht haben.

Genau das wollen wir feiern – mit einem gemeinsamen Stufentreffen am 03.09.2011, ab 19.30 Uhr im legendären »Friesenkrug«.

Den meisten wird das Lokal noch bestens bekannt sein. Schließlich haben wir dort bisher jedes Treffen veranstaltet.

Eingeladen sind die Abiturienten des Jahres 1971!

Genauso willkommen sind natürlich alle Ehemaligen der Stufe sowie alle Lehrer!

Damit wir die Reservierung planen können, bitten wir um eine kurze Mail bis zum 20.08.2011, ob ihr kommt oder nicht.

Ebenso könnt ihr auch Fragen oder Anregungen senden. Wir freuen uns auf eure Nachricht.

Informiert uns bitte, wenn ihr eine neue E-Mail-Adresse habt oder wenn ihr wisst, dass jemand anderer eine neue hat!

Wir freuen uns auf eine rege Teilnahme.

Anja Struck, Markus Lorenz und Ingrid Boldt

Dirk Thamsen las zum wiederholten Mal die Nachricht seiner ehemaligen Mitschüler. Er freute sich bereits seit Erhalt dieser Mail auf das geplante Abi-Treffen, wenngleich es ihm sein Älterwerden mehr als deutlich vor Augen hielt. 40 Jahre – meine Güte, wie schnell waren die vergangen. Irgendwie hatte er das gar nicht mitbekommen, jedenfalls kam es ihm so vor. Die Zeit schien gerast zu sein.

Natürlich war in der Zwischenzeit eine Menge geschehen – er hatte eine Ausbildung gemacht und sich mittlerweile zum Dienststellenleiter der Polizei in Niebüll hochgearbeitet, geheiratet, eine Familie gegründet, sich scheiden lassen, noch zwei Kinder mit Dörte bekommen, seiner jetzigen Lebenspartnerin. So gesehen hatte er viel geschafft und erlebt.

Anne und Timo, seine Kinder aus erster Ehe, waren mittlerweile so gut wie erwachsen; allein daran konnte er sehen, wie die Zeit verging. Dennoch fühlte er sich aufgrund seiner beiden Nachzügler Lotta und Hanno wie ein junger Vater, obwohl er in zwei Jahren bereits seinen 60. Geburtstag feiern würde.

Thamsen seufzte, schloss die Mail und fuhr den Computer herunter.

Es wurde Zeit, sich fertig zu machen. Duschen, anziehen, von der Familie verabschieden. Dies sollte der erste Abend seit Langem sein, den er für sich allein hatte. Der erste freie Abend wohlgemerkt, denn beruflich war Dirk oft abends und nachts unterwegs.

Das Abi-Treffen war etwas Besonderes – auch in dieser Hinsicht.

Er stand auf und ging ins Bad, das, gelinde gesagt, einem Schlachtfeld glich. Dörte hatte die Kinder gebadet, die den

Raum dabei komplett unter Wasser gesetzt hatten. Vorsichtig tapste er durch die Lachen, um nicht auf den Fliesen auszurutschen, und hörte dabei die aufgeregten Kinderstimmen aus dem Wohnzimmer, wo Dörte mit Lotta und Hanno über die Dauer der Fernsehzeit diskutierte. Erst wenn der Apparat lief, würde sie einen Augenblick zum Durchatmen finden.

Thamsen duschte kurz und trat dann vor den Spiegel, wischte den Wasserdampf mit der feuchten Hand weg und warf einen Blick auf sich selbst. Forschend betrachtete er sein Gesicht, das die 40 Jahre aus der Einladung zu bestätigen schien. Schnell griff er zur Zahnbürste, putzte sich die Zähne, ehe er sich die Haare föhnte und anschließend etwas Aftershave auflegte.

Nackt sprang er über den Flur ins Schlafzimmer und schlüpfte in die bereitgelegten Klamotten. Ein letzter prüfender Blick in den Spiegel und er eilte ins Wohnzimmer, um den Kindern einen Gutenachtkuss zu geben und sich von Dörte zu verabschieden.

»Ui, du siehst aber schnittig aus«, bemerkte sie. »Hast du etwas Größeres vor?«

»Na, du kennst das doch – auf seine ehemaligen Schulkameraden will man einen guten Eindruck machen.«

»Kameraden? Warst du auf einer reinen Bubenschule?« Dörte zog die Augenbrauen in die Höhe.

»Nee, die gab es zu meiner Zeit nicht mehr. So alt bin ich doch noch nicht!« Dirk grinste schief, dabei wusste er genau, worauf Dörte hinauswollte. Sie fragte sich bestimmt, ob Iris – Thamsens Exfrau – auch zu dem Treffen kommen würde. Schließlich waren er und Iris schon zur Schulzeit ein Paar gewesen und hatten, gleich nachdem Dirk die Polizeischule absolviert hatte, geheiratet.

»Nee«, entgegnete Dörte, »siehst noch ganz knackig aus. Verdreh den Mädels auf der Feier bloß nicht den Kopf.«

Thamsen seufzte innerlich. Dörte wollte nicht weiter auf das Thema eingehen, dennoch stellte es ein Problem dar, für dessen Analyse Dirk jedoch keine Zeit blieb. Schnell gab er ihr einen Kuss und flüsterte: »Vielleicht bist du später noch wach.« Er zwinkerte ihr zu, obwohl er wusste, dass Dörte vermutlich tief und fest schlafen würde, es sei denn, Hanno hatte wieder Albträume oder Lotta Bauchweh.

»Na, sieh schon zu, dass du loskommst.« Dörte schubste Dirk in Richtung Flur, und er griff sich dort seine Jacke vom Garderobenhaken und nahm seine Autoschlüssel.

»Tschüss, ihr Lieben«, rief er beim Verlassen des Hauses, war gedanklich allerdings bereits beim Abi-Treffen, noch ehe die Tür hinter ihm ins Schloss gefallen war. Wer wohl heute Abend alles kommen würde? Klaus und Marion hatte er bereits gestern kurz in der Stadt gesehen. Zwar waren einige Ehemalige in der näheren Umgebung geblieben so wie er, aber etliche hatte es auch weiter weg verschlagen.

Renate zum Beispiel und Lina. Ach, Lina, dachte er und fragte sich, ob sie kommen würde.

Die Rothaarige war damals der Schwarm sämtlicher Jungen auf dem Gymnasium gewesen. Auch Thamsen hatte auf die rassige junge Frau gestanden. Schnell warf er einen Blick in den Rückspiegel. Ähnlich wie er dürften sich die anderen verändert haben. Beim letzten Treffen vor fünf Jahren hatte er nicht dabei sein können, daher war es schon zehn Jahre her, dass er die Mitschüler getroffen hatte. Zehn Jahre – was sich da alles verändern konnte. Er brauchte nur sein Leben als Beispiel zu nehmen.

Er wischte die schwitzigen Hände an seiner Hose ab und lenkte den Wagen in die Bahnhofstraße. Kurz darauf erreichte er den »Friesenkrug«. Der Parkplatz war bereits gut belegt. Ob auch normaler Betrieb herrschte oder das alles Ehemalige waren?

Dirk parkte, stieg aus und holte tief Luft, ehe er auf den Eingang zuging.

2. KAPITEL

»Na, Großer, alles klar?«, begrüßte Tom seinen Sohn, als der vom Fußballspiel der E-Jugend nach Hause kam. Er hatte die abwehrenden Bewegungen Haies nicht gesehen, erkannte aber an Niklas' Reaktion, dass seine Frage überflüssig war. Auch ohne eine Antwort konnte er erkennen, dass die Mannschaft nicht erfolgreich gewesen war.

»Ach, das wird schon«, versuchte Tom, Niklas zu trösten, der kommentarlos an ihm vorbei in sein Zimmer schlich.

»So schlimm?«, erkundigte er sich bei Haie, als der Achtjährige außer Reichweite war.

»Ach, hör mir auf«, winkte der Freund ab und ließ sich in der Küche auf einen der Stühle plumpsen. »10 : 0 – ein Desaster!«

»Aber wie kommt das denn? Bei den letzten Spielen hat seine Mannschaft doch ganz gut dagestanden.«

Haie zuckte lediglich mit den Schultern. Auch er hatte wenig Lust, über das katastrophale Spiel zu sprechen. »Ich habe Brigitte Schuhmann getroffen«, versuchte er daher, das Thema zu wechseln.

»Brigitte wer?« Tom hob die Augenbrauen. Im Gegensatz zu Haie kannte er die Leute im Dorf nicht besonders gut, obwohl er bereits einige Jahre hier lebte. Außerdem interessierten ihn die anderen nicht besonders. Haie hingegen war in Risum geboren und aufgewachsen; verständlich, dass er mit seinen 70 Jahren beinahe jeden Bewohner beim Namen kannte. Außerdem war Haies zweiter Vorname Neugierde.

»Na, die ist mit Dirk zur Schule gegangen. Hat sich aber nicht so gut gehalten wie unser Freund«, schmunzelte Haie.

»Aha«, kommentierte Tom den Zustand der unbekannten Frau. Er wusste von dem befreundeten Kommissar, dass er ein Klassentreffen hatte, und vermutete, dass diese Brigitte deshalb in der Gegend war. Warum sonst schien das für Haie etwas Neues? »Und was hat das mit dem Spiel zu tun?«

»Ihr Neffe war bei den Niebüllern Torjäger«, verknüpfte Haie kurz beide Themen, lenkte das Gespräch dann aber wieder auf Brigitte Schuhmann. »Solch ein Treffen ist bestimmt spannend. Ich würde meine Schulkameraden auch gern einmal wiedersehen.«

»Aber die meisten wohnen doch eh hier«, kommentierte Tom Haies Wunsch.

»Schon, aber einige sind auch weg aus dem Dorf. Vor allem die Mädels, wenn sie irgendwohin geheiratet haben.« Haie hielt einen kurzen Moment inne und hing seinen Gedanken nach. Dann seufzte er, erhob sich. »Soll ich Abendbrot machen?« Für Haie eine rhetorische Frage, denn seit die beiden Freunde zusammenwohnten, war er für den Haushalt verantwortlich. Nach dem Tod von Toms Frau Marlene hatte er wie selbstverständlich diese Rolle übernommen. Tom war zu der Zeit mit Niklas und vor allem mit sich selbst mehr als überfordert gewesen. Um dem Freund unter die Arme zu greifen, war Haie zu ihm gezogen und letztendlich geblieben, denn auch nachdem es Tom wieder besser gegangen war, hatte keiner der beiden einen Auszug Haies thematisiert.

»Aber so ein Buffet wie Thamsen kriegen wir nicht«, griente er.

»Warum organisierst du nicht solch ein Klassentreffen, wenn es dir wichtig ist?«

»Ich? Wie denn?«

»Ich könnte dir helfen«, bot Tom an, der wusste, dass Haie mit Computern und Internet nichts am Hut hatte.

»Interessieren würde es mich schon.« Haie kratzte sich am Kopf. »Die Brigitte Schuhmann war auch neugierig, was so aus den Mitschülern geworden ist. Schließlich wohnt sie mittlerweile in Freiburg, hat sie erzählt, und war daher beim letzten Treffen nicht dabei.«

»Wann hattet ihr denn euer letztes Treffen?«

»Oh, ich glaube, das ist mindestens 20 Jahre her, wenn nicht länger. Einige sind mittlerweile bestimmt verstorben.« Haie brach ab und schluckte.

»Na, siehste, höchste Zeit, ein Treffen zu organisieren.«

»Meinst du? Wir haben uns nicht immer sonderlich gut verstanden. Da gab es viel Streit, Neid und Eifersucht und so.«

»Ach, das gab es bei Dirk bestimmt auch, und trotzdem treffen die sich. Außerdem ist das alles eine Ewigkeit her und längst vergessen.«

Als Dirk den Eingang erreichte, stieß er bereits auf das erste unbekannte Gesicht. Wobei »unbekannt« nicht der richtige Ausdruck war, aber er konnte dem mittlerweile ergrauten Freund aus Schulzeiten auf den ersten Blick keinen Namen zuordnen. Dieser ihm hingegen schon, was Thamsen ein wenig verlegen machte, weil er auf die herzliche Begrüßung »Mensch, Dirk, altes Haus!« nicht angemessen reagieren konnte. Mit gerunzelter Stirn betrachtete er den Mann, der die Arme ausgebreitet hatte und auf ihn zutrat.

Erst als Dirk ein intensiver Aftershave-Geruch in die Nase stach, wusste er, dass es sich bei seinem Gegenüber nur um Heiko Nissen handeln konnte. Diesen Duft hatte er damals schon benutzt – sehr zum Leidwesen seiner Mitschüler, die regelmäßig in der Duftwolke Atemprobleme bekamen. Auch jetzt verspürte Thamsen ein Kratzen im Hals und löste sich flink aus der Umarmung. »Mensch, Heiko, wie geht es dir? Habe dich beinahe nicht erkannt.«

Der andere verzog beleidigt das Gesicht, grinste dann aber schnell.

»Tja, hättest halt nicht gedacht, dass aus mir mal ein seriöser Mensch wird, was?« Er klopfte Thamsen auf die Schulter und stieß ihn dabei in Richtung Eingang. »Komm, es sind schon etliche Leute da. Bist spät dran. Dachte immer, bei der Polizei lernt man Pünktlichkeit.«

Dirk verkniff sich eine Antwort und lächelte lediglich. Heiko war schon immer ein Provokateur gewesen, daran hatten auch die grauen Haare und der Bauchansatz nichts geändert. Er folgte dem Schulkameraden durch den Flur in den Saal, den man für die Abi-Feier angemietet hatte. Die Organisatoren hatten sich ordentlich Mühe gegeben und den Raum mit Luftschlangen und Ballons geschmückt. Fast wie früher auf Klassenfeten, fuhr es Dirk durch den Kopf, und er fühlte sich augenblicklich in eine andere Welt versetzt.

Selbst Jens stand an der Musikanlage. Der ehemalige Mitschüler hatte bereits damals ein Faible fürs Plattenauflegen gehabt und, soweit Dirk wusste, sein Hobby zum Beruf gemacht. Seine beinahe 60 Jahre sah man Jens nicht an, der eine enge Röhrenjeans und Turnschuhe sowie ein T-Shirt unter einer schwarzen Lederjacke trug. Tja, seufzte Dirk gedanklich, wer seinen Traum lebt, scheint jung zu bleiben.

Was war eigentlich aus seinen eigenen Träumen geworden? Ehe er dazu kam, darüber nachzusinnen und womöglich in Depressionen zu verfallen, stürmte eine Frau auf ihn zu.

»Oh, super, dass du gekommen bist!« Anja Struck fiel Thamsen regelrecht um den Hals, was ihn ein wenig verwunderte, da sie zu Schulzeiten eigentlich weniger miteinander zu tun gehabt hatten. Später hatte er Anja ab und an in der Stadt getroffen, wenn sie ihre Eltern besuchte. Aber selbst dann waren es nie so innige Begegnungen gewesen wie jetzt, was wohl an der allgemeinen Stimmung lag, die in der Luft hing. Die Wiedersehensfreude war förmlich greifbar, und Thamsen fühlte sich wie zu Schulzeiten.

»Ja, ich bin froh, dass ich es diesmal geschafft habe. Aber letztes Mal mit der Kleinen …« Er zog entschuldigend die Schultern in die Höhe. »Du weißt, wie das ist.«

Augenblicklich lief ein Schatten über Anjas Gesicht. »Ich habe keine Kinder«, entgegnete sie leise.

»Oh«, entfuhr es Dirk und er spürte, wie ihm das Blut in die Wangen schoss. Er wusste, was für ein sensibles Thema das war. Nicht zuletzt von seinem Freund Haie, der auch gern Kinder gehabt hätte, dem es aber nicht vergönnt gewesen war, Vater zu werden.

»Wen hast du von den anderen noch entdeckt?«, meinte er daher. Er wollte das unangenehme Fahrwasser schnell verlassen.

»Komm«, Anja zog ihn am Ärmel mit sich. Sie schien froh, nicht weiter über das Kinderthema sprechen zu müssen, und steuerte schnurstracks auf eine Gruppe Männer und Frauen zu.

»Seht mal, wen ich hier habe«, kündigte sie Thamsen an, sodass alle die Gespräche unterbrachen und ihre Augen auf ihn richteten.

»Die Polizei, dein Freund und Helfer«, entfuhr es sofort einem kleinen Mann mit Brille.

Thamsen ließ auch diese Bemerkung unkommentiert und begrüßte stattdessen jeden in der Runde mit Handschlag. Die Konstellation ähnelte sehr der zu Schulzeiten, und als Dirk sich nach der Begrüßung im Saal umschaute, bemerkte er, dass auch andere Ehemalige sich wie früher gruppiert hatten. Die »Coolen«, die Sportfreaks und natürlich die Außenseitergruppe, zu der nach wie vor Jürgen Böhm, Lars Carstensen sowie auch Wiebke Bahnsen gehörten. Schnell wandte sich Thamsen seiner Gruppe und den Gesprächen über das bisherige Leben sowie über ehemalige gemeinsame Erlebnisse zu. Er amüsierte sich gut und merkte gar nicht, wie die Zeit verging.

Überrascht zuckte er daher zusammen, als mit einem Gongschlag verkündet wurde, dass das Buffet eröffnet sei. Schnell hatte sich eine lange Schlange gebildet, in die Dirk sich gemeinsam mit Hauke Iwers einreihte, mit dem er damals zusammen in der Fußballmannschaft der Schule gespielt hatte.

»Und kickst du noch?«

»Nee.« Thamsen schüttelte den Kopf. »Habe das Joggen für mich entdeckt. Nur leider bleibt da oft nicht die Zeit zu. Job, Familie – kennst du vielleicht.«

Hauke nickte, entgegnete dann aber, dass man sich die

Zeit nehmen müsse, wobei er nach einem vorgewärmten Teller griff.

Sich die Zeit nehmen, dachte Dirk, wenn das immer so einfach wäre. Manchmal hatte er das Gefühl, gar keine Zeit zu haben. Jeder zerrte an ihm: die Vorgesetzten, die Mitarbeiter, Dörte, die Kinder. Dabei hatte Hauke recht. Wenn Dirk nicht versuchte, sich etwas Zeit für sich zu nehmen, blieb er womöglich irgendwann auf der Strecke. Das sah man an seinen Träumen, aus denen auch so gut wie nichts geworden war.

Er nahm sich einen großen Löffel Nudelsalat, dazu ein paar Frikadellen, und folgte dem Schulkameraden an einen der Tische.

»Ich habe gehört, ihr hattet in der letzten Zeit einige Mordfälle hier aufzuklären?« Hauke blickte ihn über den Tisch hinweg an. Dirk nickte lediglich, da er sich gerade eines der Fleischbällchen in den Mund gestopft hatte. Sein Blick fiel dabei auf den Teller des anderen, auf dem sich ausschließlich Gemüse befand.

»Vegetarier?« Dirk war schließlich nicht gekommen, um über seine Arbeit zu sprechen. Er war privat hier. Auch wenn andere seinen Job für interessant und spannend hielten, es gab im Leben noch anderes außer Verbrechen. Wenngleich es Thamsen manchmal nicht so erschien.

»Veganer. Schon seit fünf Jahren. Fühlt sich für mich einfach besser an.« Hauke schob sich eine Gabel mit gedämpftem Brokkoli in den Mund.

Bei dem Stichwort »vegan« erinnerte sich Thamsen an einen seiner letzten Fälle, und er versuchte erneut, das Thema zu wechseln. Ganz so leicht ließ sich der Arbeitsalltag nicht abschütteln. »Ist toll, wie viele gekommen sind.«

»Hätte ich auch nicht gedacht, obwohl, viele sind von hier oben nicht wirklich weggekommen.« Haukes Blick fiel auf Dirk. »Sind sogar ein paar ehemalige Lehrer hier.«

»Echt?« Instinktiv drehte sich Thamsen in alle Richtungen und ließ seinen Blick über die Gäste schweifen, konnte aber keinen der alten Pauker entdecken.

»Den Schmidt habe ich gesehen und die Hansen.« Hauke schob sich eine Gabel voll Salat in den Mund.

»Na, ihr beiden, darf ich?« Lina Roth stand mit einem Teller in der Hand an ihrem Tisch und schaute die beiden fragend an. Wie zu Schulzeiten waren die Männer in Gegenwart der rothaarigen Frau befangen und nickten lediglich.

Die ist noch schärfer geworden, fuhr es Thamsen durch den Kopf, der die ehemalige Mitschülerin lange nicht gesehen hatte.

»Was machst du? Wo lebst du jetzt?«, wagte er zu fragen.

»Och, dies und das. Momentan bin ich in London. Habe da eine kleine Agentur.«

London, sinnierte Thamsen, wie gern wäre er auch einmal ins Ausland gegangen, und nach dem Abi hatte er auch kurz darüber nachgedacht. Bis sein Vater ihm unmissverständlich klargemacht hatte, dass das für ihn so gar nicht infrage kam.

»Agentur?«, hakte Hauke nach.

»Ich habe einige Schauspieler unter Vertrag und etliche Models.«

Die beiden machten große Augen. Das hörte sich glamourös an, nach einer Welt, die sich völlig von ihrer unterschied.

Lina sah das anders. »Ich freue mich dermaßen einmal wieder hier zu sein. Wie ich das alles vermisst habe!«

»Vermisst? Was?«, rutschte es Thamsen raus.

Lina, die sich inzwischen gesetzt und erste Happen in den Mund geschoben hatte, hielt inne und drehte sich zu ihm. Dabei zog ihm der Duft ihres blumigen Parfüms in die Nase.

»Die Landschaft, die Leute, das Klima – allein die Luft. Du ahnst nicht, wie sehr ich die würzige Meeresbrise vermisst habe. In London kann man manchmal gar nicht atmen vor lauter Abgasen. Und dann diese Ruhe hier – herrlich.«

»Na ja«, bemerkte Hauke, »mir persönlich ist das beinahe zu ruhig.«

Wie zum Trotz durchschnitt ein spitzer Schrei die Luft. Augenblicklich fuhren alle Köpfe zum Eingang des Saals herum, wo Brigitte Schuhmann leichenblass im Türrahmen stand. Sie musste sich abstützen und schien einer Ohnmacht nah zu sein. Dennoch schaffte sie es, die Stille, die sich nach ihrem Schrei ausgebreitet hatte, noch einmal zu durchbrechen. »Frau … Frau Hansen ist tot!«

3. KAPITEL

Nachdem sich die erste Starre unter den Anwesenden gelöst hatte und der von Brigitte Schuhmann geäußerte Satz ins Bewusstsein der Feiernden gedrungen war, breitete sich rasch eine Unruhe im Raum aus. Erste Stimmen wurden laut und formten sich zu einer Art Summen in Thamsens Ohren, dessen Härchen sich bereits beim Anblick der blassen Mitschülerin aufgestellt hatten. Er hatte sofort geahnt, dass etwas Schreckliches geschehen war.

Er bahnte sich einen Weg zur Tür und trat auf Brigitte zu, fasste sie am Arm. Er spürte ihr Zittern und stützte sie, während er sie zu einem der nahe gelegenen Tische führte, wo er sie sanft auf einen Stuhl drückte.

»Wo?«, flüsterte er dann.

Brigitte Schuhmann musste dreimal schlucken, ehe sie ihm antworten konnte. »Auf dem Damenklo.«

Er nickte und wandte sich dann an eine andere Schulkameradin. »Bleib bei ihr«, ordnete er an, ehe er den Raum Richtung Sanitäranlagen verließ.

Durch den Schrei angezogen, stand bereits der Inhaber des Gasthofes im Türrahmen der Damentoilette und stierte auf den gekachelten Boden.

Thamsen warf einen Blick über die Schulter des Mannes und erblickte seine ehemalige Deutschlehrerin auf dem Fliesenboden. Das grelle Neonlicht der Toilette ließ sie aschfahl aussehen, ihre Augen waren weit aufgerissen und um ihren Hals befand sich ein buntes Seidentuch – stramm zugezogen.

Er schob den Inhaber der Gaststätte zur Seite, trat auf die Frau zu und kniete sich neben sie. Der Körper fühlte sich warm an, als er seinen Finger nach dem Puls tastend auf den Hals legte. Der Todeszeitpunkt konnte noch nicht allzu lang zurückliegen. Und dass sie tot war, ließ nicht nur ihr Anblick, sondern auch das Fehlen eines Herzschlags vermuten – soweit Thamsen das beurteilen konnte, doch er war kein Arzt. Er drehte sich zu dem Restaurantbesitzer um. »Beherrschen Sie Herz-Lungen-Wiederbelebung?«

Der bleiche Mann reagierte mit einem Kopfnicken.

»Dann schnell, übernehmen Sie das hier«, wies Thamsen an, während er sich erhob und zeitgleich sein Handy aus der Hosentasche fischte.

»Einen Rettungswagen in den ›Friesenkrug‹, wobei, wahrscheinlich reicht es, wenn der Notarzt kommt, denn die Frau hat keinen Puls«, erklärte er kurz, nachdem er den Notruf gewählt hatte. Anschließend informierte er die Kollegen der Kripo in Husum. »Wie es aussieht, haben wir einen ungewöhnlichen Todesfall, und da ein Kapitalverbrechen nicht ausgeschlossen werden kann …«

Er wurde von seinem Gesprächspartner unterbrochen.

»Was?« Thamsen spürte, wie Ärger in ihm aufkeimte und er zu schwitzen begann. »Ist das euer Ernst?«

Ohne ein weiteres Wort drückte er die Taste, die das Gespräch beendete, und wählte anschließend die Nummer der Spurensicherung in Kiel.

»Ich brauche ein Team in Niebüll, das einen Tatort sichert. Wir haben einen Leichenfund.« Obwohl er sich bisher mit der Arbeit allein sah, sprach er bereits im Plural, denn auf seinen Mitarbeiter Ansgar Rolfs würde Verlass sein. Das wusste er, als er dessen Nummer wählte.

»Chef, was ist los? Ich denke, du bist auf der Abiturfeier?«

»Bin ich auch, aber ich brauche dich hier. Wir haben einen Leichenfund.«

»Was?« Rolfs stockte kurz, ehe er wie erwartet entgegnete: »Na klar, ich komme sofort.«

Nachdem Thamsen die Telefonate beendet hatte, blickte er auf den Lokalinhaber, der nach wie vor mit der Reanimation beschäftigt war, die er aber merklich unmotiviert ausführte. Kein Wunder, denn nicht zuletzt durch seine Telefonate hatte Dirk mehr als deutlich klargestellt, dass er glaubte, die Frau sei nicht mehr zu retten. Nur – ohne die Bestätigung eines Arztes durften sie die Hilfsmaßnahmen nicht beenden.

»Machen Sie bitte weiter.«

Der Inhaber schaute ihn mit großen Augen an, nickte dann aber, während Thamsen sich zum Gehen wandte. Aus Richtung Saal sah Dirk Hauke Iwers den Gang entlangkommen. »Was ist los? Die Hansen ist doch nicht wirklich …?«

Thamsen unterbrach den Freund durch ein Kopfnicken und schloss die Tür zur Damentoilette hinter sich. »Ich muss hier erst einmal die Stellung halten, damit niemand den Tatort betritt, bis der Notarzt und die Kollegen eintreffen. Könntest du«, er machte eine Kopfbewegung in Richtung Feier, »dafür sorgen, dass niemand den Saal verlässt und möglichst nicht miteinander gesprochen wird?«

Hauke wich bei jedem Wort von Dirk mehr und mehr

Farbe aus dem Gesicht. »Klar, mach ich«, würgte er schließlich hervor und eilte davon.

Thamsen seufzte. So hatte er sich sein Abi-Treffen wirklich nicht vorgestellt. Er hatte doch frei, und nun solch ein Mist, schoss es ihm kurz durch den Kopf, ehe er wieder in seine Arbeitsroutine verfiel, die Tür öffnete und die leblose Frau Hansen betrachtete, die nach wie vor vom Restaurantbesitzer reanimiert wurde. Dirk ging von einem Mord aus, auch wenn er die Untersuchung des Arztes und vermutlich auch die des Rechtsmediziners abwarten musste. Das Tuch um den Hals war zu eng gebunden, als dass Frau Hansen es selbst zugezogen hätte, und wies für ihn deshalb zweifellos auf ein Verbrechen hin.

Sein Blick schweifte erneut über das blasse Gesicht, über das sich der Helfer regelmäßig beugte. Vermutlich wurde eine bläuliche Verfärbung durch das Neonlicht aufgehoben.

Dirk konnte nicht behaupten, die Frau gern gemocht zu haben. In der Schule hatte sie ihn und seine Mitschüler mit Grammatik genervt und langweilige Texte lesen lassen. Bis heute hatte sich bei ihm keine Begeisterung fürs Lesen eingestellt, und unbewusst gab er Frau Hansen dafür die Schuld.

Aber wer hatte solch einen Hass auf die alte Lehrerin gehabt, dass er sie umbrachte? War es überhaupt einer aus dem Jahrgang gewesen? Gedanklich ging er einige Gesichter durch, die er an diesem Abend wahrgenommen hatte, als er Schritte hörte.

»Hier nicht …«, begann er seinen Satz, aber da sah er bereits Ansgar Rolfs auf sich zukommen. Dass der sich beeilt hatte, war mehr als deutlich zu sehen, denn die Haare standen wirr von seinem Kopf ab, und der sonst immer tadellose Auftritt des Neunundzwanzigjährigen wirkte durch die unbedachte Klamottenwahl aus dem Bild geraten. Das war Thamsen in diesem Moment allerdings egal. »Gut, dass du da bist. Kannst du hier die Stellung halten, bis der Notarzt kommt?«

»Die Spusi ist schon benachrichtigt?«

»Na klar.«

Rolfs nickte, stellte sich neben Dirk und warf einen Blick in den Raum. »Oh«, entfuhr es ihm, als er die Tote entdeckte. »Sieht nach Mord aus.«

»Ich weiß«, erwiderte Dirk und klopfte Ansgar auf die Schultern. »Mit einer langen Nacht hatte ich gerechnet, aber nicht so. Ich schaue mal, was drinnen los ist. Das sind alles potenzielle Zeugen.«

»Geht klar, Chef.« Ansgar betrat den Toilettenraum und löste den völlig erschöpften Restaurantbesitzer bei der Wiederbelebung ab.

Während Thamsen zum Saal ging, hörte er bereits das Martinshorn. Na endlich, dachte er und öffnete die Tür zum Feiersaal.

Drinnen herrschte eine beklemmende Atmosphäre. Die ehemaligen Kameraden standen verteilt im Raum und flüsterten miteinander. Als Dirk den Saal betrat, wurde es schlagartig still. Alle Augen richteten sich auf ihn. Neugierig, ängstlich, fragend.

Thamsen räusperte sich. Er hatte einen dicken Kloß im Hals. »Ja, also, ihr habt ja bereits mitbekommen, dass es einen Vorfall auf dem Damenklo gab …«

»Einen Vorfall!«, kreischte eine der Mitschülerinnen in der Mitte des Saals. Die Panik in ihrer Stimme war geradezu greifbar. »Frau Hansen ist tot!«

Sofort erhob sich ein Stimmenmeer – leise, aber

anschwellend. Thamsen versuchte, die Welle mit einer beschwichtigenden Handbewegung im Zaum zu halten. Auf keinen Fall durfte die Menge vor ihm panisch werden. Was sie jetzt brauchten, war Ruhe und ein kühler Kopf.

Doch die ehemaligen Mitschüler redeten sich geradezu in Rage. Überall wurde gemutmaßt, wer die Deutschlehrerin auf dem Gewissen haben könnte.

»Leute«, versuchte Dirk es verbal, aber auch diese Ansage fruchtete nicht.

Kurzentschlossen griff er sich einen Stapel Teller und warf diesen mit Wucht auf den Boden. Der scheppernde Lärm ließ die Meute zusammenzucken, aber es herrschte anschließend endlich wieder Ruhe.

Alle starrten Dirk und den Scherbenhaufen vor ihm an.

»Es ist wichtig, dass ihr alle möglichst ruhig bleibt und wenig miteinander redet. Noch wissen wir nicht, was passiert ist, aber es ist mein Job, das herauszufinden, nicht euer!«

Er sah, wie einige der Ehemaligen mit den Schultern zuckten, aber aus den meisten Gesichtern schien ihm Respekt entgegenzublicken. Zumindest traute sich keiner, etwas zu sagen. »Mein Kollege und ich werden euch gleich der Reihe nach einzeln befragen.«

»Sind wir jetzt alle verdächtig oder was?«, tönte es aus der Menge, und Dirk glaubte auszumachen, dass es Sönke Lürsen war, der gesprochen hatte. Der war schon immer recht vorlaut, ging es Thamsen durch den Kopf.

»Natürlich nicht, aber ihr seid alles potenzielle Zeugen.«

Die meisten nickten, einige starrten ihn weiter an.

Er wies noch einmal darauf hin, möglichst nicht miteinander zu sprechen, zumindest nicht über das Geschehen. Doch er wusste selbst, wie aussichtslos das Unterfangen war. Sobald er den Raum verließ, würden die Spekulationen losgehen. Ein wenig verstehen konnte er seine ehemaligen Mitschüler, denn der Tod der Hansen war auch für ihn ein Schock, wenngleich er mit Leichen und Mordfällen berufsbedingt eher in Berührung kam. Dieser Fall war jedoch anders. Er hatte Frau Hansen gekannt. Da lag einem solch ein Verbrechen gleich doppelt so schwer im Magen. Wer hatte die alte Lehrerin ermordet und warum? Ehe er dieser Frage nachgehen konnte, musste geklärt werden, ob es sich tatsächlich um einen Mord handelte.

Dirk verließ den Raum und eilte zum Tatort, wo inzwischen der Notarzt eingetroffen war. Dr. Seiler hatte die Untersuchungen abgeschlossen und lediglich den Tod der Frau bestätigen können. »Ich bin zwar kein Rechtsmediziner, aber das kann ich euch auch sagen, dass die erdrosselt worden ist.«

»Und eine Selbststrangulierung ist auszuschließen?«, hakte Ansgar nach, woraufhin der Notarzt die rechte Augenbraue hochzog.

»Du willst mich verarschen, oder? Na klar kann man das ausschließen, denn wenn die sich selbst erhängt hätte, würde die wohl noch hängen. Das sagt ja schon das Wort.«

»Na, vielleicht hat Brigitte sie …«, überlegte Thamsen laut. »Die werde ich als Erste befragen. Ansgar, hast du in Kiel in der Rechtsmedizin Bescheid gegeben und den Leichenwagen angefordert?«

»Klar, Chef.«

Thamsen wusste, dass auf die Arbeitsweise seines Kollegen Verlass war, aber manchmal konnte er nicht aus seiner

Haut. Besonders nicht in diesem Fall. »Gut, dann bringe ich die Kripo in Husum auf den neuesten Stand, und du wartest hier auf die Spusi. Anschließend kannst du mich bei den Befragungen unterstützen.«

Rolfs nickte. »Das wird eine lange Nacht.«

»Oh ja«, seufzte Thamsen.

4. KAPITEL

Haie war am Sonntag früh auf den Beinen. Sein Harndrang hatte ihn wie immer gegen 6.00 Uhr aus dem Bett getrieben. Und da er meistens danach nicht mehr einschlafen konnte, bereitete er das Frühstück vor, auch wenn die beiden anderen Männer im Haus noch lange nicht aufstehen würden. Niklas hatte sich, seit er zur Schule ging, zu einem wahren Langschläfer entwickelt – zumindest das musste er von Tom geerbt haben, denn ansonsten glich der Junge mehr und mehr seiner verstorbenen Mutter; nicht nur vom Aussehen her, sondern auch in seinem Wesen. Wahrscheinlich liebte Haie den Jungen deshalb mehr als alles andere auf der Welt – half Niklas ihm doch, den Schmerz über den Verlust der Freundin Stück für Stück zu schmälern, wenngleich er nie ganz vergehen würde. Selbst nach den vielen Jahren, die seit ihrem gewaltsamen Tod vergangen waren, spürte Haie eine schmerzhafte Lücke in seinem Leben.

Er schlurfte in die Küche und machte sich als Erstes an der Kaffeemaschine zu schaffen. Als das gurgelnde Geräusch des Geräts erklang, begann er, den Tisch zu decken. Marmelade, Honig, Nutella, Brettchen und Besteck, den Käse und den Aufschnitt würde er erst später auftun, das verdarb ansonsten, bis die beiden Langschläfer zum Frühstück erschienen.

Aber Brot kann ich schon mal aufschneiden, dachte Haie und ging in die Speisekammer. Er tastete nach dem Lichtschalter, und als die Lampe aufflammte, griff er gezielt zum Brotkasten und schob den Deckel hoch. Sein Gehirn konnte das Bild, das seine Augen ihm sendeten, zunächst nicht verarbeiten. Der Behälter war leer.

Siedend heiß fiel ihm ein, dass er gestern noch ein Brot hatte kaufen wollen. Dann aber hatte Niklas vor dem Fußballspiel getrödelt, sodass keine Zeit mehr geblieben war, nach Lindholm zu fahren, und nach der Niederlage hatte er es schlichtweg vergessen. Macht nichts, schmunzelte er über sich selbst. Fahr ich halt gleich noch zur »Bäckerpost«. Sein Blick wanderte zum Küchenfenster hinaus in den Hof, wo bereits die Sonne schien.

Bisschen Frühsport schadet nicht, motivierte er sich zusätzlich.

Er klappte den Brotkasten zu, ging zurück in sein Zimmer und holte sich etwas zum Anziehen. Anschließend machte er sich im Bad zurecht, und nach einer Tasse Kaffee schwang er sich auf sein E-Bike. Seit einiger Zeit benutzte er kein anderes mehr.

Das alte neongelbe Mountainbike, das ihm jahrelang gute Dienste geleistet hatte, stand noch im Schuppen, denn Haie konnte sich einfach nicht durchringen, sich davon zu trennen. Aber seine Wahl war in der letzten Zeit immer häufiger auf das motorisierte Fahrrad gefallen, und seit einigen Monaten fuhr er nur noch dieses.

Er kam zügig voran, fuhr über die Steege, wo er zu dieser Uhrzeit so gut wie keiner Menschenseele begegnete. Er liebte diese Ruhe auf dem Land, wenngleich er wusste, dass die auch öde werden konnte. An solch einem strahlend sonnigen Morgen genoss er es, die Landschaft für sich allein zu haben, und ruckzuck hatte er die Dorfstraße und schließlich auch die »Bäckerpost« erreicht.

Dort war es mit der Ruhe vorbei.

»Dat gift dat doch wohl nich«, war das Erste, was Haie dem Stimmengewirr entnehmen konnte, das ihm entgegenschlug, als er in den bereits gut besuchten Bäckerladen eintrat.

Vor dem kleinen Tresen hatte sich eine Traube aus Menschen gebildet, die allesamt mit dem Kopf schüttelten.

»Na, wat gift dat denn nich?«, fragte Haie schmunzelnd in die Runde, da er wusste, wie schnell hier im Dorf oftmals aus einer Mücke ein Elefant gemacht wurde.

Ein Mann, etwas jünger als er, drehte sich um und schaute ihn ungläubig an. »Hest noch nich hört? De Hansen ist dot.«

»De Hansen? Dot?« Haie runzelte die Stirn.

»Welke Hansen? Die vun Oke die Fruu oder die Schwester vun Margit?«

»Nee, die ole Deutschlehrerin vun de Gymnasium.«

»Wat?«

Das überraschte Haie in der Tat, denn er hatte die drahtige ältere Frau ab und an in Niebüll beim Einkaufen getroffen und den Eindruck gehabt, sie sei recht fit.

»Und wie?« Er schluckte, da ihm wieder einmal bewusst wurde, wie nah die Einschläge mittlerweile kamen. Er war nicht mehr der Jüngste, ihn konnte es auch jeden Tag treffen.

Die Antwort jedoch machte ihm nicht nur bewusst, dass er mit der Einschätzung des Gesundheitszustandes der Deutschlehrerin recht hatte, sondern auch, dass dies hier kein so friedlicher Landstrich war, wie man immer annahm. Das Dorf und die Gegend wirkten idyllisch – doch das täuschte. »Erdrosselt? Nee, nä?«

Die anderen Kunden der »Bäckerpost« nickten bestätigend, während der Mann, der Haie eben informiert hatte, fortfuhr: »Mein Bruder hat mich gestern von seinem Klassentreffen aus angerufen, und …«

»Moment, dem Treffen im ›Friesenkrug‹?«, unterbrach Haie den anderen, da ihm sofort die Abi-Feier des Freundes einfiel.

»Genau, auf der Feier im ›Friesenkrug‹. Da haben sie die Hansen auf der Toilette gefunden. Angeblich mit einem Tuch erdrosselt.«

»Und weiß man Näheres?«

Haies Gegenüber zuckte mit den Schultern und verstärkte damit die Anspannung, die im Raum herrschte. Lief der oder die Mörderin womöglich noch frei herum?

»Na ja«, entfuhr es da einer rundlichen Frau aus der Menge, »dat wird schon seinen Grund gehabt haben.«

»Martha!«, rief daraufhin ein anderer Kunde, was die Angesprochene wenig interessierte.

»Is doch so, als Lehrerin war die doch nicht beliebt, oder?«

Langsam schwoll das Stimmengewirr wieder an und wilde Spekulationen wurden laut. Haie schnappte nach Luft. Sein Hals fühlte sich verengt an, er musste hier raus. Eilig verließ er den Bäckerladen und atmete draußen tief durch.

Na, das war wohl kein so schönes Klassentreffen für Dirk, überlegte Haie und verfluchte sich selbst, weil er sein Handy nicht eingesteckt hatte. Er war neugierig, was Thamsen zu dem Fall zu erzählen hatte. Ob man schon einen Verdacht hatte? Vielleicht war die alte Lehrerin tatsächlich Opfer eines ehemaligen Schülers geworden? Oder einer Schülerin? Haie kratzte sich am

Kopf, griff sich sein Fahrrad und machte sich auf den Heimweg.

Elke hatte an diesem Sonntagmorgen die Frühschicht im Hotel übernommen. Da im Frühstückssaal zwei Praktikanten mithalfen, begann sie zeitiger als sonst mit dem Zimmerservice. Ein paar Frühaufsteher gab es immer, sodass Elke bereits die ersten Zimmer reinigen konnte.

Seit einigen Jahren arbeitete sie im Hotel, um ihre finanzielle Situation aufzubessern. Sie bekam nur eine winzig kleine Rente, und da Haie ihr bei der Scheidung das Haus überlassen hatte, zahlte er keinen Unterhalt. Daher musste sie arbeiten – wie lange sie das allerdings noch durchhalten würde, war fraglich, denn seit etlichen Wochen schmerzte ihr Rücken dermaßen, dass sie sich sogar schon hatte krankmelden müssen. Aktuell bekam sie Massagen, aber der Arzt hatte ihr wenig Hoffnung gemacht, dass diese Anwendungen langfristig helfen würden.

»Da müssten Sie mal zur Rückenschule und dann regelmäßig Sport treiben. Ohne entsprechende Muskulatur wird das nicht besser.«

Elke hatte sich zwar erkundigt, aber es gab in der Umgebung wenig entsprechende Angebote, die von der Krankenkasse gefördert wurden, und bei den anderen konnte sie den Beitrag nicht zahlen. Wovon auch? Dennoch war das natürlich ein Teufelskreis, das wusste sie schon.

Sie hatte die ersten beiden Zimmer fertig und schob den Servicewagen zum nächsten Raum. Momentan war das Hotel gut besucht, sie hatte etwas von einem Klassentreffen nach 40 Jahren gehört, das wohl etliche Teilnehmer dazu veranlasst hatte, hier zu übernachten. Schließlich mussten die ehemaligen Schüler mittlerweile so alt sein, dass die Eltern zum größten Teil verstorben waren oder im Heim lebten.

Sie klopfte an die nächste Tür. In diesem Zimmer wohnte laut ihrer Liste Herr Löhns, der, wie sie wusste, auch zum Klassentreffen angereist war. Der schlief wahrscheinlich noch, denn solche Feiern gingen meist sehr lange. Das wusste sie, weil sie im Hotel auch hin und wieder bei Jubiläen oder anderen Festen im großen Saal aushalf. Drinnen blieb alles ruhig. Sie klopfte erneut, diesmal etwas energischer. Wieder tat sich nichts. Sie nahm die Universalzimmerkarte, die an einem Band am Wagen baumelte, und öffnete die Tür.

Drinnen war es düster, die Vorhänge zugezogen, und gelüftet hatte der Gast wohl auch nicht seit seiner Ankunft. Es roch ekelerregend.

Sie griff mit der rechten Hand um die Ecke und tastete nach dem Lichtschalter, den sie kurz darauf fand und betätigte. Die Energiesparlampe erhellte den Raum zunächst nur mäßig, aber das reichte, um Elke ein Bild des Grauens zu offenbaren.

Wie gelähmt starrte sie geradewegs auf den zusammengesackten Körper eines Mannes, der mit einem Tuch um den Hals am Türgriff zum Badezimmer hing.

5. KAPITEL

Thamsen war nach wenigen Stunden Schlaf bereits früh auf den Beinen. Während die Kaffeemaschine gurgelte, sprang er unter die Dusche, um anschließend einen Kaffee im Stehen zu trinken. Ohne Koffein ging bei ihm gar nichts.

Die Nacht war lang gewesen, und die nächsten Tage, so vermutete Dirk, würden anstrengend werden.

Der Tod der ehemaligen Deutschlehrerin hatte ihn zutiefst erschüttert, und wie sich bei den ersten Vernehmungen abzeichnete, hatte keiner etwas gesehen oder auch nur den Hauch einer Ahnung, wer der Lehrerin das hatte antun können.

Er verstand zwar, dass seine ehemaligen Mitschüler wenig zu dem Fall sagen konnten – jedenfalls die meisten –, denn wie er selbst hatten auch sie wenig Kontakt zu den einstigen Bekannten aus der Schule gehabt und wussten im Prinzip kaum etwas übereinander. Aber für die Ermittlungen war das schlichtweg fatal. Wo sollten sie ansetzen?

Lediglich seine ehemalige Klassenkameradin Karen Jappsen hatte geäußert, dass Heiko Nissen zu Schulzeiten gesagt habe, die Frau sollte man am nächsten Baum aufknüpfen.

»Aber das war sicherlich den schlechten Zensuren geschuldet«, bemühte sie sich jedoch gleich darauf, den

Verdacht zu relativieren. »Und Heiko hat schon immer gern provoziert. Weißt du bestimmt noch, oder? Außerdem – wer von uns hatte in Bezug auf die Lehrer nicht hin und wieder einen Mordgedanken?« Sie hatte versucht zu grinsen, doch die Geste war total misslungen, und Thamsen fand ihre Bemerkung in Hinsicht auf die tote Frau Hansen völlig unangebracht.

Natürlich hatte er dazu nichts gesagt. Das war nicht seine Aufgabe. Sein Job war es herauszufinden, wer die Lehrerin auf dem Gewissen hatte. Wenngleich das nicht ganz stimmte, denn eigentlich war die Kripo aus Husum für derartige Delikte zuständig, aber aus Erfahrung wusste er, dass die feinen Beamten dort ganz sicher die Arbeit wieder auf Dirk und sein Team abwälzen würden.

Er seufzte und stellte die Kaffeetasse in den Spüler, als er hörte, wie sich nackte Füße über den Fliesenboden aus dem Flur näherten. Kurz darauf streckte Lotta ihren Kopf um die Ecke.

»Nanu, bist du schon wach?«, begrüßte Thamsen seine Tochter und hob sie auf den Arm.

»Kann nicht mehr schlafen. Hanno hat mich geweckt.«

»Ist der auch schon wach?«

Lotta bewegte ihren blonden Lockenkopf auf und nieder.

Gemeinsam mit seiner Tochter ging Dirk ins Kinderzimmer, in dem Hanno aber wieder eingeschlafen war. Oder Lotta hatte nicht ganz die Wahrheit gesagt. Jedenfalls lag der Junge mit rosigen Bäckchen in seinem Bett und atmete in regelmäßigen Zügen ein und aus.

Wenn er Lotta jetzt wieder in ihr Bett schickte, bestand die Gefahr, dass sie Hanno wecken würde.

»Möchtest du in Papas Bett?«, fragte er, da er Dörte zumindest noch ein klein wenig Zeit zum Schlafen gönnen wollte. Mit zwei Kindern war das Elternsein weitaus anstrengender, als er gedacht hatte, obwohl er bereits zwei erwachsene Kinder hatte. Die anstrengenden Zeiten mit nächtlichem Geplärre und Gejaule musste er total ausgeblendet haben. Ansonsten hätten ihn diese Aspekte des Vaterseins nicht derart hart getroffen.

Lotta nickte glücklich und Dirk trug sie mit dem Finger auf seinen Lippen in das gemeinsame Schlafzimmer.

Er schlug die noch warme Bettdecke zurück und Lotta kuschelte sich in seine Schlafseite. Er wartete einige Minuten, doch dann drängte die Zeit. Schließlich hatte er heute eine Menge Arbeit vor sich – mehr, als er sich zu diesem Zeitpunkt vorstellen konnte.

Haie goss sich bereits die dritte Tasse Kaffee ein, als er endlich Schritte auf der Treppe im Flur hörte. Tom schien wach zu sein. Kurz darauf betrat er mit verstrubbelten Haaren die Küche.

»Niklas noch nicht wach?«, war seine erste Bemerkung, als er Haie allein am Frühstückstisch vorfand. Dessen Anspannung bemerkte er nicht, da er sich sofort der Kaffeekanne zuwandte, sich einen Becher eingoss und dabei murmelte, dass sein Sohn vermutlich wieder bis tief in die Nacht Nintendo gespielt hatte.

Haie konnte die Neuigkeiten, die er beim Bäcker erfahren hatte, nicht länger zurückhalten. »Stell dir vor, auf der Schulfeier von Dirk gab es einen Mord!«

»Mord?« Tom drehte sich um und blickte den Freund an. Der nickte eifrig. »Frau Hansen ist tot auf der Toilette aufgefunden worden.«

»Na ja«, relativierte Tom diese Neuigkeit. Er mochte es nicht, wenn im Dorf aus einer Mücke gleich ein Elefant gemacht wurde. »Vielleicht war sie einfach alt und ist an Herzversagen gestorben?«

»Mit einem Tuch ist die erdrosselt worden.«

»Von wem?«

Haie zuckte mit den Schultern. Es juckte ihn in den Fingern, den befreundeten Kommissar anzurufen, aber er wusste auch, wie sehr Dirk nach solch einem Leichenfund unter Strom stand. Schließlich hatte es in der letzten Zeit schon den einen oder anderen Mord in Risum-Lindholm und Umgebung gegeben. In Nordfriesland war es nicht immer so idyllisch, wie es schien. Er hatte Thamsen in den meisten Fällen geholfen, den Mörder zu überführen. Denn es gab in dem Ort kaum einen, der sich besser auskannte, was Haie mit Stolz erfüllte. »Na, wahrscheinlich war es einer der ehemaligen Schüler.«

»Wie kommst du denn darauf?« Tom setzte sich und pustete dabei in seinen Kaffeebecher, da er sich am ersten Schluck den Mund verbrannt hatte.

»Wer soll das denn sonst gewesen sein?«, entgegnete Haie, als sei der Freund schwer von Begriff.

»Zum Beispiel jemand aus ihrer Familie? Vielleicht gab es bei der Frau etwas zu erben? Außerdem war das keine geschlossene Veranstaltung, da konnte doch jeder in den Gasthof rein und raus. Die waren da nicht eingesperrt.«

Tom vermutete, dass man sich beim Bäcker mit ersten Verdächtigungen nicht zurückgehalten hatte, obwohl eigentlich der Spar-Markt der emsigen Helene dafür bekannt war, Gerüchteküche Nummer 1 in Risum zu sein. Es würde die Kaufmannsfrau ärgern, schoss es Tom durch den Kopf, dass so etwas an einem Sonntag bekannt wurde. Er grinste breit bei dem Gedanken an das sauertöpfische Gesicht der Supermarkt-Inhaberin.

Haie deutete das Grinsen anders. »Das ist doch kein Spiel oder Spaß, Tom, ein Mensch ist hier um die Ecke ermordet worden. Das ist doch ungeheuerlich!« Er empfand den Mord anscheinend als persönlichen Anschlag auf seine Welt.

»So habe ich das nicht gemeint.« Tom hob abwehrend die Hände. »Aber du weißt, wie fatal es sein kann, in einem Mordfall nur in eine Richtung zu denken«, stellte er klar. »Natürlich liegt der Verdacht nahe, dass jemand von den Schülern die alte Lehrerin umgebracht hat, aber mit welchem Motiv? Schlechte Noten? Da müsste man inzwischen drüber weg sein oder zumindest eingesehen haben, dass man an denen nicht ganz unbeteiligt war.«

»Das magst du so sehen, aber du kennst doch die Sturköppe von hier. Die Menschen vergessen nur sehr langsam.«

Da musste Tom Haie allerdings zustimmen. Diesen Umstand hatte er bei seiner Rückkehr ins Dorf vor gut 16 Jahren am eigenen Leib erfahren. Damals hatte er zusammen mit Haie das Verschwinden eines Mädchens in den 60er-Jahren aufgeklärt, das die Leute bis zu dem Zeitpunkt Toms Onkel angehängt hatten, obwohl es keinerlei Beweise gegeben hatte. »Gut, aber da ist Dirk dann der beste Ermittler. Schließlich kennt er die Verdächtigen.«

»Wann kennt man jemanden schon wirklich?«, entgegnete Haie, ehe er aufstand, um Niklas aus dem Bett zu scheuchen.

Dirk war gerade ins Auto gestiegen, als sein Handy klingelte. Es war die Dienststelle, ein Kollege von der Bereitschaft.

»Wir haben einen Notruf erhalten. Im Niebüller Hotel hat man einen leblosen Mann gefunden.«

Leblos. Dirk durchfuhr es wie ein Blitz und sein Adrenalinspiegel schoss in die Höhe. Nicht noch eine weitere Leiche.

Er lenkte den Wagen durch die beinahe menschenleere Innenstadt. Da es noch recht früh am Morgen war und außerdem Sonntag, benötigte er das Blaulicht nicht, das er ohnehin nur selten einsetzte. So groß war die Stadt nicht, und der Verkehr hielt sich in Grenzen. Zumindest meistens, wenn nicht zu viele Touristen die Gegend bevölkerten.

Nordfriesland war eben eines der beliebtesten Reiseziele in Deutschland – zumindest die Inseln, zu denen man über Niebüll gelangte. Wenn gerade ein Autozug aus Westerland ankam, hatte man verkehrstechnisch keine Chance in der Nähe der Verladungsstelle. Aber heute war es zu dieser Zeit ruhig und er war im Nullkommanichts beim Hotel angekommen, parkte direkt vorm Eingang und sprintete in das Gebäude.

Dort schauten ihn ein paar verschreckte Gäste an, die gleich darauf stumm in eine Richtung wiesen. Die Neuigkeit hatte sich schneller, als es dem Hotel lieb sein konnte, unter der Kundschaft herumgesprochen. Das musste ein Albtraum für den Betreiber sein.

Dirk eilte den Korridor entlang, an dessen Ende er Elke, Haies Exfrau, sah. Neben ihr standen einige andere Angestellte des Hotels und Ansgar Rolfs, der bereits wenige Minuten zuvor eingetroffen war.

»Männliche Leiche, Ende 50. Sieht alles nach Selbstmord aus«, fasste Rolfs seine ersten Erkenntnisse zusammen, während er Thamsen in das Zimmer begleitete. »Laut Gästebuch handelt es sich bei dem Toten um …«

»Malte Löhns«, ergänzte Dirk den Satz seines Mitarbeiters, der ihn verblüfft anschaute.

»Stimmt, kanntest du den?«

Thamsen nickte. »Ist der Arzt verständigt und die Spusi?«

»Spusi?« Rolfs hob die Augenbrauen. »Wir haben es hier vermutlich mit einem Selbstmord zu tun. Es gibt sogar einen Abschiedsbrief, in dem, halt dich fest, der Tote gesteht, die ehemalige Lehrerin ermordet zu haben.«

»Was?« Thamsen drehte sich abrupt um. »Wo?«

Rolfs wies auf einen Zettel, der auf dem Bett lag. »Ich habe keine Hülle dabei, deshalb habe ich ihn nicht angefasst.«

»Siehste, doch sofort die Spusi informieren«, ordnete Dirk an. Er wunderte sich über Rolfs, der sonst so routiniert arbeitete. Aber wahrscheinlich war der Schlafmangel der letzten Nacht schuld daran, dass heute Morgen nicht alles rundlief.

Er ging hinüber zum Bett und beugte sich zu dem Zettel mit der handgeschriebenen Nachricht hinunter.

Mein ganzes Leben ist alles schiefgegangen und ich habe Frau Hansen dafür verantwortlich gemacht. Daher gestehe ich hiermit den Mord an ihr.

Doch leider hat mich die Erkenntnis eingeholt, dass mit ihrem Tod mein Leben nicht besser wird. Eher schlimmer – und das ertrage ich nicht.

Es tut mir leid!

Malte

Thamsen runzelte die Stirn. »Das ist alles?«

Rolfs nickte. »Reicht doch. Er gesteht den Mord an der Lehrerin. Für mich klingt das plausibel.«

Dirk nickte, obwohl er nicht überzeugt war. Seine Gedanken wurden unterbrochen, da der Arzt endlich eingetroffen war und sich seinen Weg durch die Menge zu dem Toten bahnte.

»Sieht nach Selbstmord aus«, bestätigte er, kaum dass er den Toten erblickt hatte.

»Keine Hinweise auf Fremdeinwirkung?« Thamsen runzelte die Stirn. Der Mediziner hatte Malte nicht einmal richtig untersucht. Gut – dass er tot war, schien mehr als offensichtlich, denn das Gesicht war blau angelaufen und aufgedunsen. Außerdem begann der Leichnam bereits zu riechen.

»Auf den ersten Blick nicht, aber ich bin kein Rechtsmediziner.« Der Arzt öffnete seine Tasche, um einen Totenschein herauszunehmen.

Wohl wahr, dachte Dirk und wählte die Nummer des Staatsanwaltes.

»Eine Obduktion? Aber wieso denn, ich dachte es handelt sich um einen Selbstmord«, sagte dieser verwundert, als Dirk ihm sein Anliegen erklärt hatte.

»Es sieht so aus, aber …« Thamsen zögerte.

»Aber was? Sie wissen, dass ich ohne einen begründeten Verdacht keine Obduktion genehmigen kann. Schon gar nicht bei der aktuellen Finanzlage. Die Gelder sind knapp und eine Obduktion nicht gerade billig.«

Dirk spürte, dass er mit seinem Anliegen nicht weit kommen würde. Er könnte es bei den Angehörigen versuchen, überlegte er. Vielleicht würden die eine Obduktion wünschen. In Fällen von Selbstmord kam das nicht selten vor, soweit er wusste. Die Familie konnte oder wollte meistens nicht wahrhaben, dass der Vater, Bruder oder die Tante freiwillig aus dem Leben geschieden war.

Man suchte verzweifelt nach einer Erklärung, am besten nach einem Hinweis auf ein Verbrechen, denn ein Selbstmord in der Familie klebte selbst heute, in der angeblich so aufgeschlossenen Gesellschaft, oft wie ein Makel an den Angehörigen.

Er legte auf und begrüßte wenig später bereits die Spurensicherung, die aus Kiel eintraf. »Na, ihr seid aber flott hier.«

»Wir kennen den Weg hierher mittlerweile, und sonntags sind die Straßen halt frei«, grinste der Kieler Kollege ihn an und ließ sich dann die Leiche und den Fundort zeigen.

»So, nun aber mal alle raus hier«, ordnete der Spusi-Mitarbeiter mit einem wütenden Blick zu Thamsen an, als er die vielen Leute rund um den vermeintlichen Tatort sah. Dirk zuckte mit den Schultern.

»Ist doch wahrscheinlich ein Selbstmord«, versuchte er die Nachlässigkeit, die er und Ansgar Rolfs an den Tag gelegt hatten, zu entschuldigen. Gleich darauf verdrückte er sich und überließ den Kollegen das Feld.

6. KAPITEL

Thamsen lenkte den Wagen zur Dienststelle. Eigentlich hätte er für heute Feierabend machen können, denn der Mordfall an Frau Hansen schien mit Maltes Geständnis geklärt. Er wusste selbst nicht, warum er nicht einfach nach Hause fuhr und den restlichen Tag mit der Familie verbrachte. Kam ohnehin viel zu selten vor, dass sie Zeit füreinander hatten. Aber er fühlte eine innere Unruhe, eine Art Magengrummeln.

Hatte Malte Löhns Frau Hansen wirklich umgebracht, weil er sie für seinen Misserfolg verantwortlich machte? Aber warum hatte er damit so lange gewartet? War sein Leben erst vor Kurzem aus den Fugen geraten? Gut, die Feier bot einen entsprechenden Anlass, und vielleicht war Malte die Idee erst aufgrund der Einladung gekommen.

Aber war Malte wirklich ein schlechter Schüler gewesen? Thamsen versuchte sich zu erinnern. Dabei nahm sein Magengrummeln an Intensität zu, was jedoch auch an dem eher dürftigen Frühstück liegen konnte. Zu Schulzeiten hatte er mit Malte wenig zu tun gehabt. Jedenfalls hatten sie unterschiedliche Leistungskurse belegt, oder? So grübelte Dirk, als sein Handy klingelte. Er seufzte in sich hinein. Hätte er sich denken können, dass man im Hotel nicht ohne ihn klarkam. Oder hatten die Kollegen doch etwas entdeckt?

Er fummelte nach dem Mobiltelefon, das sich noch in seiner Jackentasche befand, und seufzte erneut, als er Haies Nummer auf dem Display sah. War klar, dass der Leichenfund sich bereits bis nach Risum rumgesprochen hatte.

»Hallo, Dirk«, hörte er gleich darauf den Freund in den Hörer pusten. Der war in der letzten Zeit echt kurzatmig geworden, bemerkte Thamsen und erschrak ein wenig, als er daran dachte, wie sichtbar gealtert der Freund innerhalb weniger Monate war.

»Na, was gibt's denn?«, fragte er, obwohl er wusste, dass Haie wie ein Flitzebogen gespannt war, weil er die Neuigkeiten zu dem Mord aus erster Hand erfahren wollte.

»Du bist nicht zu Hause?«, entgegnete Haie zunächst. »Ich dachte, du hättest gestern heftig gefeiert.«

»Ach, komm, du weißt doch bereits, was passiert ist, oder?«

Thamsen vernahm ein Räuspern.

»Ich war beim Bäcker, und da erzählt man sich, dass Frau Hansen gestern tot auf der Damentoilette im ›Friesenkrug‹ gefunden wurde.«

»Ja. Und falls du anrufst, weil du fragen willst, ob es ein Mord war – ja, war es, aber es sieht ganz so aus, als wäre der Fall schon gelöst.«

»Echt?« Haies Stimme klang enttäuscht, obwohl er doch eigentlich froh darüber sein konnte, dass derartige Verbrechen in Niebüll so schnell aufgeklärt wurden.

»Deine Ex hat im Hotel einen Selbstmörder gefunden, der in einem Abschiedsbrief gestanden hat, Frau Hansen umgebracht zu haben.«

»Elke?«

»Na, wie viele Exfrauen hast du denn?«, schmunzelte Thamsen.

»Und wieso hat der die Hansen umgebracht?« Haie klang skeptisch, was Thamsens Magengrummeln erneut in Gang setzte.

»Wohl wegen einer alten Geschichte. Schlechte Noten und so. Machte die Hansen dafür verantwortlich.«

»Hm«, kommentierte Haie das Motiv. Er klang ebenso wenig überzeugt, wie Dirk sich fühlte, aber dennoch sah alles danach aus, dass der Mord aufgeklärt war.

»Und es gibt keinerlei Hinweise, dass es anders sein könnte?«

»Nee, und wie es bisher scheint, werden wir auch keine bekommen, denn eine Obduktion wurde abgelehnt.«

»War der Brief handgeschrieben?«

»Ja.«

»Wie wäre es mit einem Schriftvergleich?«

»Möglich.« Der würde jedenfalls keinen richterlichen Beschluss voraussetzen und auch nicht so teuer sein wie eine Obduktion, überlegte Thamsen. »Ich habe daran gedacht, mit den Angehörigen zu sprechen. Vielleicht kann ich die zu einer Obduktion bewegen.«

»Wo wohnen die denn?«

»Das muss ich noch rausfinden.«

»Na, Neugierde befriedigt?«, fragte Tom, als er aus dem Bad kam und sah, wie Haie das Telefon zurück auf die Ladestation im Flur legte.

»Der Fall ist bereits geklärt.«

»So schnell?«

Haie nickte und erzählte Tom von dem Selbstmord und Malte Löhns' Geständnis.

»Klingt plausibel, oder?«, befand der anschließend, während Haie gedankenverloren vor sich hin starrte.

»Schon, aber irgendwie …« Ähnlich wie Thamsen hatte Haie ein schlechtes Bauchgefühl.

»Was denn? Ist doch logisch. Wenn er ein Versager war und die Lehrerin dafür verantwortlich gemacht hat …«, versuchte Tom ihn zu überzeugen.

»Hm.«

»Oder gibt es Hinweise, dass er es nicht war?«

»Nee, aber Dirk klang nicht überzeugt.«

Thamsen hatte im Telefonbuch nach der Familie von Malte Löhns gesucht. Soweit er sich erinnerte, kam der ehemalige Schulkamerad aus Dagebüll, doch dort gab es keinen Eintrag mit dem Namen.

Ob die Eltern bereits verstorben waren?

Er suchte im Internet nach einer Telefonnummer von Malte in Hamburg, denn laut Hotelregistrierung wohnte er dort. Aber im Onlinetelefonbuch war kein Eintrag verzeichnet. Ob Malte keinen Festanschluss besessen hatte? Gab es keine Familie oder Freundin, die er informieren sollte? Wen konnte er fragen?

Er nahm sich die Liste der Ehemaligen vor, auf der sie gestern bei der Befragung die entsprechenden Kontaktdaten erfasst hatten.

Hatte nicht Inken Melfsen engeren Kontakt zu Malte gehabt?

Er wählte die angegebene Nummer. Kurz darauf meldete sich die Schulfreundin. Dirk räusperte sich.

»Hallo, Inken, sorry, dass ich störe.«

»Oh, Dirk, habt ihr schon etwas herausgefunden?«

»Ja, nun, also …« Er zögerte und überlegte, wie er am

besten von Maltes vermeintlichem Selbstmord berichten sollte. »Du standst doch in engerem Kontakt zu Malte, oder?«

»Früher, in letzter Zeit hat sich das ein wenig verloren. Wieso?«

»Hast du ihn gestern auf der Feier gesehen?«

»Kurz am Anfang. Aber später …« Inken stockte. »Was ist mit Malte? Hat er etwas mit dem Mord zu tun?«

»Wir haben ihn tot in seinem Hotelzimmer aufgefunden.«

»Was?«

Es folgte eine angespannte Stille.

»Heißt das, Malte hat …? Oder wurde er auch …?«

»Das wissen wir noch nicht genau, aber ich müsste seine Familie benachrichtigen und …«

»Soweit ich weiß, ist der Vater schon vor einiger Zeit verstorben, und die Mutter letztes Jahr.«

»Und hatte er Geschwister?«

»Eine Schwester. Heike Brodersen. Wohnt, soweit ich weiß, in Fahretoft. Aber wie gesagt, da ich lange keinen Kontakt zu Malte hatte, kann ich wenig sagen.«

»Gut, aber danke, das hilft mir weiter.« Er beeilte sich das Gespräch zu beenden, damit Inken keine Fragen stellte, die er nicht beantworten konnte.

7. KAPITEL

»Guck mal, Haie, ich habe ein paar der Namen aus deinem alten Jahrbuch aus Schulzeiten gegoogelt.«

»Wo hast du das denn her?«

»Stand neben den Büchern mit den nordischen Märchen«, erklärte Tom. »Einige deiner Mitschüler scheinen in der Nähe geblieben zu sein.«

»Weiß ich doch«, grummelte Haie, »treffe die ab und zu im Dorf.«

»Na, siehste, dann ließe sich doch so ein Treffen schnell organisieren.«

»Meinst du, ich habe nach dem, was gestern bei Thamsen auf der Feier passiert ist, Lust, solch ein Fest zu organisieren?« Haie stemmte demonstrativ die Hände in die Hüften.

»Das ist doch etwas anderes.« Tom verstand nicht, wieso der Freund derart schlecht gelaunt war. Nur weil der aktuelle Fall ohne seine Mithilfe gelöst worden war? Er konnte doch nicht erwarten, jedes Mal bei einem Verbrechen die entscheidenden Hinweise zu liefern. Er war schließlich kein Polizist, auch wenn er Thamsen bei dem einen oder anderen Fall bereits geholfen hatte. Haie wurde nicht jünger und sollte sich lieber um sich selbst kümmern, fand Tom, der seit dem Tod seiner Frau Marlene wenig Gefallen an Haies Detektivspielen fand.

Die waren oftmals gefährlich. Erst beim letzten Fall war Haie nur knapp einem Mord entkommen. Aber selbst dieser Schreck schien seine Neugierde nicht zu schmälern. Ihn konnte einfach so gut wie nichts stoppen.

»Komm, wir schauen mal, ob wir weitere Adressen finden«, versuchte er daher den Freund abzulenken.

»Nee, keine Zeit, ich habe Elke versprochen, mal nach der Heizung zu schauen.«

»Elke? Heizung?« Tom hob die Augenbrauen.

Er wusste nur zu gut, dass Haie möglichst jeden Kontakt zu seiner Exfrau vermied. Und bei den noch sommerlichen Temperaturen war die Heizungsanlage ganz offensichtlich eine Ausrede.

»Da klappert angeblich etwas.« Der Freund beharrte auf seinem Vorhaben, und Tom wusste, davon würde Haie in diesem Moment nichts und niemand abbringen können. Den hatte das Ermittlungsfieber gepackt.

Auch wenn der Fall gelöst schien, irgendetwas stimmte da nicht, sagte Haie sein Gefühl. Und da Elke den Toten gefunden hatte, wollte er ihr einen kleinen Besuch abstatten.

Sein E-Bike lehnte noch an der Hauswand. Er schwang sich auf den Sattel und fuhr die Dorfstraße entlang. Während der Fahrt traf er den einen oder anderen Bekannten, den er flüchtig grüßte. Zum Anhalten oder gar für einen lütten Snack nahm er sich heute keine Zeit. Er war viel zu neugierig, was Elke zu dem Leichenfund zu sagen hatte.

Kurz darauf hatte er sein ehemaliges Zuhause erreicht. Die Wehmut, die sich anfangs immer eingestellt hatte, wenn er die Auffahrt hinaufkam, war zwar nicht verschwunden, aber es schmerzte nicht mehr ganz so schlimm.

Er hatte sehr an diesem Haus gehangen, sein ganzes

Herzblut steckte in dem Gebäude. Doch nachdem er sich von seiner Frau getrennt hatte, war nichts mehr wie vorher, und er hatte mit der Überschreibung des Hauses eigentlich das Kapitel Elke abschließen wollen. Leider war das in einem kleinen Dorf wie Risum nicht einfach, denn natürlich rannte er seiner Ex ständig über den Weg. Und auch die anderen Leute wussten selbstverständlich über alles haargenau Bescheid. Besonders Helene, die Kauffrau, hatte damals dafür gesorgt, dass die Trennung der beiden schnell die Runde machte.

Da hätte Haie schon wegziehen müssen. Nach Hamburg oder vielleicht auf eine der Inseln, aber das hatte er damals nicht übers Herz gebracht. Genauso wenig wie er es nach dem Tod von Marlene gekonnt hatte.

Haie war in diesem Dorf geboren, aufgewachsen und liebte es. Er konnte sich generell nicht vorstellen, den Norden zu verlassen, um beispielsweise nach München zu ziehen. Kurzzeitig war das seine Befürchtung nach Marlenes Tod gewesen. Da Tom aus München kam, hatte Haie gedacht, dass der Freund dorthin zurückziehen würde. Er hätte nicht gewusst, was er dann hätte tun sollen.

Gott sei Dank war alles anders gekommen, und auch mit Elke verstand er sich mittlerweile einigermaßen, wobei sie von einer Freundschaft wie früher oder gar einer Partnerschaft weit entfernt waren.

Doch da Elke im Hotel arbeitete, war er neugierig, was sie zu dem Leichenfund zu erzählen hatte. Er konnte sich nicht vorstellen, dass der Fall derart schnell gelöst sein sollte.

Als er sein Fahrrad an die Hauswand lehnte und zur Tür hinüberging, fühlte er sich beobachtet. Er blickte sich um, doch im Nachbargarten war niemand zu sehen.

Er klopfte an die Klönschnacktür, wobei ihm auffiel, dass diese einen frischen Anstrich vertragen konnte. Ob er Elke darauf ansprechen sollte?, fragte er sich, während er wartete, dass sein Klopfen beantwortet wurde. Nichts geschah.

Ob Elke noch arbeitete? Das konnte er sich nicht vorstellen. Nach solch einer Entdeckung schickte der Chef einen doch wohl nach Hause, oder? Er klopfte erneut, doch auch diesmal tat sich nichts.

Etwas unschlüssig trat Haie von einem Fuß auf den anderen, als er ein Motorengeräusch hörte. Kurz darauf fuhr ein alter Mercedes die Auffahrt hinauf.

Haie erkannte den Wagen von Traudel Karstens, Elkes Nachbarin und Freundin.

Die parkte direkt vorm Haus, und gleich darauf stieg Elke aus dem Wagen. Blass um die Nase und etwas wackelig auf den Beinen.

»Melde dich, wenn du was brauchst«, rief Traudel Elke aus dem Innenraum zu, grüßte Haie mit einem Kopfnicken und wendete das Auto.

Elke kam mit unsicherem Gang auf Haie zu.

»Oh, das ist aber nett, dass du mich besuchst. Mir geht es leider nicht so gut. Traudel hat mich von der Arbeit abgeholt, mit dem Fahrrad hätte ich es nicht geschafft.« Unsicher wühlte Elke in ihrer Handtasche nach dem Haustürschlüssel.

Haie beschloss, es sei besser, so zu tun, als ob er von nichts wüsste. »Dann komm ich vielleicht lieber ein anderes Mal, denn ich wollte nach dem Fenster gucken. Du hast neulich mal gesagt, bei Ostwind drückt der Regen rein.«

Er wusste genau, Elke würde ihn so oder so nicht gehen lassen. Nicht nur ihm erschien ihre Hoffnung groß, er könne irgendwann zu ihr zurückkehren. Tom und Dirk hatten seinen Eindruck bereits mehrere Male bestätigt.

»Nein, nein, es geht schon. Komm man rein«, entgegnete sie auch schon.

»Meinst du wirklich?«, vergewisserte er sich, doch Elke hatte endlich ihren Schlüssel gefunden und bewegte sich Richtung Eingangstür.

»Hast du denn was Falsches gegessen, oder hast du es mit dem Kreislauf?«, erkundigte Haie sich, als sie in der Küche Platz genommen hatte, während er einen Kaffee kochte.

»Nee, ich habe …« Elke stockte und räusperte sich. »Im Hotel gab es einen Selbstmord. Ich habe die Leiche heute früh gefunden.«

»Tatsächlich?«

»Sag bloß, du hast davon noch nichts gehört?« Sie schaute ihn argwöhnisch an. Elke kannte Haie. Wahrscheinlich kaufte sie ihm nicht ab, dass er an einem Sonntag zur Reparatur eines undichten Fensters zu ihr kam.

»Schon«, gab er daher zu. »Ich habe beim Bäcker gehört, dass die Hansen ermordet worden sein soll. Und dass dieser Malte wohl gestanden hat, weiß ich auch.«

»Bei der ›Bäckerpost‹? Wann warst du denn Brötchen holen, wenn das schon rum war? Du stehst doch sonst schon mit den Hühnern auf.«

»Beim Bäcker habe ich nur das mit der Hansen gehört. Dirk hat mir von dem Brief erzählt.«

»Hm«, nickte Elke, die wieder in sich versunken wirkte. Vermutlich ließen sich die Bilder der Leiche nicht so leicht vertreiben.

Haie fragte sich, ob sie überhaupt in ihrem Leben jemals einen Toten gesehen hatte. Der Anblick war seltsam, und er glaubte zu verstehen, wie sehr es sie aus der Bahn geworfen hatte.

Er räusperte sich leise. »Vielleicht tut es dir gut, darüber zu sprechen?«

Elke schaute auf und musterte ihn. Sie wägt ab, ob es um sie oder um meine Leidenschaft fürs Detektivspielen geht, vermutete Haie und atmete aus, als sie zu sprechen begann, wenngleich unklar blieb, warum.

»Alles war heute eigentlich wie immer, bis ich da dieses Zimmer betreten habe und den Mann am Türgriff hängen sah.«

Er nickte lediglich, um sie zum Weiterreden zu animieren.

»Dabei kann ich mir nicht vorstellen, dass dieser nette Mann …«, sie schluckte, »… die Hansen umgebracht haben soll.«

»Wieso nicht?«, hakte Haie nach.

»Der war gestern schon im Hotel. Ein netter Kerl. Hat beim Frühstück erzählt, dass er zu diesem Klassentreffen wollte, und hat sich total gefreut. Auf mich wirkte der nicht, als habe er einen Mord geplant.«

»Gut«, gab Haie zu bedenken, »aber den meisten Mördern sieht man nicht an, dass sie etwas Böses im Schilde führen oder getan haben.«

»Mag sein«, entgegnete Elke, »trotzdem traue ich diesem Mann keinen Mord zu.«

Thamsen lenkte den Wagen durch den Koog und hielt schließlich an der Adresse der Brodersens. Das Reetdachhaus schmiegte sich an den alten Außendeich und wirkte heimelig. Dirk grauste davor, die schlimme Nachricht zu überbringen und so die Atmosphäre dieses Ortes zu zerstören.

Ohnehin war er nicht gern Überbringer von Todesbotschaften und glaubte nicht, dass es überhaupt jemanden gab, der so etwas gern tat. Ihm aber fiel es besonders schwer, mit den Reaktionen und Gefühlen der Angehörigen umzugehen. Vielleicht weil er es seit Kindesbeinen an nicht gewohnt war, über seine Empfindungen zu sprechen. Bei ihm zu Hause war die Stimmung stets angespannt gewesen, nicht wirklich herzlich. Die Beziehung zu seinem Vater war mehr als unterkühlt gewesen. Aber das war ein anderes Kapitel, entschied Thamsen und öffnete seufzend die Wagentür.

Er ging zur Haustür und klingelte. Die Glocke im Inneren ertönte laut. Jedenfalls kam es Dirk so vor, was an der ruhigen Umgebung liegen mochte. Auf jeden Fall erweckte der Klang das Haus zum Leben. Er hörte Schritte und gleich darauf erblickte er eine Frau durch die Glasscheiben der Eingangstür.

»Bitte?« Sie musterte ihn, nachdem sie geöffnet hatte.

»Mein Name ist Thamsen, Polizei Niebüll.« Er nestelte seinen Dienstausweis aus seiner Jackentasche. »Sind Sie Frau Brodersen?«

»Ja?«

»Ich muss, ich bin, also … Kann ich vielleicht reinkommen?«

Die Frau mit dem Lockenkopf blickte ihn noch einmal forschend an, öffnete die Tür dann weiter und ließ ihn eintreten.

Durch einen schmalen Flur führte sie ihn in die Küche. »Möchten Sie vielleicht einen Kaffee?«

Dirk blickte sich um. Der Tisch war noch gedeckt. »Wenn noch einer da ist?«

Sie schenkte ihm eine Tasse ein und wies auf einen

Stuhl. »Entschuldigen Sie, aber mein Mann und die Kinder waren spät dran. Schwimmturnier.« Sie zuckte mit den Schultern und versuchte zu lächeln.

Er nickte. »Kenn ich.«

Dirk wartete, bis Frau Brodersen sich zu ihm setzte. »Weswegen ich hier bin …«

»Sind Sie nicht zusammen mit Malte zur Schule gegangen?«, fiel sie ihm ins Wort.

Ein Schauer lief ihm über den Rücken. Er spürte, wie er zu schwitzen begann. »Wegen Malte bin ich hier, Frau Brodersen. Wir haben Ihren Bruder heute Morgen tot in seinem Hotelzimmer aufgefunden.«

Sie starrte ihn ungläubig an. »Tot?«

»Ja.«

»Hm, und wie? Ich meine, wie ist er gestorben?«

Thamsen holte Luft. »Es sieht alles danach aus, dass er freiwillig aus dem Leben geschieden ist.«

»Selbstmord?«

»Ja, nur …« Er wusste nicht, wie er seinen Verdacht formulieren sollte. »Es gibt da ein paar Umstände, die mich zweifeln lassen.«

»Sie meinen, er ist ermordet worden?«

»Hören Sie, es sind in den letzten Stunden ein paar sehr seltsame Dinge passiert. Ihr Bruder war zu dem Klassentreffen hier in Niebüll.«

Heike Brodersen nickte. »Ich hatte ihm angeboten hier zu übernachten, aber er wollte nicht. Ist auch umständlich, wenn man getrunken hat, hierhin rauszukommen. Außerdem kann mein Mann nicht …«

»Gestern auf der Feier, da ist leider auch eine Lehrerin ums Leben gekommen.«

Heike Brodersen riss die Augen auf.

»Mord?«, formulierte sie vorsichtig.

Er nickte. »Bei Ihrem Bruder haben wir ein Geständnis gefunden.«

»Was?« Sie schüttelte den Kopf. »Aber wieso sollte er jemanden umgebracht haben?«

»Malte schreibt, dass er Frau Hansen für sein verkorkstes Leben verantwortlich macht.«

»Verkorkstes Leben? Aber wieso? Er hatte doch alles, was er wollte. Ich habe meinen Bruder immer beneidet.«

Thamsen registrierte augenblicklich, wie problemlos der Schwester die Vergangenheitsform über die Lippen ging.

»Er schreibt, er sei erfolglos und …«

»Das stimmt nicht. Das glaube ich nicht. Mein Bruder hat niemanden umgebracht, und ganz sicher hat er sich nicht selbst umgebracht.« Heike Brodersen sprang bei diesen Worten von ihrem Stuhl auf.

Thamsen kannte derartige Reaktionen. Niemand wollte so etwas über ein Familienmitglied hören. Selbstmord fiel ein Stück weit auf die Angehörigen zurück. Jedenfalls empfand Dirk es so. Dennoch kam ihm diese ablehnende Haltung zugute.

»Nun«, gab er deshalb zu bedenken. »Wir könnten vielleicht in einer Obduktion …«

Ein Türklappen war zu hören, dann trat Herr Brodersen in die Küche. Ein großer, kräftiger Mann, der Thamsen stirnrunzelnd anblickte und das Wort »Obduktion« fragend wiederholte.

»Lars, stell dir vor. Malte soll Frau Hansen und dann sich selbst umgebracht haben.«

»So?« Der Angesprochene schaute Thamsen wieder an. »Und dafür gibt es Beweise?«

»Ihr Schwager hat ein Geständnis verfasst und sich dann wohl das Leben genommen.«

»Verstehe.«

»Was verstehst du?« Frau Brodersen blickte ihren Mann an. »Malte hat so etwas nicht getan. Ich will, dass man das untersucht«, forderte sie mit schriller Stimme.

»Sie könnten eine Obduktion beantragen«, schlug Dirk wie geplant vor.

Maltes Schwester nickte sofort, aber ihr Mann stoppte sie. »Moment, Moment, das müssen wir dann auch bezahlen, oder?«

»Schon«, bestätigte Thamsen zögerlich. Wegen der Kostenübernahme hatte er das Thema schließlich aufgeworfen.

»Weißt du, was so etwas kostet?«, wandte Lars Brodersen sich an seine Frau. »Nein, das kommt nicht in die Tüte. Nicht nach dem, wie Malte sich mir gegenüber benommen hat. Wahrscheinlich hat er die Lehrerin sogar ermordet. Du weißt doch, wie jähzornig er werden konnte.«

Frau Brodersen schwieg, doch ihr Mann redete sich richtig in Rage. Wie überheblich Malte ihnen gegenüber immer aufgetreten sei. »Hielt sich doch für etwas Besseres, wollte noch nicht einmal hier übernachten, der feine Pinkel.«

Dirk hörte interessiert zu, bis die Schimpftirade schließlich versiegte, weil Frau Brodersens Schluchzen immer lauter wurde, was ihren Mann zur Besinnung rief.

Thamsen legte seine Visitenkarte auf den Küchentisch. »Falls Ihnen etwas einfällt … ansonsten melden Sie sich morgen bitte wegen der Identifizierung bei mir.«

8. KAPITEL

Haie radelte durchs Dorf zurück nach Hause. Das Gespräch mit Elke hatte sein ungutes Bauchgefühl verstärkt. Zwar blieb nach wie vor die Möglichkeit, dass Malte Löhns Frau Hansen umgebracht hatte, aber der anschließende Selbstmord roch Haie zu inszeniert. Elke hatte unter Tränen erzählt, wie sie den Toten gefunden hatte, und irgendetwas passte nicht in das Bild. Haie wusste nur noch nicht, was genau es war.

Ihm kam ein Wagen entgegen, der aufblendete und hupte. Haie zuckte zusammen und verlor beinahe das Gleichgewicht. Schnell bremste er und stieg ab, denn das Auto wendete und hielt kurz darauf neben ihm.

»Was machst du denn hier?«, fragte Thamsen durch das geöffnete Seitenfenster.

»War bei Elke.«

»Bei Elke?«

Haie nickte. »Die Heizung ist kaputt.«

»Und du hast sie nicht zufällig zu dem Toten aus dem Hotel befragt?« Dirk kannte Haies Neugier nur zu gut.

»Wir haben darüber gesprochen. Sie war ganz aufgelöst. Und du? Was machst du so?«

»War bei den Angehörigen.«

»Aha?« Haie wartete auf weitere Angaben, aber der Freund schwieg.

»Willst du auf einen Kaffee mit zu uns? Ich habe auch Bienenstich vom Bäcker geholt.«

»Na, da sag ich nicht Nein.«

Thamsen fuhr voran, aber Haie, der den Elektromotor seines Fahrrads auf die höchste Stufe gestellt hatte, kam nur wenig später an. Dirk war bereits ausgestiegen und wurde freudig von Niklas begrüßt.

»Na, Großer?« Thamsen streichelte dem Jungen kurz über den Kopf. »Wie läuft es beim Fußball?«

»Wir hatten gestern ein Spiel, aber das war nichts«, entgegnete Niklas immer noch geknickt.

»Ach, das wird schon noch. Du bist doch recht neu in der Mannschaft, oder?«

Niklas nickte nur und folgte Thamsen ins Haus.

»Dirk«, begrüßte Tom ihn, der immer noch am Frühstückstisch saß und Zeitung las. Die legte er jedoch schnell zur Seite. »Was führt dich zu uns?«

»Och, Haie hat mir einen Kaffee versprochen und Bienenstich in Aussicht gestellt«, grinste Thamsen.

»Wir haben Bienenstich?« Tom blickte Haie an, der mit gerötetem Kopf in der Küchentür stand und nickte.

»Aber keinen Kaffee mehr, wie ich sehe. Ich koche schnell welchen.«

Dirk setzte sich zu Tom an den Tisch.

»Und, das Klassentreffen war nicht so toll, wie ich gehört habe?«

»Ach«, stöhnte Thamsen, »ein Albtraum. Und natürlich stehe ich mit der ganzen Arbeit da. Die Kripo kommt gar nicht erst raus. Seit man Malte gefunden hat, ist der Fall für die gelöst.«

»Und für dich? Wie siehst du das?«

Thamsen zuckte mit den Schultern und wies dabei

mit einem Kopfnicken zu Niklas, der ihnen interessiert zuhörte.

»Wolltest du Dirk nicht deine neuen Fußballschuhe zeigen?« Tom blickte seinen Sohn an.

»Jaaa«, entgegnete der, bewegte sich aber nur widerwillig aus dem Raum.

»Die Familie ist seltsam, genauer gesagt, der Schwager. Hat kein gutes Haar an Malte gelassen. Und die Schwester sagt, sie kann sich das bei ihrem Bruder nicht vorstellen«, beeilte Dirk sich zu erzählen.

»Wer kann sich vorstellen, dass jemand aus der eigenen Familie zum Mörder wird?«, entgegnete Tom.

»Trotzdem. Ich will da weiter nachforschen, kann sein, die hatten Streit wegen dem Erbe oder so. Irgendetwas ist da auf jeden Fall.«

»Hm«, überlegte Haie. »Elke konnte sich auch nicht vorstellen, dass dieser Malte etwas mit dem Mord zu tun hat. Sie sagt, er habe so fröhlich gewirkt, sich auf das Fest gefreut.«

»Du weißt selbst, wie gut einige Leute schauspielern können«, warf Tom ein. Ihm gefiel, dass der Fall gelöst schien. Wer hatte es schließlich schon gern, wenn in seiner Gegend ein Mörder frei herumlief?

»Ich habe auf jeden Fall ein paar Daten angefordert. Aber die kriegen wir nicht vor morgen«, bemerkte Thamsen, während er sich von Haie ein Stück Bienenstich servieren ließ.

»Der ist aber lecker«, lobte er den Kuchen noch vor dem ersten Bissen.

9. KAPITEL

Dirk brauchte nicht bis zum nächsten Tag warten. Als er wenig später auf dem Heimweg war, klingelte sein Telefon.

»Hier ist Heike Brodersen.«

»Ach, Frau Brodersen. Ist Ihnen noch etwas eingefallen?«

Er hörte ein Räuspern.

»Nicht wirklich, aber ich …« Sie stockte. »Kann ich meinen Bruder sehen?«

Thamsen, der mit der Identifizierung der Leiche erst morgen gerechnet hatte, freute sich.

»Ich müsste mal beim Bestatter nachfragen, wohin …«

»Es war nur eine Frage.«

»Nein, nein. Ich kläre das.«

Kurze Zeit später wartete er vor dem Beerdigungsinstitut in Niebüll. Der Bestatter war bereits vor Ort und bereitete alles vor.

Thamsen überlegte, ob er die Schwester noch einmal auf die Obduktion ansprechen sollte. Aber außer seinem Bauchgefühl hatte er keine Argumente, die eine Untersuchung des toten Bruders ihr gegenüber rechtfertigten.

Ein roter Golf fuhr auf das Gelände und Dirk verwarf seine letzten Gedanken.

Frau Brodersen war allein gekommen. Sie hatte sich mittlerweile umgezogen und war ganz in Schwarz gekleidet. Zumindest äußerlich schien sie um den Bruder zu trauern. Wie es in ihr drin aussah, konnte Thamsen nicht sagen.

Er reichte ihr die Hand und sprach nochmals sein Beileid aus.

»Bereit?«, fragte er dann. Sie holte tief Luft und nickte.

Er öffnete die Tür zu dem Institut, und sofort lief ein Schauer über seinen Rücken. Die Luft war kühler als draußen und von einem seltsamen Geruch erfüllt.

Wahrscheinlich ein Raumerfrischer, dachte Thamsen, um dem Verwesungsgeruch entgegenzuwirken.

Herr Mumme, der Bestatter, grüßte leise und wies mit einer Handbewegung in einen Nebenraum, in dem auf einer Bahre der Tote lag. Zögernd betrat Frau Brodersen den Raum, nachdem sie kurz an der Türschwelle stehen geblieben war. Mit unsicherem Schritt ging sie auf den Leichnam zu.

»Malte«, flüsterte sie. Heike Brodersen stand wie versteinert neben der Bahre, bis sich Tränen aus ihren Augen lösten und sie zu schluchzen begann. Thamsen trat hinter sie und legte seine Hand auf ihre Schulter.

»Das ist mein Bruder. Ich kann es nicht fassen. Wieso hat er das getan?«

»Das weiß ich nicht.«

»Aber Sie sind doch mit ihm zur Schule gegangen. Kannten ihn. Glauben Sie, er war zu einem Mord fähig?« Ihr Blick lag immer noch auf dem Toten.

»Das ist lange her, ich hatte keinen Kontakt mehr zu Ihrem Bruder«, entgegnete Dirk, während er Frau Brodersen aus dem Raum schob und Herrn Mumme dankend zunickte.

Draußen atmete Heike Brodersen tief ein und ihr tränengetränkter Blick ruhte auf Dirk. Er fühlte sich äußerst unwohl. Eigentlich sollte er die Schwester daran erinnern, dass der Fall sich so darstellte, als habe Malte zunächst seine alte Deutschlehrerin und erst anschließend sich selbst umgebracht. Aber die entsprechenden Worte wollten einfach nicht über seine Lippen kommen. Alles in ihm weigerte sich, den Fall als gelöst hinzunehmen. »Wissen Sie, ich kannte Malte nicht gut, habe ihn auf der Feier nicht einmal getroffen.«

»Er war nicht da?« Sie hob den Kopf.

»Das kann ich nicht sagen, wissen Sie, da waren so viele Gesichter … Ich habe gar nicht alle gleich wiedererkannt. Aber es gab andere Mitschüler, die Malte im ›Friesenkrug‹ gesehen haben.«

»Wirklich? Vielleicht täuschen die sich.« Heike Brodersen schien sich an jeden Strohhalm zu klammern.

Ansgar Rolfs hatte jedoch einige der Mitschüler noch einmal telefonisch zu Maltes Anwesenheit auf der Feier befragt. »Nur um sicherzugehen«, hatte er Thamsen anschließend mitgeteilt, denn bereits am Abend der Feier hatte es mehrere Befragte gegeben, die ausgesagt hatten, Malte gesehen zu haben. Zwar hatten die ehemaligen Schulkameraden nichts über sein Kommen und Gehen, wohl aber über eine flüchtige Begegnung berichten können.

»Es passt alles zusammen, daher hat der Staatsanwalt eine Obduktion abgelehnt.«

»Dann beauftrage ich das«, entfuhr es der Schwester. »Das bin ich meinem Bruder schuldig.«

»Gut«, nickte Dirk und machte gedanklich einen Freudensprung, »ich kümmere mich darum.«

Er verabschiedete Frau Brodersen und blickte dem roten Golf nach. Ohne viel Aufwand hatte er sie zu der

Obduktion bewegen können. Obwohl, eigentlich hatte sie die Untersuchung des Leichnams von Anfang an gewollt. Es war der Schwager, der dagegen gewesen war.

Er ging zurück ins Bestattungsinstitut und bat Herrn Mumme, die Leiche nach Kiel zu überführen.

»Hat die Staatsanwaltschaft doch Zweifel?«

»Nee, aber ich«, entgegnete Thamsen und nickte dem Bestatter zum Abschied zu.

Als er nach Hause kam, hörte er bereits vor der Tür Kindergeschrei und Dörtes schrille Stimme, mit der sie sich durchzusetzen versuchte. Er schmunzelte bei dem Gedanken, dass nur noch der Satz »Wartet, bis Papa nach Hause kommt« fehlte.

»Na, was ist denn hier für eine Party im Gange?«, begrüßte er seine Familie. »Kann ich mitmachen?« Trotz der vielen Arbeit war er in der letzten Zeit lockerer im Umgang mit den Kindern geworden. Ob man sich an den Krach und die Unruhe, die die beiden Kleinen in sein Leben gebracht hatten, gewöhnte? Wenn er sich Dörte anschaute, nicht, aber er verbrachte auch nicht ganz so viel Zeit mit den Kindern wie sie.

»So«, sagte er daher, »wer will mit mir an die Nordsee?«

Augenblicklich schnellten drei Hände in die Höhe.

Wenig später saßen sie alle zusammen im Auto und fuhren Richtung Dagebüll. Dörte war froh, dass sie und die Kinder heute noch einmal rauskamen. Lotta und Hanno waren derart unausgeglichen, wenn sie zu wenig Bewegung bekamen. Kaum hatten sie den Wagen auf dem kleinen Parkplatz neben dem Strandkiosk abgestellt, erklommen die beiden den Außendeich und rannten los.

»Lass sie sich auspowern«, empfahl Dirk und hakte sich bei Dörte ein. Sie beobachteten die Kinder und ihre Verbindung als Eltern war beinahe körperlich spürbar. Obwohl Dirk sich nicht gerade über Dörtes Schwangerschaften gefreut hatte, war er jetzt froh, wie alles gekommen war. Er liebte seine Familie – alle ausnahmslos.

Trotz der frischen Luft und der Freude an seiner Familie wanderten seine Gedanken wenig später zum Mordfall. Wie gierige kleine Biester verbissen sie sich in die Geschehnisse und zerrten sie immer wieder in seinem Kopf hin und her. Er konnte Heike Brodersen verstehen, auch wenn er keine Geschwister hatte. Es schien unbegreiflich, wenn ein Mensch von heute auf morgen aus dem Leben schied, auch wenn er es freiwillig tat. Vielleicht machte gerade diese Tatsache einen besonders hilflos und zugleich wütend. Außerdem fühlte man sich vermutlich schuldig. Warum hatte man nicht erkannt, in welcher Situation der andere sich befand? Wieso hatte man den Selbstmord nicht verhindern können? War es überhaupt Suizid? In Maltes Fall war Thamsen sich nicht sicher. Oder erging es ihm ähnlich wie Heike Brodersen und er wollte Maltes freiwilligen Tod nicht wahrhaben? Und den Mord an Frau Hansen?

»Papa, können wir ein Eis?« Lotta zupfte an seinem Ärmel und holte ihn damit aus seinen Grübeleien.

Sie hatten das Strandhotel erreicht, an dessen Seite es einen kleinen Kiosk gab.

»Wer zuerst da ist, bekommt das größte Eis«, antwortete Dirk, und sofort rannten alle los, wurden jedoch von einer langen Schlange vor dem Kiosk ausgebremst. Sie mussten sich wohl oder übel anstellen und warten, was besonders den Kindern schwerfiel.

»Sind das deine beiden?« Thamsen drehte sich um und blickte in das Gesicht von Wiebke Bahnsen, die sich ebenfalls angestellt hatte, allerdings, wie es schien, allein.

Dirk nickte. »Die Lütten. Die beiden anderen sind schon groß.«

Wiebke nickte anerkennend.

»Und du?«, fragte Dirk.

»Kinder sind nicht so meins«, erwiderte Wiebke.

»Muss ja auch nicht«, fiel Dörte dazwischen und stellte sich vor. »Ich habe mir jahrelang auch nicht vorstellen können, Mutter zu werden, und jetzt würde ich manchmal gern tauschen.« Sie lächelte, doch Wiebke zeigte keine Reaktion. »So, Kinder, sucht ein Eis aus«, wandte sie sich daher an Lotta und Hanno, um die etwas peinliche Situation zu entspannen.

»Habt ihr denn schon etwas wegen der Hansen rausfinden können?«, wollte Wiebke wissen.

Dirk nickte, zögerte jedoch einen Moment, von Malte zu erzählen. Wenn er jetzt die offizielle Version verbreitete, konnte er seinen Verdacht anschließend noch schlechter verteidigen, oder?

»Sag mal, hattest du noch Kontakt zu Malte Löhns?«, fragte er schließlich.

»Wieso? Hat er etwas damit zu tun? Soweit ich weiß, ging es dem nicht gut. Hat jedenfalls auf dem Treffen erzählt, dass er sich selbstständig gemacht hat und das Geschäft nicht lief.«

»Du hast gestern mit ihm gesprochen?«

Die ehemalige Schulkollegin nickte. »Aber was ist denn mit Malte?«

»Wir haben ihn heute Morgen tot in seinem Hotelzimmer gefunden.«

»Echt?«

»Ja.«

»Und wie? Ich meine, ist er auch …?«

»Nee, sieht nicht so aus, wir untersuchen das noch.«

»Was untersucht ihr denn da?«

»Den Fundort und so.« Thamsen hielt sich bedeckt und war froh, als Lotta an seinem Hosenbein zupfte und stolz ihr Eis präsentierte.

»So, ich muss dann auch mal.« Entschuldigend zuckte er mit den Schultern und schob Lotta Richtung Mole. »Bist du denn noch länger in der Gegend?«

»Ein paar Tage vielleicht«, entgegnete Wiebke und wandte sich dem Kioskbesitzer zu. »Ein Wasser bitte.«

»Wer war denn das?«, fragte Dörte, als sie außer Hörweite waren.

»Eine ehemalige Mitschülerin.«

»Sieht harsch aus.«

»Harsch?« Thamsen schaute Dörte mit gerunzelter Stirn an.

»Na, ich weiß nicht …« Dörte winkte ab und hakte sich bei ihm ein.

10. KAPITEL

Haie hatte am nächsten Morgen bereits den Frühstückstisch abgeräumt und überlegte, was er zum Mittag kochen sollte. Tom war heute nicht zu Hause, da er mit einem Kunden in Flensburg verabredet war. Er musste nur Niklas und sich selbst versorgen.

Der Junge aß wie beinahe alle Kinder in seinem Alter am liebsten Fischstäbchen, aber Haie hatte heute Appetit auf Fleisch. Er beschloss daher zum Supermarkt zu fahren und ein paar Schnitzel zu besorgen. Das Wetter war herrlich. Blauer Himmel, Sonnenschein, aber ein wenig zu kalt für diese Jahreszeit, was in Nordfriesland allerdings nicht selten vorkam. Eine frische Brise wehte hier fast immer, und die ließ die Temperaturen oftmals kühler erscheinen, als sie eigentlich waren. Daher griff er trotz des schönen Wetters zu seiner Jacke, denn er hatte festgestellt – je älter er wurde, umso anfälliger wurde er für Erkältungen, und sein Körper steckte diese Infekte nicht mehr so schnell und gut weg wie früher.

Nachdem er das Haus abgeschlossen hatte, holte Haie sein E-Bike aus dem Schuppen und schwang sich darauf.

Wie so oft, wenn er durchs Dorf fuhr, traf er etliche Bekannte und grüßte im Vorbeifahren. Schnell hatte er den Kaufmannsladen erreicht. Wie immer herrschte am Montag eine Menge Betrieb, denn nach dem Wochenende wollten die Leute sich mit frischen Waren versorgen. Das allein war es jedoch nicht, was die Dorfbewohner zuhauf in den Laden getrieben hatte, galt Helenes Supermarkt doch als einer der Hauptumschlagplätze in Risum für Neuigkeiten. Und die gab es ja wirklich.

»Hest all hört?«, fragte Oke Willemsen, als er sich hinter Haie an der Fleischtheke anstellte. »Die Hansen ist umbröcht worn.«

Haie nickte lediglich.

»Soll der Sohn vom Löhns gewesen sein. Jedenfalls hat der gestanden, und weil er mit der Schuld nicht klarkam, soll er sich aufgehängt haben.«

Haie staunte nicht schlecht, wie gut die Leute informiert waren, aber solche Neuigkeiten verbreiteten sich schnell im Dorf – nicht zuletzt dank Helene.

»Na, Haie, da gibt's diesmal nichts zu ermitteln für dich, watt?«, kommentierte sie den gelösten Fall, als er seine Schnitzel und einige andere Zutaten auf das Kassenband legte. »Dat ging diesmal quasi von selbst.«

»Meinst du denn wirklich, dass der Malte das war?« Er beäugte Helene.

»Wieso, gibt es etwa Zweifel?« Die Kauffrau horchte auf.

Haie zuckte die Schultern. »Na, du kanntest den doch, kannst du dir das vorstellen?«

»Was heißt ›kanntest‹? Der ist auch schon eine Weile von hier oben weg. Wer weiß, was für einen schlechten Einfluss die Großstadt auf den Jungen hatte. Außerdem steckt man in den Leuten nun mal nicht drin.«

Junge, kicherte Haie in Gedanken. Malte Löhns war beinahe 60.

Helene schien zu vergessen, dass sie selbst auch älter

wurde, sich veränderte und eben nicht alles mitbekam. Daher dichtete sie oft zu irgendwelchen Begebenheiten eine Menge hinzu – einfach, weil sie es nicht besser wusste.

»Man kann doch seine Lehrerin nicht verantwortlich machen, wenn man es im Leben zu nichts bringt«, mischte sich ein anderer Kunde in die Diskussion ein.

»Wieso nicht? Lehrer sind auch nur Menschen. Bei meinem Heinz hat die olle Friedrichsen immer schlechte Noten verteilt, weil sie ihn nicht mochte«, fuhr eine Frau in einem bunten Blumenkleid dazwischen.

»Mmh.« Haie kratzte sich am Ohr, während er darauf wartete, dass Helene seine Waren abkassierte. »Aber umgebracht hat er die Friedrichsen deswegen nicht, oder?«

Thamsen war an diesem Morgen früh bei der Arbeit und las einige Berichte, als Rolfs in seinem Büro erschien.

»Die Leute von deiner Abi-Feier fragen, ob sie abreisen können. Du hattest gesagt, dass sie sich zur Verfügung halten sollen, aber nun, wo Malte Löhns quasi den Mord gestanden hat, haben wir keine Handhabe, sie in der Stadt festzuhalten. Ich glaube, einige sind auch schon weg.«

»Wir haben die Kontaktdaten, falls es noch Fragen gibt, oder?«, vergewisserte Dirk sich.

Rolfs nickte und verschwand, während Thamsen zum Telefonhörer griff und die Nummer der Rechtsmedizin in Kiel wählte.

»Da kommt heute eine Leiche rein, aller Wahrscheinlichkeit nach Selbstmord, aber die Schwester will eine Obduktion«, teilte er Dr. Becker mit, nachdem dieser das Gespräch angenommen hatte. »Wann könntest du das durchführen?«

»Eilt es denn?«

»Eigentlich sieht alles wie gesagt nach einem Suizid aus.«

»Eigentlich?«, horchte der Mediziner sofort auf. »Hast du Zweifel?«

»Schon. Daher habe ich der Schwester zu einer Obduktion geraten.«

»Und willst du dabei sein?«

»Wenn das geht? Ist nicht von der Staatsanwaltschaft anberaumt.«

»Klar, ich kann das sogar heute Nachmittag noch einschieben. Momentan ist wenig los«, bot Dr. Becker an.

»Super, dann komme ich später nach Kiel.«

Nachdem er das Telefonat beendet hatte, blinkte auf dem Bildschirm seines Computers ein kleiner Briefumschlag. Eilig klickte er in seinen Posteingang. Die Spurensicherung hatte einen Bericht geschickt, der aber wenig weiterhalf.

Jede Menge Faserspuren und Fingerabdrücke, doch das sei nicht ungewöhnlich für ein Hotelzimmer, hatte der Kollege die Ergebnisse kommentiert. »Mist«, murmelte Dirk und leitete die Mail an Rolfs weiter, ehe er seine Sachen zusammenpackte, um sich auf den Weg nach Kiel zu machen. Wenn er zeitig da war, konnte er eventuell einen Kaffee zusammen mit Timo, seinem älteren Sohn, trinken, der dort an der Christian-Albrechts-Universität studierte.

»Ich fahre zur Obduktion von Malte Löhns. Du könntest die Finanzdaten anfordern. Vielleicht unterstreicht die finanzielle Lage tatsächlich das Geständnis und den Selbstmord. Falls nicht, haben wir weitere Indizien, die unseren Verdacht stützen«, schlug er Ansgar vor, als er sich verabschiedete. »Vielleicht gibt es etwas, das den Fall noch einmal dreht. Wenn nicht, dann schließen wir die Akte.«

Eigentlich hätte Thamsen bereits heute die Berichte fertigstellen können, aber irgendetwas in ihm sträubte sich dagegen, die Ermittlungen für abgeschlossen zu erklären.

Er ging zu seinem Dienstwagen und fuhr Richtung B 5. Um diese Uhrzeit kam er zügig voran und war schneller in Kiel, als er gehofft hatte.

»Kaffee trinken? Heute? Eigentlich total gern, aber ich habe morgen Klausur und muss noch lernen«, sagte Timo am Telefon.

»Und nicht mal Zeit für einen Kaffee?«

Dirk hatte Timo, seit er nach Kiel zum Studium gegangen war, selten gesehen. Jura war hart, er musste viel lernen. Es war gut, dass sein Sohn seinen eigenen Weg ging, aber es war auch manchmal schwer für Thamsen zu ertragen, keine große Rolle in Timos Leben mehr zu spielen. Besonders schlimm traf es ihn, seit Anne ein Auslandspraktikum in Australien absolvierte.

Auf der einen Seite war es toll, was die Kinder aus ihrem Leben machten. Dirk wünschte sich, er hätte die Möglichkeit gehabt, seine Träume zu verwirklichen. Aber auf der anderen Seite machte es ihn auch traurig. Denn wer wusste, ob Anne jemals zurückkam? Sie schwärmte bei jedem Internetchat von Australien, vielleicht wollte sie am Ende für immer dort bleiben.

»Ist gut, ich verstehe dich ja. Aber nach den Klausuren lässt du dich mal wieder blicken. Oma hat auch schon gefragt.«

»Mach ich«, versicherte Timo und legte auf.

Da Dirk nicht wusste, wie er die Zeit sonst verbringen sollte, fuhr er zur Uniklinik, die nicht weit entfernt von der Förde lag. Sollte Dr. Becker noch beschäftigt sein, dachte Dirk, kann ich ans Wasser runtergehen.

Der Rechtsmediziner saß in seinem Büro über ein paar Akten gebeugt, als Dirk nach einem Klopfen eintrat, und schien mehr als froh über sein Erscheinen.

»Dann können wir gleich loslegen. Der Leichnam wurde bereits eingeliefert, soweit ich weiß. Etwas Bestimmtes, worauf ich achten soll?« Behände sprang der Mann von seinem Stuhl auf.

»Alles, was auf Fremdeinwirkung hindeutet, bringt uns weiter«, erklärte Thamsen, während er dem Mediziner in den Sektionsbereich folgte, wo sie sich Kittel anzogen.

Dr. Becker schlüpfte in ein Paar Gummistiefel und reichte Dirk blaue Schutzüberzieher für seine Schuhe. »Na dann mal los.«

Er grinste Dirk an, dem mulmig zumute war. Es war zwar nicht die erste Obduktion, an der er teilnahm, aber über die Routine, die Dr. Becker im Umgang mit Toten an den Tag legte, verfügte er bei Weitem nicht. Ihn ergriff stets ein beklemmendes Gefühl, wenn er sah, wie der Rechtsmediziner sich an den Leichen zu schaffen machte, als seien es lediglich Forschungsobjekte und nicht die sterblichen Überreste eines Menschen. Diesmal hatte Dirk regelrecht Bauchschmerzen, da es sich bei dem Toten um einen ehemaligen Mitschüler handelte. Und er musste mehr als einmal schlucken, als er den toten Schulkameraden nackt und bleich auf dem Sektionstisch liegen sah, auf den ihn ein Assistent zur anstehenden Untersuchung gelegt hatte.

Wie wenig von einem Menschen bleibt, dachte er beim Anblick des toten Körpers.

Dr. Becker warf einen prüfenden Blick auf die bereitgelegten Instrumente und begann gemeinsam mit einem Kollegen, der sich zu ihnen gesellt hatte, die äußere Leichenschau.

»Strangulationsmerkmale«, kommentierte er die Abdrücke am Hals des Toten und nahm anschließend eine Lupe, um die Haut nach kleinsten Verletzungen abzusuchen.

»Hm«, bemerkte er, nachdem der Leichnam gewendet worden war, »Detlef, schau mal hier.«

Er wies mit dem Zeigefinger seiner latexbehandschuhten Hand auf eine Stelle im Nackenbereich. Der Kollege legte das Diktiergerät zur Seite und übernahm die gereichte Lupe.

»Sieht aus wie …« Detlef Graetke beugte sich noch tiefer über die Leiche. Thamsen glaubte, dass die Nase des Mannes gleich die Haut des Toten berühren würde.

»Schauen Sie mal.« Dr. Becker winkte Dirk zu sich heran. Zögernd trat der auf den Sektionstisch zu und übernahm die gereichte Lupe.

Er beugte sich über Maltes Leichnam und nahm den sich dadurch intensivierenden Verwesungsgeruch wahr.

An der Stelle, auf die Dr. Becker wies, sah man eine Verfärbung. Minimal, aber vorhanden. Um einen kleinen Punkt hatte sich eine Art dunkler Ring gelegt.

»Was ist das?«

»Wahrscheinlich eine Einstichstelle«, erklärte Dr. Becker.

»Aber dann …« Thamsen fuhr herum und blickte von einem Mediziner zum anderen. »Heißt das …?«

»Möglich«, beantwortete Detlef Graetke Thamsens nicht zu Ende formulierte Frage und hob dabei gleich abwehrend die Hände. Rechtsmediziner hielten sich meistens bedeckt, solange es keine eindeutigen Hinweise auf die Todesursache gab.

»Aber das finden wir heraus«, kündigte Dr. Becker an.

11. KAPITEL

Ansgar Rolfs' PC signalisierte eingegangene Post. Schnell öffnete er die Mail.

Die Bank von Malte Löhns hatte ihm einen Kontoeinblick gewährt, nachdem er mehr als einmal versichert hatte, die erforderlichen Unterlagen zeitnah nachzureichen. Er hoffte nur, dass die Obduktion Hinweise auf Fremdeinwirkung lieferte. Ansonsten steckte er gehörig in der Klemme, denn ohne Beweise für ein Kapitalverbrechen würde er kaum einen richterlichen Beschluss bekommen, der für die Offenlegung von Konten nötig war.

Auf den ersten Blick wirkten die finanziellen Verhältnisse gut, beim näheren Betrachten sogar sehr gut. Das Unternehmen von Malte Löhns schien hervorragend zu laufen, verfügte über entsprechende Eingänge, aus denen nicht unwesentliche Gewinne erwirtschaftet wurden, soweit Rolfs das beurteilen konnte.

Was also hatte Malte Löhns gemeint, als er in seinem Geständnis schrieb, in seinem Leben sei alles schiefgelaufen? Wenn er seine Lehrerin beschuldigte, dann hatte er sich bestimmt auf seine berufliche Laufbahn bezogen, oder? So grübelte Ansgar, während er im Internet nach der Nummer von Malte Löhns' Firma in Hamburg suchte.

»Polizei Niebüll, könnte ich mit der stellvertretenden Geschäftsführerin sprechen?«, erkundigte er sich, nachdem eine Frau mit freundlicher Stimme seinen Anruf entgegengenommen hatte.

»Kleinen Augenblick.« Er hörte ein kurzes Knacken, dann eine bekannte Melodie. Ist das aus dem »König der Löwen«?, überlegte Rolfs und zuckte zusammen, als die Musik jäh unterbrochen wurde.

»Katrin Mensching, was kann ich für Sie tun?«

»Rolfs, Polizei Niebüll. Ich rufe an, weil wir noch einige Ermittlungen abschließen wollen. Sie haben vom …«, er stockte kurz, »Ableben Ihres Chefs gehört?« Auf der Homepage der Firma hatte er einen entsprechenden Nachruf gesehen, und auf der Facebook-Seite des Unternehmens hatten bereits viele Nutzer eine Trauernachricht gepostet.

»Es ist furchtbar. Ich kann es gar nicht fassen.«

»Malte Löhns gab als Grund sein berufliches Versagen an.«

»Aber … das verstehe ich nicht. Hat er das geschrieben? Hier lief doch alles so gut. Ich glaube das nicht.« Menschings Stimme drohte zu versagen. Ansgar hörte sie schluchzen.

»Herr Löhns schrieb, in seinem Leben sei alles schiefgelaufen.«

»Das stimmt nicht. Früher vielleicht, aber das ist doch Schnee von gestern.«

»Was meinen Sie damit?«

»Vor drei Jahren, da gab es massive Probleme, finanziell. Aber seit wir einen Investor gefunden haben, läuft alles bestens. Wir wollten nächstes Jahr sogar nach Asien expandieren. Was wird jetzt bloß?« Ihr entfuhr erneut ein tiefer Schluchzer. Rolfs fragte sich, ob der Malte oder eher der Firma galt, die erneut in Schwierigkeiten geraten könnte.

»War Herr Löhns denn in der letzten Zeit anders als sonst? Wirkte er bedrückt, vielleicht sogar depressiv?«

»Nein, gar nicht. Wir sind auch privat gut befreundet. Ehrlich, da war nichts. Rein gar nichts.«

»Darf ich fragen, was ›privat sehr gut befreundet‹ heißt? Waren Sie ein Paar?«

»Nein, das nicht. Wissen Sie, Malte war nur ein Freund. Der stand nicht auf Frauen, wenn Sie verstehen, was ich meine?«

Thamsen parkte den Wagen vor dem Reetdachhaus in Fahrtetoft und ging zur Eingangstür.

Während der Fahrt von Kiel hierher hatte er so etwas wie ein Triumphgefühl empfunden. Sein grummelnder Bauch hatte ihn nicht getäuscht. Zwar hatte Dr. Becker ihn gebremst und gesagt, sie müssten erst noch die Ergebnisse der toxikologischen Untersuchung abwarten, dann aber nach weiteren Untersuchungen beigepflichtet, dass es durchaus Anzeichen für eine Fremdeinwirkung gab.

Die Frage war nur: Wer war es, der Frau Hansen umgebracht hatte und den Mord Malte Löhns in die Schuhe schieben wollte? Und warum? Darauf hatte Thamsen keine Antwort gefunden, und er hoffte auf weitere Hinweise von Maltes Schwester.

Er legte seinen Finger auf den Klingelknopf und drückte. Diesmal erschien hinter den Scheiben nicht Heike Brodersen, sondern ein etwa 13-jähriges Mädchen.

»Ist deine Mutter da?«, fragte Dirk, und der Teenager nickte. »Mama!«

Frau Brodersen kam aus der Küche und winkte ihn herein. Sie trug immer noch Schwarz und sah schlecht aus. Ihre Augen waren gerötet, sie hatte kaum Farbe im Gesicht.

»Entschuldigen Sie, aber wir diskutieren gerade wegen der Beerdigung«, sagte sie und räumte ein paar Unterlagen vom Tisch, an dem ihr Mann mit ausdrucksloser Miene saß.

»Also«, Thamsen räusperte sich, »es haben sich mittlerweile neue Erkenntnisse ergeben.«

»Wirklich?« Herr Brodersen zog eine Augenbraue in die Höhe.

»Es besteht der Verdacht, dass es sich nicht um Selbstmord handelt.«

»Was?« Heike Brodersen ließ sich auf einen der Küchenstühle fallen.

»Wir warten noch auf einige Ergebnisse, aber es ist möglich, dass Malte Opfer eines Gewaltverbrechens wurde. Könnten Sie sich vorstellen, wer ihm etwas antun wollte?«

»Aber das muss dann doch mit dem Mord an der Lehrerin zusammenhängen, oder?« Frau Brodersen blickte ihn fragend an.

»Kann, muss aber nicht. Noch wissen wir nichts Genaues über die Zusammenhänge und ermitteln in alle Richtungen.«

»Aha.«

»Ihr Bruder hatte eine gut laufende Firma. Hat er mal erzählt, dass er Ärger hatte oder es Probleme gab?«

Frau Brodersen schüttelte den Kopf.

»Kennen Sie die Stellvertreterin?«

»Nicht besonders gut. Malte und ich, wir hatten nicht sehr engen Kontakt.« Ihr Blick huschte zu ihrem Mann, was Thamsen nicht entging.

»Und sonst? Hat er mal etwas erwähnt? Privat vielleicht?«

»Privat? Nein, wie gesagt, in letzter Zeit …« Heike Brodersen verstummte mitten im Satz.

»Gut, danke«, seufzte Dirk. »Ich informiere Sie dann, wenn die Ergebnisse feststehen.«

»Na, wie war dein Termin in Flensburg?« Haie steckte seinen Kopf aus der Küche, als er Tom die Haustür öffnen hörte.

»Och, ist ganz gut gelaufen, denke ich.« Tom hängte sein Jackett an die Garderobe. »Die wollen mir morgen Bescheid geben, ob ich den Auftrag bekomme. Wie war es bei euch?«

»Nichts Besonderes. Alles wie immer.«

»Hast du was von Dirk gehört?«

»Nee.« Haie schüttelte den Kopf. »Vielleicht legen sie den Fall doch zu den Akten. Wenn sich da nichts findet, hat Malte Löhns die Hansen wohl tatsächlich für seine Unzufriedenheit verantwortlich gemacht und sie und anschließend sich selbst umgebracht.«

Tom nickte. Er war müde. Der Termin hatte ihn mehr geschlaucht, als er gedacht hatte. Vielleicht sollte er, bevor er mit dem Auftrag startete – falls er ihn bekam –, ein paar Tage Urlaub machen. »Wann sind noch einmal Ferien?«

»Das dauert noch. Die Ferien fangen dieses Jahr spät an«, antwortete Haie und nahm ihm damit den Wind aus den Segeln. »Aber wenn du mehr Zeit mit Niklas verbringen willst, der freut sich, wenn du ihn mal wieder zu einem Fußballspiel begleitest.«

Das war zwar kein Urlaub, aber Tom wusste, dass der Freund recht hatte. In der letzten Zeit hatte er seinen Sohn wirklich ein wenig vernachlässigt. »Wann ist denn das nächste Turnier?«

»Ich glaube, Sonntag.«

Tom griff nach der Zeitung und setzte sich an den Küchentisch. Bis Sonntag war's noch ein wenig hin, jetzt wollte er erst einmal abschalten. »Hast du das ›Tageblatt‹ schon gelesen?«

Haie schüttelte den Kopf. »Nee, bin ich heute nicht zu gekommen.«

»Wieso, was hast du denn gemacht?«

»Nicht so wichtig«, winkte Haie ab. »Aber schau doch mal, ob etwas über den Mord drinsteht.« Irgendwie ließ ihn das Thema nicht los, auch wenn der Fall aufgeklärt schien.

»Steht was drin.« Ohne dass sie es mitbekommen hatten, stand Dirk in der Tür. Er war auf dem Rückweg von den Brodersens und hatte beschlossen, kurz bei den Freunden anzuhalten.

»Was machst du denn hier? Schon Feierabend?«, fragte Tom, nachdem er sich von dem Schreck erholt hatte.

»Momentan kann ich nicht wirklich etwas tun. Warte noch auf Ergebnisse aus Kiel.«

»Kiel?« Haie horchte auf. »Etwa aus der Rechtsmedizin?«

Thamsen nickte. Eigentlich durfte er nicht über die Ermittlungen sprechen, aber der gut vernetzte Haie hatte ihm bei vergangenen Fällen schon so oft weitergeholfen, dass er bei ihm und Tom immer wieder eine Ausnahme machte. Er hoffte, die beiden würden die Interna für sich behalten.

»Sieht so aus, als wäre Malte Löhns doch nicht freiwillig aus dem Leben geschieden.«

»Ach«, entfuhr es Haie, und auch Tom blickte Dirk fragend an.

»Es gibt Anhaltspunkte, dass es kein Suizid war.«

»Welche?«

»Die Firma lief gut, die Schwester hat keinen Streit oder Probleme nennen können. Obwohl …«, Thamsen stockte, »… zwischen dem Schwager und Malte lief es nicht so gut.«

»Wieso nicht?«, wollte Haie wissen. Er reichte Thamsen ein Glas Wasser, nachdem sie sich an den Küchentisch gesetzt hatten.

»Keine Ahnung, vielleicht konnten die sich nicht riechen, oder der Schwager hatte ein Problem damit, dass Malte schwul war.«

»Der war schwul?« Haies Augen weiteten sich.

»Das hat jedenfalls die Geschäftspartnerin erzählt.« Diese Information hatte Thamsen mittlerweile von Rolfs erhalten. Immer weiter verdichtete sich ihr Verdacht, Malte Löhns habe sich nicht selbst getötet. Wenn er nur schon die Ergebnisse der toxikologischen Untersuchung hätte.

»Und wer erbt die Firma? Ich meine, vielleicht ging es bei dem Mord an Malte um Geld?«, gab Tom zu bedenken.

Thamsen zuckte mit den Schultern. »Das wäre ein mögliches Motiv. Bevor wir jedoch weiter in diese Richtung ermitteln, brauchen wir Beweise, dass Malte sich nicht selbst umgebracht hat.«

»Und dann bleibt da noch der Mord an der Hansen. Habt ihr da etwas Neues?«, wollte Haie wissen.

»Nicht wirklich. Nach dem Geständnis wurde da nicht groß ermittelt, momentan ist nicht einmal mehr die Kripo involviert, weil die Husumer den Fall im Prinzip schon abgeschlossen haben.«

»Aber das ist er nicht, oder?«

12. KAPITEL

Am nächsten Morgen meldete sich Dr. Becker, als Thamsen auf dem Weg ins Büro war.

»Du hast recht gehabt, ich habe im Blut einen Nachweis von Ketamin gefunden.«

»Ketamin?«

»K.-o.-Tropfen.«

»Das heißt, Malte Löhns wurde zunächst betäubt, und dann hat ihn jemand in Ruhe aufgehängt?«

»Sieht so aus. Dass er sich das Zeug selbst gespritzt hat, können wir so gut wie ausschließen. Einen abschließenden Bericht bekommst du aber noch.«

»Gut, danke.«

Im Büro angekommen, informierte Dirk Ansgar und berief eine Versammlung ein. Die Husumer Kollegen wählte er per Videokonferenz ein.

»Und es ist nachgewiesen, dass der Tote ermordet wurde?« Lorenz Meister von der Husumer Kripo schaute Dirk vom Bildschirm fragend an.

»Ja.«

»Wieso ist die Leiche überhaupt obduziert worden? Hatte die Staatsanwaltschaft das genehmigt?« Der Beamte kniff die Augen zusammen.

»Das war ein Wunsch der Familie. Die Angehörigen konnten sich den Selbstmord nicht erklären«, gab Thamsen trocken Auskunft. Er sah die Zeit gekommen, dass die feinen Beamten aus Husum sich hierher bewegten. Persönlich konnte er auf ihre Anwesenheit zwar verzichten, aber ein Mord fiel nicht in seinen Zuständigkeitsbereich. Eigentlich, denn wahrscheinlich würde wie so oft die Arbeit an ihm und seinem Team hängenbleiben. Und obwohl es ihn ärgerte, hatte er sich in der vergangenen Zeit ein Stück weit daran gewöhnt. Oder wird man mit zunehmendem Alter einfach gelassener?, überlegte er, als der gewohnt heftige Impuls ausblieb.

»Und was sind eure nächsten Schritte?«, erkundigte Meister sich und riss Thamsen dadurch aus seiner Gedankenwelt.

»Im Prinzip haben wir zwei Morde aufzuklären, obwohl man davon ausgehen kann, dass es sich wahrscheinlich um ein und denselben Täter handelt.«

»Vielleicht war Malte Löhns nur das Bauernopfer, und es gab gar kein Motiv für den Mord an ihm«, gab Rolfs zu bedenken.

»Das heißt, wir müssen uns stärker um den Mord an Frau Hansen kümmern«, schlussfolgerte Dirk.

»Aber verliert den anderen Fall nicht aus den Augen«, mahnte Lorenz Meister, ehe er sich verabschiedete und sein Bild erlosch.

Thamsen atmete auf und verteilte die nächsten Aufgaben. Sie würden mal wieder selbst ermitteln müssen.

»Wir müssen noch einmal mit den Gästen der Feier und auch mit dem Wirt sprechen. Versucht den mal vorzuladen und schaut, wer von der Liste mit den Zeugen noch vor Ort ist. Mit denen fangen wir an, den Rest müssen wir telefonisch regeln.«

Rolfs und die anderen Mitarbeiter nickten.

»Ich kümmere mich in der Zwischenzeit um die Angehörigen der Hansen. Gab es da jemanden?«

»Eine Mitbewohnerin, der ich die Todesbotschaft überbracht habe«, gab Ansgar Auskunft. »Die Hansen wohnte mit einer Frau Nehlsen zusammen. Ansonsten gab es da niemanden. Keinen Ehemann, keine Geschwister, keine Kinder.«

»Und die Adresse?«

»Muss ich nachsehen.«

Wenig später befand Dirk sich auf dem Weg zu Lydia Nehlsen. Die von Ansgar genannte Adresse hatte er schnell erreicht, und so stoppte er seinen Wagen bereits nach kurzer Fahrzeit vor dem Mehrfamilienhaus mit Klinkerfassade und stieg aus.

Er hatte selbst einmal in dieser Gegend gewohnt, damals, als er sich von Iris getrennt und die Kinder zu sich genommen hatte, doch diese Zeit schien ihm mittlerweile sehr weit weg zu liegen und die Erinnerungen daran kamen ihm blass und verschwommen vor.

Er ging den kleinen Plattenweg auf das Haus mit der Nummer 14 zu, das ihm irgendwie drollig erschien. Ein blumenreicher Vorgarten reichte bis an die Hauswand; in den Fenstern der unteren Wohnung hingen strahlend weiße Gardinen, zierten blühende Orchideen das Fensterbrett. Dazwischen allerlei Nippes wie eine Porzellaneule und ein Holzschaf.

»Hier scheint aber einer einen grünen Daumen zu haben«, murmelte Thamsen, als er vor die Tür trat und die Klingel mit dem Namen »Nehlsen« betätigte.

Kurz darauf summte der Öffner und er trat in den Hausflur, der sauber und ordentlich wirkte. Auf dem ersten Treppenabsatz stand eine ältere Dame und musterte ihn. Sie wirkte gebrechlich, aber ihr Blick war hellklar.

»Ich bin Kommissar Thamsen. Sind Sie Frau Nehlsen?«

»Ich kenne Sie. Aus der Zeitung.«

»Gut, ich müsste einmal mit Ihnen sprechen, wegen Frau Hansen.«

»Kommen Sie«, forderte sie ihn auf und bewegte sich langsam in die Wohnung.

Drinnen sah es ähnlich aus wie draußen. Überall standen kleine Figuren, hingen Wandteller und Stickbilder. Das Wohnzimmer allerdings wurde von einem überquellenden Bücherregal dominiert.

»Oh, Sie lesen eine Menge«, entfuhr es ihm beim Anblick der vielen Bücher.

»Das sind Ritas Bücher«, entgegnete Lydia Nehlsen, während sie auf einen Sessel wies und sich anschließend auf das Sofa fallen ließ.

Er nickte anerkennend und räusperte sich.

»Ich habe da noch ein paar Fragen zu Frau Hansen. Sie wohnten zusammen?«

»Rita war meine Lebensgefährtin.«

»Lebensgefährtin?« Thamsen runzelte die Stirn. »Bedeutet das …?«

Frau Nehlsen nickte. »Genau, Rita und ich waren ein Paar. Seit mehr als 40 Jahren. Wir haben das nie an die große Glocke gehängt. Sie wissen, wie die Leute hier auf so etwas reagieren.«

Er spürte, wie ihm die Röte ins Gesicht schoss. Obwohl er sich für äußerst aufgeschlossen hielt – wie selbstverständlich hatte er auf die Auskunft nicht reagiert. Irgendwie wollte sich das Bild von Frau Hansen, seiner ehemaligen Deutschlehrerin, als Lesbe nicht so recht formen.

»Nun gut, ja dann kannten Sie sich lange und gut.«

»Das kann man wohl sagen. Und ich verstehe nicht, warum dieser Malte Rita so etwas angetan hat«, schluchzte die Frau, die bisher sehr gefasst auf ihn gewirkt hatte.

»Das heißt, es gab keine Anfeindungen?«

»Von dem Mörder?«

»Oder jemand anderem?«

Lydia Nehlsen horchte auf. »Wieso, hat Malte Löhns mit dem Mord nichts zu tun?«

»Das wissen wir noch nicht genau, daher ermitteln wir in alle Richtungen.«

Die Lebensgefährtin der Toten krauste die Stirn. »Aber wer soll denn sonst …? Und wieso? Wir lebten sehr zurückgezogen.«

»Und zu Malte Löhns gab es keinen Kontakt?«

Frau Nehlsen schüttelte den Kopf. »Nein. Ich verstehe nicht, wie man jemanden nach so vielen Jahren für sein eigenes Scheitern verantwortlich machen kann.«

»Zumal wir noch nichts gefunden haben, das dieses Versagen bestätigt.«

»Was soll das heißen?« Sie fixierte ihn mit starrem Blick.

»Dass auch Malte Löhns ermordet wurde.«

»Was? Ja, aber …« Sie schnappte nach Luft. »Das bedeutet, Ritas Mörder läuft noch frei rum!«

»Und noch mal danke, dass Sie so schnell hergekommen sind. Melden Sie sich bitte, falls Ihnen noch etwas einfällt.« Ansgar Rolfs reichte dem Mann in Cordhose und Poloshirt die Hand und brachte ihn zur Tür. Wie vereinbart hatte er sich an die Befragung der ortsansässigen ehemaligen Schüler des Jahrgangs gemacht.

Er reckte seinen Kopf und hielt nach der nächsten Zeugin Ausschau.

»Frau Bahnsen?« Er schaute die große blonde Frau an, die sich erhob und zielstrebig auf ihn zukam.

»Bitte.« Er ließ ihr den Vortritt ins Büro, wies auf den Stuhl vor seinem Schreibtisch und setzte sich anschließend selbst dahinter.

»Ich verstehe gar nicht, warum ich noch einmal kommen musste. Ich dachte, der Fall ist geklärt.«

»Es haben sich neue Hinweise ergeben, daher müssen wir die Ermittlungen noch einmal aufnehmen. Gut, dass Sie noch nicht abgereist sind. Sie wohnen nicht mehr hier?«

Rolfs schaute auf die Daten im Computer und entnahm diesen, dass Frau Bahnsen mittlerweile in Berlin lebte.

»Aber Malte hat doch die Hansen umgebracht?«

»Haben Sie das gesehen?«

»Natürlich nicht, aber ich dachte …« Wiebke Bahnsen lehnte sich weiter auf dem Stuhl zurück.

»Bei unseren Ermittlungen hat sich herausgestellt, dass auch Malte Löhns Opfer eines Gewaltverbrechens geworden ist.«

Rolfs sah, wie die Bahnsen schluckte. Sie wirkte auf ihn sehr selbstbewusst, war äußerst gepflegt, gut gekleidet. Sicherlich legte sie sehr viel Wert auf ihr Äußeres. Nicht alle Frauen in dem Alter taten das. Und etliche jüngere ebenfalls nicht. Rolfs war zwar Single, aber darüber konnte er ein Lied singen. »Haben Sie Malte denn an diesem Abend gesehen?«

Sie verzog ihr Gesicht zu einer angestrengt wirkenden Miene. »Doch, ich meine mich zu erinnern.«

Rolfs rollte mit den Augen. Frau Bahnsen war nicht die Erste, die sich nicht genau erinnern konnte. Vor ihr hatten schon einige ausgesagt. Eine von ihnen meinte sogar, sie habe Malte mit der Lehrerin im Gespräch gesehen. »Und die Hansen?«

»Die habe ich gesehen, aber nur kurz.«

»Wie war denn Ihr Verhältnis zu den beiden?«

»Mein Verhältnis?« Sie blickte ihn mit zusammengekniffenen Augen an.

»Was für eine Beziehung hatten Sie zu Malte Löhns und Rita Hansen?«

»Beziehung? Keine.«

»Na, Sie kannten sie doch. Hatten Sie noch Kontakt?«

»Nein.«

»Gar nicht?«

»Nein!« Wiebke Bahnsen sprang vom Stuhl auf. »Hören Sie, meine Erinnerungen an meine Schulzeit sind nicht die besten. Ich habe nach dem Abi alle Zelte abgebrochen und wollte einfach keinen Kontakt zu jemandem, der mich an diese Zeit erinnert.«

»Wieso, wie war denn Ihre Schulzeit?«

»Das ist privat. Darüber spreche ich nicht. Zu persönlich.« Sie hatte sich gefangen und ließ sich langsam wieder auf dem Stuhl nieder.

»Tut mir leid«, versuchte Ansgar die Wogen zu glätten. »Also, Sie hatten keinen Kontakt, wollten auch keinen. Aber wieso sind Sie überhaupt zur Feier gekommen?«

Die Bahnsen wand sich ein wenig vor seinem Schreibtisch. »Man wird halt älter. Ich war doch neugierig.«

»Neugierig?«

»Was die anderen so machen, was aus ihnen geworden ist.« Sie lächelte ihn an.

»Ich dachte, Sie wollten nicht an diese Zeit erinnert werden?«

»Schon, aber … Kennen Sie das nicht?« Sie musterte ihn.

Rolfs hielt dem Blick stand.

Er war es gewohnt, dass Leute ihn in Verhören manipulieren wollten, aber diese Frau schaffte es nicht. Obwohl sie sehr attraktiv war für ihr Alter und sogar versuchte, mit ihren Reizen zu spielen, indem sie bewusst das eine Bein über das andere schlug.

»Es gab auch schöne Erinnerungen, zumindest an einige Mitschüler.«

»Auch an Malte Löhns?«

»Sie meinen …?« Wiebke Bahnsen zog das Gesicht zusammen, als hätte sie in eine Zitrone gebissen. »Aber nein, der war schon damals nicht mein Typ. Ich sagte doch, dass ich zu ihm keine Beziehung hatte.«

13. KAPITEL

Frau Nehlsen hatte, nachdem sie sich von dem ersten Schreck erholt hatte, keine weiteren Angaben machen können. Sie wusste nicht, wer Rita Hansen so etwas hatte antun können.

Thamsen fuhr zurück auf die Dienststelle und rief bei den Kollegen der Spurensicherung an.

»Wirklich bahnbrechende Spuren haben wir nicht gefunden. Aber das Seidentuch, mit dem die Hansen erdrosselt wurde, war teuer. Stammt von Hermes.«

»Kann ich es haben?«

»Wir schicken es euch rüber.«

Thamsen wollte es der Lebensgefährtin zeigen. Er hatte immer noch Schwierigkeiten, sich seine ehemalige Deutschlehrerin als Lesbe vorzustellen, aber langsam gewöhnte er sich daran. Redete er sich zumindest ein.

Er ging zu Ansgar, der gerade ein Verhör beendet hatte und sich in der Gemeinschaftsküche eine Tasse Kaffee holte.

»Puh, du hattest aber seltsame Mitschüler«, stöhnte Rolfs.

»Wieso?«

Ansgar erzählte von der letzten Befragung.

»Wiebke Bahnsen war schon immer ein wenig seltsam. Sie gehörte damals eher zu den Außenseitern. Ich hatte kaum Kontakt zu ihr. Glaube, niemand hatte viel mit ihr zu tun, obwohl ...« Dirk fuhr sich über den Kopf. »Wenn ich mich recht erinnere, hat sie damals viel mit Malte rumgehangen. Hat sie etwas dazu gesagt?«

»Nee, sie hat behauptet zu keinem der Opfer eine Verbindung gehabt zu haben.«

»Ist ja auch lange her«, kommentierte Thamsen Wiebkes Aussage. Er hatte selbst kaum zu jemandem von damals Kontakt.

»Wie viele sind denn noch da?«

»Drei oder so, Martin hilft mir. Dann sind wir erst mal mit den persönlichen Gesprächen durch und müssen noch telefonieren.«

»Dabei helfe ich dir, wo ist die Liste?«

Haie war an diesem Nachmittag nach Niebüll geradelt. Niklas war bei einem Freund, und Haie wollte ein paar Sachen besorgen, die er im Dorf nicht bekam.

Normalerweise erledigte Tom diese Dinge oder nahm Haie zumindest mit dem Auto mit, doch der hatte heute überraschend einen Anruf aus Flensburg bekommen und musste noch einmal in die Firma zu Verhandlungen.

Haie fuhr über den Risumer Weg und war schnell in Deezbüll angekommen. Die Hauptstraße entlang radelte er bis zum Rathausplatz, wo er in der Apotheke ein paar Salben und etwas gegen Niklas' Husten besorgte. Anschließend bummelte er weiter zur Stadtbäckerei, wo er sich, wie immer, wenn er in Niebüll war, eine Tasse Kaffee gönnte.

»Na, Haie«, grüßte ihn die Verkäuferin, die ihn mittlerweile gut kannte. »Mal wieder in Niebüll?«

»Ja, hatte ein paar Sachen zu besorgen.« Er nahm den

Kaffee entgegen und orderte noch ein Stück Butterkuchen dazu.

»Traust du dich denn überhaupt noch her?« Sie zwinkerte ihm zu, doch Haie verstand nicht so recht, worauf sie hinauswollte.

»Na wegen der ganzen Toten. Dieser Mann, der erst seine Lehrerin und dann sich selbst umgebracht hat. Beinahe wie ein Amoklauf.«

»Ganz so kann man das nicht sehen«, gab Haie zu bedenken.

»Nicht?«, mischte sich eine ältere Dame ein, die an einem der Stehtische ebenfalls einen Kaffee trank. »Arme alte Leute umbringen. Und dann sich selbst.«

»Na, das ist höchstens ein erweiterter Suizid«, erklärte Haie fachmännisch, »aber Malte Löhns hat sich doch gar nicht umgebracht.«

»Was?«, entfuhr es beiden Frauen im Chor.

Sofort wusste Haie, dass sein letzter Satz ein Fehler gewesen war.

»Na, so ganz klar ist das nicht. Das muss alles genau untersucht werden«, versuchte er zurückzurudern, während er den noch recht heißen Kaffee beinahe in einem Schluck hinunterkippte.

Thamsen würde ihm die Hölle heißmachen, wenn er womöglich die Bevölkerung aufscheuchte.

Er zahlte schnell, faselte etwas von einem wichtigen Termin und verließ die Bäckerei fluchtartig. Draußen beschloss er, nicht direkt heimzufahren. Er schwang sich auf sein Fahrrad und radelte die Straße weiter entlang. Nicht weit entfernt lag das Hotel, und wenn er Glück hatte, arbeitete Elke heute.

Das Gebäude lag direkt an der Hauptstraße und präsentierte sich ihm wie immer. Ein paar Autos standen auf dem

Platz davor, tagsüber herrschte meistens wenig Betrieb. Er stellte sein Fahrrad ab und betrat die Eingangshalle. Unbewusst scannte er die Umgebung, ging dabei zügig auf die Rezeption zu.

»Ich wollte zu Elke Ketelsen.«

Der Mann hinter dem Tresen, der auf der Tastatur seines Computers förmlich herumhämmerte, nickte.

»Gang runter und dann rechts oder links. Ist am Zimmerreinigen«, gab er, ohne seine Tätigkeit zu unterbrechen, Auskunft.

Haie schüttelte den Kopf, verkniff sich jedoch einen Kommentar. Prinzipiell hätte er ein Gast sein können. Aber das interessierte den Hotelmitarbeiter anscheinend nicht.

Er stiefelte den Flur hinunter und bog um die nächste Ecke, wo er mit Elke zusammenstieß, als sie gerade aus einem der Zimmer kam.

»Haie, ist was passiert?«

»Nichts, wollte nur sehen, wie es dir geht.«

»Ach, wie soll es mir gehen?« Ihre Wangen gewannen an Farbe. »Arbeit lenkt mich ab.«

»Wirklich?« Er musterte sie, obwohl er in erster Linie nicht wegen ihr gekommen war.

»Ein wenig.« Sie versuchte zu lächeln.

Er nickte lediglich. »Dann will ich dich davon nicht abhalten«, sagte er.

Doch sie zupfte an seinem Ärmel. »Willst du das Zimmer mal sehen?« Elke kannte ihn zu gut. Außerdem freute sie sich, dass er gekommen war, und wollte nicht, dass er so schnell wieder verschwand.

Natürlich wollte Haie den Tatort sehen und folgte Elke den Flur entlang. Vor dem Zimmer mit der Nummer 12 blieb sie stehen, drehte sich in alle Richtungen und öffnete dann mit der Generalzimmerkarte, die sie an einem Schlüsselband aus ihrer Kitteltasche zog.

Sie ergriff Haies Arm und zerrte ihn hinter sich in den Raum.

Das Zimmer wirkte auf ihn wie jedes andere auch. Haie spürte Enttäuschung in sich aufwallen, während er sich umblickte.

»Ist inzwischen freigegeben, und wir haben es gereinigt.«

Ihn fröstelte bei der Vorstellung, der nächste Gast würde das Zimmer beziehen, ohne etwas von dem Todesfall zu wissen.

»Hier hat er gehangen.« Sie wies auf die Tür zum Badezimmer.

Haie trat heran und inspizierte die Klinke, doch es war nichts mehr zu sehen. »Und ist dir anschließend noch etwas aufgefallen?«

Elke schüttelte den Kopf und schlang ihre Arme um den Körper.

»Und den anderen Gästen?«

»Nee, die wurden gar nicht befragt, soweit ich weiß. Der Leichenfund sollte nicht an die große Glocke gehängt werden.«

»Nicht befragt?« Haie kratzte sich am Kopf und überlegte, ob das nicht vielleicht ein Fehler war.

Thamsen hielt den Telefonhörer ein Stück von seinem Ohr weg. Meike Erichsen erzählte seit einer Viertelstunde ohne Punkt und Komma. Wie früher. Schon zu Schulzeiten hatte Thamsen es nicht geschafft, sich bei der Mitschülerin Gehör zu verschaffen. Einige Menschen änderten sich nie. Er fragte sich, ob er sich verändert hatte, seit damals. Gut, äußerlich gewiss; er war älter geworden. Aber sonst? Von seinem Wesen und seinem Charakter her? Er glaubte es nicht. Und wenn, dann nur minimal.

Meike Erichsen holte Luft, und er nutzte die Gelegenheit. »Danke, Meike, das hat uns sehr geholfen. Wir melden uns wieder, wenn wir noch Fragen haben.«

Schnell verabschiedete er sich, ehe die Frau zu einem erneuten Redeschwall ansetzen konnte.

»Puh«, stöhnte er, als er auflegte und sich ein paar Notizen zu dem Gespräch machte. Dann fuhr er mit dem Finger die Liste weiter entlang.

Sofia Carstens war die Nächste. Thamsen versuchte, sich ein Bild von der Mitschülerin in Erinnerung zu rufen. War das nicht die kleine blasse schüchterne gewesen? Die immer anlief wie eine Tomate, wenn man sie nur ansah? Er rätselte noch, ob das Bild zu dem Namen auf der Liste passte, als es an der Tür klopfte.

»Herein.« Thamsen schaute erwartungsvoll auf.

»Haie«, entfuhr es ihm, als der Freund das Büro betrat. »Was machst du denn hier?«

»Och, ich war in Niebüll und dachte, ich schaue mal bei dir vorbei.«

Dirk musterte ihn. Er kannte Haie gut genug, um zu wissen, dass dies nicht der einzige Grund seines Besuches war.

»Kommt ihr voran bei den Ermittlungen?«, fragte Haie auch gleich darauf und reckte neugierig den Hals, um einen Blick auf die Unterlagen auf Thamsens Schreibtisch zu erhaschen.

»Es geht.«

»Hm, du, mir ist da was eingefallen. Ich war gerade im Hotel.«

»Wieso das denn?«

»Habe nach Elke geschaut.«

»Nach Elke?« Dirk fixierte ihn. »Seit wann interessiert sie dich wieder?«

»Na, sie war immerhin einmal meine Frau!« Haie stemmte die Hände in die Hüften.

»Und hat dich ziemlich verarscht«, versuchte Dirk ihn zu erinnern. Außerdem war die Sorge um Elke ganz sicher nicht der Grund, der Haie ins Hotel getrieben hatte, und Thamsen wusste das.

»Ja, na ja«, druckste Haie herum. »Also …«

»Du wolltest dir den Tatort anschauen.«

»Aber da war nichts mehr zu sehen.«

»Was hast du gedacht, was es da noch zu sehen gibt?« Thamsen wusste, wie gern der Freund Detektiv spielte, aber der Mordfall war wirklich nicht sein Bereich. »Doch nicht, dass wir die Leiche da liegenlassen?«

»Ich weiß doch, die Leiche ist in der Rechtsmedizin zur Untersuchung«, konterte Haie. »Aber habt ihr die anderen Gäste befragt?«

»Wie, befragt?«

»Die anderen Hotelgäste, ob irgendjemand von denen etwas gesehen hat? Elke jedenfalls hat gesagt, dass Malte fröhlich wirkte, und vielleicht haben auch andere Gäste etwas beobachtet.«

»Hm.« Thamsen fasste sich ans Ohr. »Ich glaube … Moment mal.«

Er stand unvermittelt auf und ging hinüber in Ansgars Büro. »Sag mal, habt ihr eigentlich die Zeugen befragt im Hotel?«

»Zeugen?« Ansgar runzelte die Stirn. »Das war doch ein Selbstmord, jedenfalls gingen wir zu dem Zeitpunkt davon aus.«

»Das heißt, ihr habt niemanden befragt?«

»Nee.«

Haie war Thamsen unbemerkt gefolgt und mischte sich in das Gespräch ein. »Nur Elke, oder?«

»Elke?« Rolfs verzog fragend das Gesicht.

»Die Frau, die den Toten gefunden hat.«

»Ja, na klar, die haben wir befragt.« Ansgar atmete erleichtert aus.

»Siehste«, triumphierte Haie. »Nun, wo ihr wisst, dass es kein Selbstmord war, müsst ihr doch die Leute im Hotel befragen. Vielleicht hat da einer was gesehen oder gehört.« Haies Stimme überschlug sich förmlich, seine Wangen glühten.

Thamsen klopfte ihm auf die Schulter. »Hast recht. Das holen wir gleich nach.«

Kurz darauf saßen Thamsen und Rolfs im Auto und fuhren zum Hotel. Nur mit viel Mühe war es Dirk gelungen, Haie abzuwimmeln.

»Mann, das ist echt ein idiotischer Fehler. Ein Großteil der Gäste ist bestimmt schon abgereist«, bemerkte Ansgar, während sie auf den Parkplatz einbogen.

»Dafür gibt es Gästelisten. Gut, dass in Deutschland immer alles genauestens erfasst werden muss«, grinste Thamsen ihn an, während er ausstieg und zum Eingang hinüberging.

»Wir müssten einmal mit Herrn Drews sprechen«, erklärte Dirk dem Rezeptionisten und hielt ihm dabei seinen Dienstausweis hin.

»Selbstverständlich. Bitte, hier entlang.« Der Mann ließ alles stehen und liegen und führte sie durch ein paar Gänge zu dem Büro des Hotelmanagers, wo er zaghaft klopfte.

»Danke«, verabschiedete Thamsen sich von dem Hotelangestellten und öffnete die Tür, nachdem ein lautstarkes »Herein« erklungen war.

Herr Drews, der hinter einem klobigen Holzschreibtisch saß, erkannte sie sofort und sprang auf.

»Kommissar Thamsen, Herr Rolfs. Vielen Dank nochmals für Ihre Diskretion bei dem Leichenfund«, empfing er sie.

»Deswegen sind wir noch mal hier, wie Sie sich wahrscheinlich denken können. Sicherlich haben Sie mitbekommen, dass Ihr Gast keinen Selbstmord begangen hat.«

»Schrecklich. Aber was heißt das jetzt?« Herr Drews wies auf ein paar Stühle und bot Thamsen und Rolfs an, Platz zu nehmen.

»Das heißt, wir müssen leider weitere Ermittlungen anstellen, auch hier im Hotel«, antwortete Dirk, während er sich auf einem der unbequemen Sitzmöbel niederließ.

»Aha. Was bedeutet das genau?« Der Hotelmanager ließ ihn nicht aus den Augen, als er sich zu den beiden setzte.

»Wir müssten mit dem Personal sprechen.«

»Kein Problem.«

»Und bräuchten eine Gästeliste von dem Tag des Leichenfundes. Oder besser noch von zwei, drei Tagen davor und ein, zwei danach.«

»Um was damit zu tun?« Auf das Gesicht von Herrn Drews hatte sich ein Schatten gelegt.

»Um die Leute zu befragen, ob ihnen etwas aufgefallen ist. Vielleicht hat jemand der Gäste etwas beobachtet. Womöglich befindet sich sogar der Mörder unter ihnen.«

Thamsens Gegenüber schluckte. »Muss das sein?«

»Das muss sein.«

14. KAPITEL

Haie trat kräftig in die Pedale. Er fühlte sich von Dirk ungerecht behandelt. Immerhin hatte er den entscheidenden Hinweis zur Befragung der Hotelleute gegeben. Da wäre es seiner Meinung nach das Mindeste gewesen, ihn zur Befragung mitzunehmen.

Schmollend kam er zu Hause an und traf dort auf einen ebenfalls schlecht gelaunten Tom.

»Die wollen meinen Maßnahmenkatalog nicht und haben sich für einen anderen Weg entschieden.«

»Was heißt das genau?«, fragte Haie.

»Ich krieg den Auftrag nicht.«

»Und nun?«

Finanziell war die Familie von Toms Einkommen abhängig, doch dem ging es bei seiner Arbeit in erster Linie nicht ums Geld.

»Haben meine Kompetenz infrage gestellt, dabei war alles klar gestern. Dachte ich zumindest.«

»Haben die denn gesagt, wo genau das Problem liegt?«

»Nee, aber da war heute eine andere Dame vor Ort, die kannte ich noch nicht.«

»Was ist das denn genau für eine Firma?«

»Marketingunternehmen. Tochter einer größeren Firma in Hamburg.«

»Und auch am Abend war alles wie immer? Ihnen ist nichts aufgefallen?«

Ansgar und Thamsen saßen mittlerweile im Büro des Hotelleiters dem Mann von der Rezeption gegenüber, mit dem sie die Befragung des Hotelpersonals begonnen hatten.

»Nee, mir ist jedenfalls nichts Ungewöhnliches aufgefallen. Was genau meinen Sie denn?«

Das war schwer zu sagen. Wonach genau suchten sie? War der Mörder hier hereinspaziert und hatte einfach an Maltes Tür geklopft, oder hatte er ein Zimmer in dem Hotel bezogen? War es einer der anderen Mitschüler gewesen? Aber wer sollte solch einen Hass auf Frau Hansen und gleichzeitig auf Malte gehabt haben? War eine der Taten vielleicht nur ein Ablenkungsmanöver? Dirk surrte der Kopf vor lauter Fragen und er war froh, dass Rolfs die Befragung wie selbstverständlich übernahm.

»Gibt es Kameras oder eine Videoüberwachung im Hotel?«

»Nee.«

»Wird sonst irgendwie registriert, wer sich im Hotel aufhält?«

»Nee.«

»Und hat jemand, der vielleicht kein Gast war, das Hotel betreten, während Sie an der Rezeption saßen?«

Zur Abwechslung schüttelte der Mann den Kopf.

»Können Sie uns dann bitte noch eine Gästeliste zusammenstellen?«

»Ja.«

»Danke, dann können Sie gehen und uns einen Kollegen schicken.«

Der Befragte erhob sich und verließ den Raum.

»Wenn der nichts gesehen hat, dann weiß ich nicht, ob die Befragung der anderen Angestellten etwas bringt«, stöhnte Ansgar frustriert. »Vielleicht sollten wir lieber nach dem Motiv des Mörders suchen. Hattest du nicht gesagt, der Schwager sei nicht sonderlich gut auf Löhns zu sprechen gewesen?«

»Schon, aber ich weiß nicht. Die beiden Morde hängen offensichtlich zusammen. Warum sollte der Schwager die Deutschlehrerin umgebracht haben?«

»Ist der vielleicht auf dieselbe Schule gegangen? Vielleicht war das Motiv, das er Malte untergeschoben hat, sein eigenes.«

»Hm, oder jemand aus Maltes Firma hatte ein Motiv. Ich fahre morgen mal nach Hamburg und höre mich in dem Unternehmen um.«

Am nächsten Tag war Thamsen früher als gewöhnlich auf den Beinen. Er wollte so früh wie möglich in Hamburg sein. Ansgar war natürlich wenig begeistert gewesen, die Stellung in Niebüll zu halten, aber Dirk hatte darauf bestanden, dass jemand die Liste der Hotelgäste durchgehen müsse, denn bei der Befragung des Personals war am gestrigen Tag nichts weiter herausgekommen. »Ich kann mir einfach nicht vorstellen, dass da keiner etwas gesehen hat«, hatte Thamsen versucht, Rolfs zu motivieren, und versprochen, sich bei den Ermittlungen in Hamburg zu beeilen, um ihn anschließend unterstützen zu können.

Als er jedoch jetzt auf die A 7 auffuhr und im Radio eines seiner Lieblingslieder von Bruce Springsteen erklang, merkte er, wie gut es ihm tat, einfach mal rauszukommen. Auch wenn es beruflich war, verspürte er heute eine Art Sehnsucht nach einem Tapetenwechsel wie schon lange nicht mehr. Ihm kam sein Kollege Peer Nielsen, der bei der Hamburger Mordkommission arbeitete, in den Sinn, und er beschloss, Nielsen zu fragen, ob er Zeit für einen Kaffee hatte.

»Dirk, was gibt's?«, meldete der Kollege sich. Vor einigen Jahren hatten sie sich bei einem gemeinsamen Fall kennengelernt und seitdem hin und wieder Kontakt. Gesehen hatten sie sich allerdings lange nicht.

»Ich habe heute einen Termin in Hamburg und dachte, du hättest vielleicht Zeit, einen Kaffee zu trinken?«

»Oh, gern.« Im Gegensatz zu den Husumer Kollegen war Nielsen ein echter Kumpel. Außerdem war dessen Arbeit meist ganz anders als Thamsens, seine Fälle gestalteten sich irgendwie … Dirk konnte den Unterschied zwischen ihrer Arbeit nicht genau beschreiben. Vielleicht war »internationaler« das richtige Wort?

»Ich muss nach Altona, und das dauert so eine Stunde, denke ich. Anschließend könnte ich dich treffen.«

»Gut«, entgegnete Nielsen, »ich habe auch noch einen Termin, ich schaue aber, ob ich den verschieben kann. Wenn du nichts mehr hörst, dann gegen 11.00 Uhr in der ›Strandperle‹?«

In dem kleinen Café direkt an der Elbe hatten sie schon das eine oder andere Mal zusammengesessen und auf den Hafen geschaut. Thamsen war der vorgeschlagene Treffpunkt recht, denn aus Altona war es nicht weit bis dorthin. Für Nielsen war der Weg länger, wenn er direkt aus dem Präsidium kam. Aber vielleicht ist er auch froh, mal eine Auszeit vom Büro zu nehmen, dachte Thamsen, als er auflegte.

Er parkte im alten Holzhafen, wo sich einige Firmen angesiedelt hatten, unter anderem auch die von Malte.

Ganz nett hier, befand Dirk, als er ausstieg und auf das Gebäude am Wasser zuging. Aber bestimmt nicht billig. Wobei, was war in Hamburg schon billig? In Niebüll hatten die Mietpreise in der letzten Zeit wegen der sogenannten Sylt-Flüchtlinge zwar ordentlich angezogen, aber Hamburg war im Vergleich immer noch teuer. Ein Haus in der Größe seines eigenen konnte sich Thamsen hier nicht leisten. Jedenfalls nicht in einem der Ortsteile, in denen er gern wohnen würde.

Er betrat das Bürogebäude und blickte sich um. An einer Tafel an der Seitenwand waren mehrere Firmenschilder angebracht, denen er entnahm, dass sich das Unternehmen von Malte Löhns im dritten Stock befand.

Ein glänzender moderner Aufzug brachte ihn in die entsprechende Etage, in der die Tür zu Maltes ehemaliger Firma durch einen Summer geöffnet wurde, nachdem er geklingelt hatte.

Eine ältere, freundlich wirkende Dame begrüßte ihn mit einem traurigen Lächeln. Auf dem Empfangsschreibtisch stand ein gerahmtes Foto von Malte mit Trauerflor.

Dirk zeigte seinen Dienstausweis. »Ich möchte mit Frau Mensching sprechen.«

Die Empfangsdame nickte und nahm den Hörer des vor ihr stehenden Telefons in die Hand. »Ein Herr Thamsen ist hier. Von der Polizei.«

Sie lauschte der Antwort, dann wies sie auf eine kleine Warteecke auf der anderen Seite des Raumes. »Frau Mensching kommt gleich.«

Er bedankte sich und trat auf die Sitzecke zu, setzte sich aber nicht. Die Fahrt war lang genug gewesen, und zurück musste er schließlich auch noch. Es dauerte ohnehin nicht lange, bis die Stellvertreterin im Eingangsbereich erschien.

Sie sieht anders aus, als ich sie mir vorgestellt habe, burschikoser, keines dieser Marketingpüppchen, dachte Dirk, als sie ihm die Hand gab. Er spürte den festen Händedruck, der ihm jedoch nicht unangenehm war.

»Kommen Sie, Sie haben sicherlich noch ein paar Fragen.« Frau Mensching führte ihn den Gang entlang, vorbei an einer Teeküche und anschließend durch ein Großraumbüro, in dem mehrere Angestellte saßen, die aufblickten, als die beiden zwischen den Schreibtischen hindurchgingen. Am hinteren Ende befand sich ein gläserner Raum, der als Büro diente. Auf der gegenüberliegenden Seite sah Thamsen einen weiteren Glaskasten, wahrscheinlich das Büro von Malte.

»Wie kann ich Ihnen helfen?« Frau Mensching hatte ihm Platz vor dem Schreibtisch angeboten und setzte sich neben ihn.

»Sie haben schon mit meinem Kollegen gesprochen. Mittlerweile hat sich jedoch rausgestellt, dass Malte Löhns Opfer eines Gewaltverbrechens wurde.«

»Oh«, entfuhr es der Frau. »Wirklich?«

»Wir ermitteln jetzt natürlich auf ganz anderer Basis.«

»Das verstehe ich«, nickte sie.

»Können Sie sich vorstellen, wer Ihrem Kompagnon etwas antun wollte? Gab es Streit mit Kunden oder Konkurrenten?«

»Nein, nicht wirklich. Alles lief gut.«

»Absolut nichts, was Ihnen einfiele?«

Frau Mensching schüttelte den Kopf.

»Kennen Sie die Familie?«

»Nur die Schwester, die war vor Kurzem mal mit den Kindern hier.«

»Wann?«

»Vielleicht vor zwei, drei Wochen. Es muss wohl in den Ferien gewesen sein.«

»Was wollte sie?«

Frau Mensching zuckte mit den Schultern, lehnte sich auf ihrem Stuhl zurück. »Das habe ich mich auch gefragt, denn bis dahin hatte ich die hier noch nie gesehen.«

»Wie lange haben Sie mit Malte Löhns zusammengearbeitet?«

»Über 13 Jahre.« Ihre Stimme nahm bei der Antwort einen anderen Klang an. Sie schluckte und setzte sich erneut aufrecht hin, als müsste sie Malte oder der Verbindung zu ihm Respekt zollen.

»Und da kannten Sie die Familie nicht?«

»Nee. Ich hatte immer den Eindruck, dass da etwas vorgefallen war. Als die Eltern noch lebten, da ist er ab und an nach Nordfriesland gefahren, soweit ich weiß, aber danach? Oder hörte das schon vor dem Tod der Eltern auf? Das kann ich gar nicht genau sagen.«

»Das wäre aber wichtig.«

»Hm, vielleicht hatte es etwas mit Maltes Coming-out zu tun. Er hat viele Jahre seine Beziehung zu Torsten geheim gehalten.«

»Torsten?«

»Das ist der Lebensgefährte beziehungsweise war, die beiden haben sich vor ein paar Monaten getrennt. Die Zeit war nicht einfach für Malte, denn Torsten hatte gleich einen neuen Partner, und das nach sechs Jahren Beziehung, krass.«

»Können Sie mir den vollen Namen geben und vielleicht eine Adresse?« Thamsen zog sein Merkbuch aus der Jackentasche.

»Torsten Brinker, und wenn ich mich recht entsinne,

wohnt der in Ottensen. Spritzenplatz 5. Das habe ich mir gemerkt, weil ich selbst da gleich nebenan gewohnt habe. Der neue Freund von Torsten muss gut Geld haben, denn die Mieten sind dort nicht billig.«

»Aha.« Dirk notierte sich die Angaben in sein Merkbuch. »Und hat Malte mal erzählt, wie seine Familie auf seine Beziehung reagiert hat?«

»Nicht gut, nehme ich an, denn danach ist der Kontakt beinahe ganz abgebrochen, soweit ich weiß. Ich war deshalb auch so erstaunt, als die Schwester hier neulich auftauchte.«

15. KAPITEL

Haies Laune hatte sich seit dem gestrigen Nachmittag nicht wesentlich gebessert. Dirk hatte nichts mehr von sich hören lassen und bei seinem Versuch, den Freund zu erreichen, meldete sich nur die Mailbox.

Wenigstens ein Update könnte er mir geben, dachte Haie, während er Wäsche in die Maschine stopfte und reichlich Pulver in das Fach schüttete.

Soll ich noch mal zu Elke? Haie schüttelte gedankenverloren den Kopf. Er wollte ihr keine Hoffnungen machen, und er wusste, dass er es tat, wenn er sie in so kurzen Abständen aufsuchte. Seine Hand fuhr an den Kopf und er kratzte sich hinter dem Ohr.

Und wenn er einmal Bärbel Melfsen besuchte?

Er kannte die ältere Dame, die früher wie Rita Hansen am Niebüller Gymnasium unterrichtet hatte, von seinem Aufenthalt im Pflegeheim. Zwar flüchtig, denn Haie war dort nur zur Kurzzeitpflege untergebracht gewesen, aber dennoch hatte er ab und an mit ihr zu tun gehabt. Warum sollte er ihr nicht einmal einen Besuch abstatten? Bis zum Mittag wäre er locker wieder zu Hause, um Niklas etwas zu essen zu machen.

Er holte sein E-Bike aus dem Schuppen und radelte Richtung Klockries.

»Dann wird dein Einsatz hier doch länger dauern als gedacht, was?«, grinste Peer.

Dirk und er saßen beide mit einem Glas Alsterwasser vor sich direkt an der Elbe und schauten einem riesigen Containerschiff beim Auslaufen aus dem Hafen zu.

»Wenn ich schon in Hamburg bin, ist es sinnvoll, gleich den ehemaligen Lebensgefährten zu besuchen. Ich glaube zwar nicht, dass der etwas damit zu tun hat, aber eventuell hat er einen Hinweis.«

»Hm, dann befrage ihn auch zu der Firma. Vielleicht lief da nicht alles so wunderbar, wie es dir die Geschäftspartnerin weismachen wollte.«

»Möglich. Oder Torsten Brinker kann mir etwas über die Familie sagen. Der Schwager ist nicht gut auf Malte zu sprechen gewesen.« Dirk nippte an seinem Glas. »Aber das sind alles sehr persönliche Motive, wenn es überhaupt welche sind. Ich frage mich, wie der Mord an meiner alten Deutschlehrerin dazu passt.«

»Hm«, entgegnete Peer und fuhr sich mit der Hand über seinen kahlrasierten Schädel, »das wird schon irgendwie zusammengehören. Zwei Morde so kurz aufeinander wären bei euch da oben ansonsten ein bisschen viel Zufall, oder? Zudem das fingierte Bekennerschreiben.«

»Schon, aber welches Motiv soll jemand haben, die Hansen und Malte umzubringen?« Etwas ratlos blickte Thamsen den jüngeren Kollegen an, der ihm in Mordfällen so viel erfahrener erschien.

»Tja, das ist in der Tat merkwürdig. Da hast du recht. Ein Klassentreffen, und dann wird die Deutschlehrerin und anschließend einer der ehemaligen Schüler umgebracht. Gab es denn in eurem Jahrgang jemanden, der auf beide schlecht zu sprechen war?«

Dirk seufzte. »Wenn es so einfach wäre, das herauszufinden. Ich meine, es sind mittlerweile über 40 Jahre vergangen, und viele hatten untereinander gar keinen Kontakt mehr. Wir haben die potenziellen Zeugen befragt, aber was erwartest du?«

»Es muss schon ein ziemlich persönliches Motiv gewesen sein, das die Wut so lange geschürt hat. Geld oder so würde ich fast ausschließen.«

»Hm, vielleicht hat es etwas mit den Neigungen der Opfer zu tun. Das wäre zumindest ein gemeinsamer Ansatz.«

»Neigungen?« Nielsen krauste die Stirn, während er sein Glas absetzte.

»Die Hansen war auch homosexuell. Ich meine, das ist immerhin ein gemeinsamer Nenner für die Morde.«

Thamsens Blick schweifte zu dem Containerschiff, das sich ein ganzes Stück entfernt hatte. Wohin es wohl fuhr? Vielleicht sogar zu Anne nach Australien? Zumindest in eine weit entfernte, fremde Welt. Wo die Matrosen Neues und Unbekanntes erwartete. Abenteuer? Seemannsgarn? Oder gar etwas, das sie nicht kannten und das ihnen Angst machte?

Nielsen räusperte sich und holte Dirk zurück in die Wirklichkeit, in der nach wie vor die unerklärlichen Morde sein Jetzt und Hier bestimmten. Homosexualität, war das wirklich der Grundstein zu des Mörders Motiv?

Im Pflegeheim wurde Haie nach wie vor wie ein Held empfangen. Obwohl sein Undercover-Einsatz bereits eine Weile her war und es mittlerweile immer weniger Bewohner gab, die sich an seine Heldentat erinnerten. Aber die Pflegerinnen grüßten ihn ausnahmslos freundlich. Oder taten sie das nur, weil sie in ihm einen potenziellen neuen Bewohner sahen?

Ihm wurde flau im Magen, denn der Besuch in diesem Heim machte ihm wieder einmal bewusst, wie alt er war und dass er wahrscheinlich nicht ewig für Tom und Niklas würde sorgen können.

Zwar hatten sie nach Haies Einsatz im Pflegeheim darüber gesprochen, wie sie sein Alter gestalten könnten, aber Haie wusste nur zu gut, wie oft alles anders kam, als man plante.

Er klopfte an eine der Zimmertüren, da er Bärbel Melfsen nicht in der Fernsehecke angetroffen hatte, und öffnete diese gleich darauf. Warme, stickige Luft schlug ihm entgegen, und Haie zögerte kurz, ehe er das Zimmer betrat, in dem Bärbel in einem Sessel neben dem Fenster las.

»Was liest du?«

Die alte Frau fuhr zusammen. Offensichtlich hatte sie sein Klopfen nicht gehört. Als sie jedoch Haie erkannte, huschte ein Lächeln über ihr Gesicht. »Mensch, dass du dich hier noch mal blicken lässt.«

»Wollt mal schauen, ob ihr hier ohne mich klarkommt.« Er grinste.

»Setz dich.« Sie klopfte auf das Polster eines Stuhls neben sich. »Wie geht es dir?«

»Och«, erwiderte Haie, »ganz gut. Die Knochen sind verheilt. Aber …« Er stockte und sie blinzelte ihn an. »Hast ja vielleicht das von Rita Hansen gehört.«

Sie nickte. »Eine Pflegerin hat darüber gesprochen, und in der Zeitung stand es auch. Schrecklich.«

Sie schwiegen einen kurzen Moment.

»Aber dass der Malte das gewesen sein soll«, nahm Bärbel Melfsen das Gespräch wieder auf.

»War er nicht.«

Die pensionierte Lehrerin kniff die Augen zusammen. »Aber es hieß doch …«

»Es haben sich neue Tatsachen ergeben«, erklärte Haie und berichtete von den Ergebnissen der Obduktion.

»Aber das heißt …« Bärbel Melfsen war während seines Berichts die Farbe aus dem Gesicht gewichen, wobei die ältere Frau schon vorher recht blass gewirkt hatte. Die Vorstellung, dass ein Doppelmörder frei in der Gegend herumlief, war ein schockierender Gedanke.

»Kannst du dir vielleicht vorstellen, wer das gewesen sein könnte? Ich meine, du hast auch am Gymnasium unterrichtet und kanntest den Jahrgang vermutlich.«

»Haie, das ist so lange her. An die meisten Schüler kann ich mich nicht einmal mehr erinnern.«

»Aber an Rita Hansen, oder?«

»An Rita schon. Sie war eine tolle Frau, aber irgendwie …«, sie machte eine Pause, da sie nach dem passenden Wort suchte, »… anders. Sie hatte immer einen guten Draht zu den Schülern, vor allem zu den Mädchen.«

Haie schluckte. Anscheinend wusste Bärbel Melfsen nichts von Rita Hansens Neigung, aber es war nicht gesagt, dass die Morde etwas mit der Homosexualität der Opfer zu tun hatten.

Er nickte und ließ sie weitersprechen.

»Ärger gab es immer mal, aber in diesem Jahrgang, jetzt fällt es mir ein, da gab es tatsächlich einen Vorfall. Was genau es war, weiß ich nicht mehr, ich erinnere mich nur noch an die extrem schlechte Stimmung kurz vorm Abitur.«

»Aber ist das nicht verständlich? Vor den Prüfungen sind doch alle angespannt, oder?«

»Schon, aber das allein war es nicht. Ich weiß nicht mehr genau. Das ist alles so lange her.« Bärbel wirkte erschöpft. Es schien äußerst anstrengend für sie zu sein, die nötige Konzentration in diesem Gespräch aufzubringen. Besonders das Erinnern fiel ihr schwer.

»Ist denn der Hansen vielleicht früher schon mal übel mitgespielt worden?«

»Keine Ahnung. Die normalen Streiche registriert man fast nicht mehr.«

»Und bei Malte, erinnerst du dich an den?« Haie ließ nicht locker.

»Hm«, sie ließ ihren Blick schweifen. »Kaum. War ein ganz stiller, jedoch sehr hübscher Junge. Aber nein, Haie, so genau weiß ich das nicht mehr. Jedenfalls nichts, was weiterhelfen könnte, den Mörder der beiden zu finden.«

Nielsen und Thamsen hatten sich an der Elbchaussee verabschiedet, wo sie beide parkten. Dirk hätte sich zwar gefreut, noch mehr Zeit mit dem befreundeten Kommissar aus Hamburg zu verbringen, aber die Befragung des ehemaligen Lebensgefährten von Malte Löhns ließ ihm keine Ruhe. So waren sie bereits nach einem Glas aufgebrochen.

Dirk lenkte seinen Wagen die Chaussee entlang und folgte dann beim Altonaer Rathaus den Anweisungen des Navis. Er kannte sich in Hamburg nicht sonderlich gut aus und war froh über das Navigationssystem, das er sich vor einiger Zeit genau für solche Fahrten angeschafft hatte. Derart ausgerüstet konnte er trotz des ihm unbekannten Wegs seinen Mitarbeiter anrufen. »Ich habe in der Firma einen Hinweis auf den ehemaligen Lebensgefährten von Malte Löhns bekommen. Bei dem fahre ich gleich vorbei. Bei euch was Neues?«

»Nee, nichts.« Thamsen konnte die Frustration in Ansgars Stimme deutlich hören. Sie brauchten Ermittlungserfolge. Dirk war ebenfalls ein wenig gefrustet, da die Hinweise in dem Fall mehr als dürftig waren. Hoffentlich brachte der Besuch bei Torsten Brinker sie weiter.

An der eingegebenen Adresse am Spritzenplatz konnte man nicht parken. Thamsen musste daher ein Stück laufen und genoss das bunte Treiben auf den Straßen des Viertels, das sich sehr von Niebüll unterschied. Manchmal wünschte er sich, all das hinter sich zu lassen, dann aber genoss er die Ruhe auf dem Land, und er wusste – für seine Kinder gab es keinen schöneren Ort zum Großwerden.

Er drückte den Klingelknopf und kurz darauf ertönte ein Summen. Dirk drückte die schwere Haustür auf und fand sich in einem Treppenhaus wieder, das er hinter der Fassade nicht vermutet hätte. Beinahe prunkvoll konnte man den Eingangsbereich nennen. Er stieg die Treppe hinauf. Torsten Brinker wohnte, der Position der Klingel nach zu urteilen, im ersten Stock. Und dort stand auf dem Treppenabsatz zumindest ein schmaler Mann, der ihm mit zusammengekniffenen Augen entgegensah.

»Kommissar Thamsen«, stellte Dirk sich vor und zeigte seinen Dienstausweis. »Herr Brinker?«

Der Angesprochene nickte steif.

»Ich komme wegen Malte Löhns.«

Sofort veränderte sich der Ausdruck seines Gegenübers. Ein Schatten huschte über Brinkers Gesicht, und Thamsen glaubte, ein Glitzern in seinen Augen zu erkennen.

»Kommen Sie rein«, forderte Brinker ihn auf und deutete mit einer Handbewegung Richtung Wohnungstür.

Thamsen trat sich die Schuhe an der Fußmatte ab, trotzdem hinterließ er Abdrücke auf den Hochglanzfliesen.

Durch einen langen breiten Flur führte Torsten Brinker ihn in einen hellen Raum, in dem ein sehr großer Esstisch stand. »Nehmen Sie doch Platz«, flüsterte er beinahe.

Dirk räusperte sich und setzte sich dann an den mondänen Eichentisch.

»Ein Wasser?«

»Nein, danke.«

Der Mann nickte und ließ sich geräuschlos nieder.

»Sie haben wahrscheinlich gehört, dass Malte Löhns Opfer eines Gewaltverbrechens geworden ist?«

Die Augen seines Gesprächspartners weiteten sich ein Stück. »Ich dachte, er …«

»Nein, einen Suizid können wir mittlerweile ausschließen.«

Brinker atmete tief ein und aus. »Aber wer …?«

»Sehen Sie, das versuchen wir herauszufinden. Ich war heute in der Firma und habe da erfahren, dass Sie bis vor Kurzem mit Malte …«, er stockte, »… liiert waren?«

»Das stimmt.«

»Können Sie sich denn vorstellen, wer Ihrem Exfreund so etwas angetan haben könnte?«

»Nein.«

»Keinen Verdacht?«

»Nein.« Brinker blinzelte mehrmals hintereinander.

»Wie war denn Ihr Verhältnis nach der Trennung?«

»Wieso?«

»Sind Sie im Streit auseinandergegangen? Oder waren Sie nach wie vor befreundet?«

Brinker rutschte auf seinem Stuhl hin und her. »Nein, nun ja …«

»Herr Brinker, ich weiß, eine Trennung ist nie einfach. Also?«

»Er war ein paarmal hier. Ziemlich betrunken. Wollte, dass ich zurückkomme.«

»Und?«

»Ich wollte nicht zurück. Ich liebte Malte nicht mehr.« Eine Träne löste sich aus dem Augenwinkel, er wischte sie weg.

»Warum haben Sie sich denn überhaupt getrennt?«

»Ich fand, wir hatten uns auseinandergelebt.«

»Sah Malte das genauso?«

»Keine Ahnung, er war nur noch mit seiner Firma beschäftigt«, entgegnete Torsten Brinker und verschränkte dabei die Arme vor der Brust.

»Und Sie hatten mit der nichts zu tun?«

»Nein, Arbeit und Privatleben haben wir immer getrennt gehalten. Eigentlich, denn irgendwann hat Malte das nicht mehr getrennt. Anfangs habe ich mich gefreut, als es so gut lief, aber es veränderte alles und sein Leben war nur noch die Firma.«

»Aha.« Thamsen musste an Dörtes Vorhaltungen denken, wenn er zu viel arbeitete.

»Das heißt, Sie haben viel gestritten?«

Torsten Brinker nickte. »Und irgendwann habe ich dann Ulf kennengelernt.«

»Ihren jetzigen Freund?«

»Ja.«

»Und das hat Malte nicht akzeptiert?«

»Nein, er hat mir ständig Vorhaltungen gemacht, ist hier besoffen aufgekreuzt und so.«

»Wie hat Ihr neuer Freund das aufgenommen?«

»Nicht gut.« Brinker blickte zerknirscht aus der Wäsche.

»Das heißt?«

»Es gab Streit, aber hören Sie, Ulf hat mit Maltes Tod nichts zu tun.«

»Möglich, aber Sie verstehen, dass wir das überprüfen müssen, oder?«

Torsten Brinker reagierte nicht. »Oder wollen Sie nicht, dass wir Maltes Mörder finden?«

16. KAPITEL

Mit nur wenig neuen Informationen im Gepäck hatte Haie sich aus dem Pflegeheim verabschiedet.

Zwar hatte Bärbel Melfsen sich bemüht, ihre Erinnerungen zu beleben, aber etwas Konkretes konnte sie nicht sagen. Nur dass der Täter eine enorme Wut gehabt haben musste, hatte sie zwischendurch angemerkt. »Wer bringt denn sonst nach so langer Zeit die Lehrerin um?«

Es blieb jedoch die Frage, ob der Mörder tatsächlich unter den ehemaligen Schülern zu finden war. Und falls ja – welche Verbindung gab es zu Malte?

Bärbel Melfsen hatte gemeint, Rita Hansen sei immer gut mit den Jugendlichen klargekommen. Sie könne sich jedenfalls keinen Grund denken, den ein Schüler gehabt haben könnte, die alte Deutschlehrerin umzubringen.

Er fuhr über die Dorfstraße zurück nach Hause. Verrückt, dachte er, dass ich in dieser Straße wohne, aber noch gut sieben Kilometer vor mir habe.

Haie war schon eine ganze Weile nicht mehr durchs gesamte Dorf gefahren. Meist nahm er nach Niebüll den Risumer Weg und kam daher recht selten durch Wegacker, Klockries und Lindholm. Er schaltete den Motor aus und verlangsamte sein Tempo. Hier und da hatte es Veränderungen gegeben.

Beim Friseur stand ein Wagen mit auswärtigem Kennzeichen. Kurzerhand beschloss Haie, sich die Haare schneiden zu lassen, und bremste.

Er stellte sein E-Bike in den Fahrradständer, sicherte es mit einem Faltschloss und betrat den Laden. Der Vorhang zum Damensalon war nicht zugezogen und Haie sah eine Frau unter der Trockenhaube sitzen. Eifrig blätterte sie in einem dieser Klatschblätter, für deren Inhalt er sich nicht erwärmen konnte. Was interessierte einen schon, ob die Queen zu ihrer Geburtstagsparade ein hellblaues oder mintfarbenes Kostüm trug? Er wandte sich zum Herrensalon, aus dem Stimmen zu hören waren, schob den Vorhang ein wenig auseinander und sah den Friseur mit einem Kunden plaudern.

»Na, das ist ein Ding mit eurer Feier und den Morden«, sagte der Ladeninhaber, während er die Schere oberhalb des Ohrs des anderen ansetzte.

»War ein ganz schöner Schock. Und die Polizei hat uns echt mies behandelt, sag ich dir.«

Haie ließ den Vorhang zurückfallen. Noch hatte ihn niemand bemerkt.

»Wie denn?«

»Na, schon an dem Abend durfte sich keiner wegbewegen. Und anschließend wurden wir verhört, als wenn wir die Verbrecher wären. Dann noch mal auf der Dienststelle, als klar war, dass der Malte auch umgebracht worden ist.«

»Und haben die etwas herausgefunden?«

Da keine Antwort, sondern lediglich ein Schnipp der Schere zu hören war, nahm Haie an, der Mann machte eine Geste.

»Aber es könnte einer von euch …«, deutete der Friseur vorsichtig an. »Ich meine, wer war denn da sonst auf der Feier?«

»Ach, da konnte doch jeder rein und raus im Restaurant.«

»Aber ein Motiv muss derjenige gehabt haben. Und wenn auch der Malte …« Die Stimme des Friseurs brach ab, da in diesem Moment ein Piepsen von der Trockenhaube erklang. »Moment mal …«

Haie wich augenblicklich zurück und schaffte es gerade noch, sich auf einen der Stühle in der kleinen Warteecke fallen zu lassen.

»Ach, Haie, du allwedder«, begrüßte ihn der Friseur und musterte ihn auffällig. »Is schon wieder tied?«

Haie war erst vor ein paar Tagen zum Haareschneiden in dem Laden gewesen und hatte keine rechte Ausrede parat.

»Da ist ein Stiepsel«, behauptete er daher und wies auf die angebliche unsaubere Arbeit.

»Ich guck gleich mal.«

Der Friseur ging zu der Frau unter der Trockenhaube und befreite sie.

»So, nun lass das man einen Moment auskühlen, und dann komme ich und nehme die Wickler raus«, schrie er relativ laut, da Erna Lüttich schwerhörig war. Die nickte eifrig und blätterte weiter in dem Hochglanzmagazin.

»Dann komm mal mit. Kannst schon Platz nehmen.« Der Ladeninhaber schob Haie sanft in den Herrensalon, wo der endlich sehen konnte, wer da auf dem Stuhl saß und sich die Haare machen ließ.

»Moin«, grüßte er den Mann, der wohl in Thamsens Alter war, aber wesentlich jünger wirkte. Wahrscheinlich der Haarschnitt, dachte Haie und setzte sich auf den zugewiesenen Stuhl.

»So, wir sind dann auch gleich fertig.« Der Friseur

setzte noch einmal die Schere an, während Haie den Mann in dem großen Spiegel vor ihnen musterte. Kannte er den Kunden? Haie war in der Gegend beinahe jedes Gesicht vertraut. Schließlich war er hier geboren, aufgewachsen und im Grunde genommen nicht weggekommen.

Früher hatte er als Hausmeister an der Grundschule gearbeitet. Allein aus dieser Zeit kannte er viele Dorfbewohner. Aber der Mann neben ihm auf dem Friseurstuhl kam ihm nicht bekannt vor. Oder hatte er sich derart verändert, dass Haie ihn nur nicht erkannte?

»Sind Sie auch mit Dirk Thamsen zur Schule gegangen?«, fragte er.

Der Angesprochene kniff die Augen zusammen, nickte aber.

»Ah, dann waren Sie auch auf der Feier? Kannten Sie Malte Löhns?«

Der Mann runzelte die Stirn und blickte fragend zum Friseur.

»Haie Ketelsen ist quasi unser Dorfsheriff«, erklärte der. »Ist mit der Polizei befreundet und hilft da hin und wieder aus. Stimmt's, Haie?«

Haies Wangen röteten sich. »So ungefähr«, murmelte er.

Der andere Kunde grinste. »Malte kannte ich gut. Wir hatten noch hin und wieder Kontakt. Habe ihm beim Aufbau seiner Firma in Hamburg geholfen.«

»Aha.« Haie lehnte sich ein Stück über die Lehne des Friseurstuhls.

»Kam mir gleich komisch vor, dass Malte die Hansen umgebracht haben sollte. Und dann angeblich wegen der Noten und seinem verpatzten Leben.«

Haie zog die Augenbrauen hoch. Der andere wusste aber gut Bescheid, befand er.

»Und was glauben Sie, wer die beiden auf dem Gewissen hat?« Haie lehnte sich noch weiter über seine Armlehne, sodass man Angst haben musste, er verlöre jeden Moment das Gleichgewicht.

Der andere zuckte mit den Schultern.

»Hängen denn die beiden Morde überhaupt zusammen?«, mischte sich der Ladeninhaber ein.

»Recht unwahrscheinlich, dass es nicht so ist«, kommentierte der Kunde und nickte, als der Friseur ihm den Haarschnitt mithilfe eines Handspiegels zeigte. »Aber ich kann mir weiß Gott keinen Grund vorstellen, aus dem jemand die beiden ermordet hat.«

Nur sehr widerwillig hatte Torsten Brinker seinen Freund angerufen und ihn gebeten nach Hause zu kommen. »Die Polizei will mit dir sprechen, wegen Malte.«

Es hatte nicht lange gedauert, da erschien ein schmaler junger Mann, der geradezu knabenhaft wirkte. Thamsen betrachtete den Hänfling, der seiner Ansicht nach körperlich nicht einmal in der Lage war, einen Menschen zu überwältigen, geschweige denn zu erdrosseln.

Gut, Malte war durch K.-o.-Tropfen außer Gefecht gesetzt worden, und Frau Hansen war alt gewesen und hatte sicherlich nicht mehr über viel Kraft verfügt. Aber dennoch war es körperlich sehr anstrengend, einen Menschen zu erwürgen oder aufzuhängen.

Trotz seiner schmächtigen Erscheinung war Ulf Postel von aufbrausender Natur. »Lässt uns dein Ex nicht mal zufrieden, wenn er tot ist?«, rief er schon von der Eingangstür in die weitläufige Wohnung. Er verstummte jedoch, als er in die Küche trat und Thamsen an dem Eichentisch sitzen sah.

»Kommissar Thamsen, ich ermittle in den Mordfällen Hansen und Löhns.«

»Aha, und warum wollten Sie mich sprechen?« Ulf Postel blieb an der Küchenzeile stehen und funkelte Dirk an.

»Na, Ihr Lebensgefährte hat erzählt, dass es Streit mit Malte gab.«

Sofort schnellte Ulfs Blick zu Torsten, dann zurück zu Dirk. »Und da haben Sie sich gedacht, dass ich den Kerl umgebracht habe?« Er stemmte seine Hände in die Hüften.

»Sie müssen zugeben, dass es verdächtig erscheint. Daher muss ich das überprüfen.«

»Bitte, dann überprüfen Sie. Ich habe ein Alibi und er auch.« Postel kam zu ihnen an den Tisch und legte Torsten seine Hände auf die Schultern, während er sprach. »Wir waren zusammen hier, den ganzen Abend und die ganze Nacht.«

»Gibt es weitere Zeugen?« Thamsen stöhnte innerlich, denn auf dieses Alibi konnte man nichts geben, es jedoch offiziell auch nicht infrage stellen.

»Nee, aber das braucht es wohl auch nicht.«

»Wie war denn Ihr Verhältnis zu Malte Löhns?«, überging Thamsen die Bemerkung.

»Verhältnis? Er war der Ex von meinem Freund, was soll es da für ein Verhältnis gegeben haben?«

»Sie waren doch sicherlich nicht gut auf ihn zu sprechen.«

»Stimmt, nicht nachdem er hier ein paarmal Radau gemacht hat. Aber hey«, Ulf Postels Miene veränderte sich, »verständlich ist das ein Stück weit, obwohl er sich in letzter Zeit nicht um Torsten gekümmert hat, sondern immer nur um die Firma. Haben Sie da schon nachgeforscht? Vielleicht finden Sie Maltes Mörder dort?«

Dirk schüttelte den Kopf. So kam er nicht weiter. Er hätte vielleicht doch Peer mit zu der Befragung nehmen sollen, wie der es ihm angeboten hatte. Der hatte viel mehr Erfahrung, glaubte Thamsen, aber im Prinzip war klar, dass sie vorläufig nicht weiterkamen.

Er verabschiedete sich, machte dabei aber deutlich, dass die Sache noch nicht abgeschlossen war. »Ich melde mich bestimmt noch einmal bei Ihnen.«

»Tun Sie das«, Ulf Postel lächelte ihn an. »Wir helfen der Polizei natürlich gern weiter.«

17. KAPITEL

Haie hatte Hummeln im Hintern. Bei seinen Ermittlungen war nichts weiter rausgekommen, und das machte ihn fuchsig. War es in der Vergangenheit doch oft er gewesen, der bei den kniffeligen Mordfällen in der Gegend die entscheidenden Hinweise geliefert hatte.

Und jetzt? Es schien wie verhext, dabei hatte er beinahe alle seine Quellen im Dorf kontaktiert.

Gedankenverloren saß er am nächsten Morgen am Frühstückstisch und kaute auf einem Stück Graubrot herum, als Tom in die Küche kam.

»Oh, bist du noch am Essen?«, wunderte der sich, da er wusste, wie früh der Freund aufstand und dass er normalerweise immer mit Niklas frühstückte, der spätestens um halb acht zur Schule fuhr.

Tom hingegen war ein Langschläfer, und sofern seine beruflichen Termine es erlaubten, stand er selten vor 10.00 Uhr auf. Er war mehr als dankbar, dass Haie sich um seinen Sohn kümmerte, denn er hätte das frühe Aufstehen und Versorgen des Kindes sicherlich nicht auf die Reihe bekommen. Zumal sein Sohn in dieser Hinsicht sehr nach Marlene kam und bereits in der Frühe ein wahres Plappermaul war, wenn er ausgeschlafen hatte. Haie eigentlich auch, aber heute schien ihn etwas zu bedrücken.

»Mensch«, maulte er auch schon los. »Ich war bei Helene, beim Friseur, habe eine alte Kollegin von der Hansen besucht und mich auch sonst umgehört, aber es scheint einfach keine Hinweise, nicht mal den Hauch einer Spur zu geben. Keinerlei Verbindung zwischen den beiden Opfern außer der gemeinsamen Schulzeit.«

»Und dass sie beide homosexuell waren.«

Haie schluckte. Obwohl er sich für einen aufgeschlossenen Mann hielt, hatte er mit dieser Art der sexuellen Orientierung Probleme. Nicht dass er jedem sein Glück, seine Liebe missgönnte, aber normal war doch solch eine gleichgeschlechtliche Beziehung nicht, oder?

»Vielleicht ist genau das der Punkt«, überlegte Tom laut, während er sich einen Kaffee eingoss. »Vielleicht haben die Morde etwas mit der sexuellen Ausrichtung der beiden zu tun.«

»Wie meinst du das? Glaubst du, die Lebensgefährtin von der Hansen hat sie erdrosselt?«

»Nee, so nicht. Die hätte dann wahrscheinlich eher einen Nebenbuhler oder besser eine Nebenbuhlerin umgebracht. Je nachdem, wie die Hansen mittlerweile gepolt war. Aber du kennst doch die Leute. Mit Homosexualität kommt nicht jeder zurecht.«

»Häh, wie meinst du das?«

»Na, vielleicht hatte einer seine Probleme mit der Andersartigkeit der beiden.«

»Aber deshalb bringt man nicht gleich jemanden um. Und dann wären die beiden sicherlich nicht die einzigen Opfer in der Gegend. Gibt schließlich noch mehr gleichgeschlechtliche Paare in der Umgebung.«

Tom zuckte mit den Schultern. »Wenn es ein Radikaler war. Jemand, der eventuell sehr religiös ist?« Er hielt an seinem Gedanken fest, und je mehr er darüber nachdachte, umso plausibler fand er das Motiv. Was war denn mit all den Extremisten, die für ihre Ideologien kämpften und töteten? War nicht seine eigene Frau Opfer solcher Radikalen geworden? Warum sollten dann nicht eine lesbische Lehrerin und ihr schwuler Schüler solch einer extremen Denkweise zum Opfer fallen?

Haie war nicht sonderlich überzeugt von Toms Ansatz, dennoch fing es in seinem Kopf zu rumoren an, und er überlegte, wer für solch ein Motiv infrage kommen könnte. »Sehr religiös sind die Leute hier nicht. Die meisten sind evangelisch, und die Protestanten stellen sich nicht so vehement gegen Schwule, oder?«

»Es gibt doch aber auch Katholiken, die haben sogar eine Kirche in Niebüll. Und gibt es nicht noch andere Glaubensgemeinschaften?«

»Meinst du die Zeugen Jehovas? Aber die stehen doch immer nur mit dem ›Wachturm‹ in der Hand am Marktplatz, oder?« Haie kratzte sich am Ohr. Vielleicht war Toms Ansatz gar nicht so abwegig.

Thamsen war zwar früh im Büro, wusste aber nicht so recht, was er zuerst erledigen sollte. Im Prinzip gab es genügend zu tun, aber er war seit seinem Besuch gestern in Hamburg total demotiviert. Irgendwie passte mal wieder nichts zusammen, und es gab keine Spuren, die sie weiterbrachten.

Das hatte auch die Mitarbeiterversammlung am Morgen gezeigt, denn da hatten alle Anwesenden ein bedröppeltes Gesicht gemacht, als er die Frage stellte, ob es bei den Ermittlungen Neuigkeiten gab. Zu allem Übel war auch noch die Husumer Polizei angerückt. Lorenz Meister hatte einen neuen Kollegen mitgebracht und sich vor dem natürlich profilieren wollen. Hatte ordentlich Druck auf Thamsen und sein Team ausgeübt. Und obwohl Dirk wusste, dass Ärger mit der Kripo nichts brachte, und er in den letzten Jahren ruhiger geworden war, war ihm der Kragen geplatzt.

»Dann müsst ihr halt mal selbst mit ran. Wir sind mit unserem Latein am Ende, schließlich sind wir nicht die Mordkommission«, hatte er den Husumer Beamten angefaucht.

»Wie stellt ihr euch das vor? Wir haben alle Hände voll zu tun. Daher haben wir auch Verstärkung im Team bekommen«, hatte Meister mit einem Seitenblick auf den neuen Kollegen zurückgeraunzt.

Es half nichts, wenn er sich weigerte. Irgendwann würde sowieso Thamsens Chef anrufen und ihn bitten, der Kripo zuzuarbeiten. Aber es hatte gutgetan, mal Dampf abzulassen, zumal der Fall Dirk persönlich ziemlich an die Nieren ging. Immerhin war das seine alte Deutschlehrerin, die erdrosselt im Klo der Gaststätte gelegen hatte, und sein früherer Mitschüler, der tot im Hotelzimmer aufgefunden worden war.

Dirk hatte die Angelegenheit letztendlich auf sich beruhen und Ansgar von den Befragungen der ehemaligen Schüler berichten lassen. Nach der Besprechung hatte Thamsen sich schnell aus dem Staub gemacht. Ein zweiter Blick auf den Tatort kann nicht schaden, redete er sich ein, während er vor den Husumer Kollegen regelrecht die Flucht ergriff.

Er fuhr die kurze Strecke zum Gasthof und hielt auf dem Parkplatz. Heute war wenig Betrieb. Hoffentlich haben die nicht Ruhetag, schoss es Thamsen durch den

Kopf. Oder lag es an dem Mord, der die Leute abschreckte, in dem Restaurant zu essen?

Seine erste Befürchtung bewahrheitete sich nicht. Die Gaststube war geöffnet und auf einer Angebotstafel stand ein ziemlich leckeres Gericht – »Birnen, Bohnen und Speck«. Dirk lief das Wasser im Mund zusammen. Er schaute auf seine Uhr. Wie passend, es war tatsächlich Mittagszeit.

Er betrat den Gastraum, der spärlich besucht war, und setzte sich an einen der Tische. Sofort wurde er von den anderen Gästen beäugt, die sich augenscheinlich nicht besonders wohl in der Wirtschaft fühlten. Er nickte freundlich, und als die Bedienung erschien, bestellte er eine Apfelschorle und das Tagesgericht.

»Und dann müsste ich mit dem Chef sprechen«, erklärte er der Kellnerin. Die junge Frau nickte lediglich stumm.

Kurz darauf erschien sie mit dem Getränk und erklärte, dass der Inhaber gleich käme.

»Danke!«

Dirk blickte sich um und horchte dabei tief in sich hinein. Wieso hatte der Täter diesen Ort für sein Verbrechen gewählt? Hatte er absichtlich allen die Feier vermiesen wollen? Oder gab es jemanden, der eine Rechnung mit Frau Hansen offen gehabt hatte? Er schüttelte den Kopf und nippte an seinem Glas. Hätte der Mörder dann auch Malte umgebracht? Thamsens Blick blieb an einem Rentnerpaar hängen, das ihn beobachtet hatte, sich aber, da es seine Aufmerksamkeit erregte, schnell abwandte und tat, als führte es ein sehr intensives Gespräch.

Auf jeden Fall war der oder die Täterin nicht besonders mutig. Obwohl, überlegte er, auf dem Damenklo hätte jederzeit jemand reinplatzen können. Oder war Frau

Hansen in einer der Toilettenkabinen erdrosselt worden? Er versuchte, sich den Bericht der Spusi in Erinnerung zu rufen, konnte sich aber keines entsprechenden Eintrags entsinnen.

Dass als Tatort das Klo gewählt worden war, konnte ein Hinweis auf einen weiblichen Täter sein. Vielleicht hatte Frau Hansen am Waschbecken gestanden, und die Gelegenheit erschien günstig. Eine spontane Entscheidung? Nein, es musste ein geplanter Mord gewesen sein, denn das Tuch, mit dem Rita Hansen erwürgt worden war, schien nagelneu und unbenutzt. Jedenfalls hatte die Spusi keine verwertbaren Spuren daran gefunden, außer die vom Opfer. Oder war es doch ein spontaner Mord, und das Tuch gehörte Rita Hansen? Er zückte sein Merkbuch und notierte diese Frage, die er mit der Lebensgefährtin klären würde.

Dass er da nicht früher dran gedacht hatte. Er schlug sich mit der flachen Hand auf die Stirn.

»Sie wollten mich sprechen?« Der Gastwirt tauchte wie aus dem Nichts an seinem Tisch auf. Dirk zuckte zusammen.

»Ähm.« Thamsen räusperte sich, machte eine einladende Handbewegung und schob sein Merkbuch ein Stück zur Seite. »Ich habe noch ein paar Fragen.«

»Gut, dass Sie gekommen sind, da brauche ich nämlich nicht …« Der Wirt begann an seiner Hosentasche herumzufummeln.

»Hier«, sagte er schließlich und hielt Thamsen einen Lippenstift entgegen.

»Was ist das?«

»Den hat unsere Reinmachefrau im Mülleimer auf dem Damenklo gefunden.«

Thamsen inspizierte den Lippenstift. Gut, der konnte jedem gehören, aber vielleicht war er tatsächlich eine Spur? Mit spitzen Fingern nahm er das Fundstück entgegen und steckte es ein. »Und ist sonst noch etwas geschehen?«

»Wie meinen Sie das?«

»Na, ist Ihnen jemand aufgefallen, der Ihnen unbekannt war? Jedenfalls in den letzten Tagen?«

»Sie meinen, weil der Täter an den Tatort zurückkommt?« Die Augen seines Gegenübers verwandelten sich in zwei große dunkle Löcher. »Dies ist ein Restaurant, und wir haben durchaus Laufkundschaft. Wir kennen eh nicht alle Gäste.«

»Aber vielleicht hat sich bei den Toiletten jemand aufgehalten. Auch schon vor dem Mord.«

»Mir ist niemand verdächtig vorgekommen. Aber ich kann gern mal meine Angestellten fragen.«

18. KAPITEL

»Na, Niklas, Lust auf das Training?« Da Tom herausgefunden hatte, dass er beim nächsten Spiel seines Sohnes nicht anwesend sein konnte, hatte er den Jungen heute zum Fußballtraining begleitet. Besonders erfreut zeigte sich Niklas darüber allerdings nicht, und Tom fragte sich, was er schon wieder falsch gemacht hatte. Er fühlte sich, was seinen Sohn anging, oftmals hilflos. Nichts schien er richtig zu machen – jedenfalls wenn er sich mit Haie verglich, der mit Niklas bestens auskam und der von dem Jungen abgöttisch geliebt wurde.

Was erwarte ich?, dachte Tom, als er sich an den Spielfeldrand stellte. Nach Marlenes Tod hatte er den Jungen quasi im Stich gelassen, war in eine Depression verfallen. Wenn Haie nicht gewesen wäre … Er seufzte tief.

»Na, so schlimm?« Eine der Mütter, die ebenfalls zum Training gekommen waren, musterte ihn amüsiert.

»Das hier ist nicht gerade die Champions League«, antwortete er mit einem Grinsen, und sie kommentierte seine Äußerung mit einem glockenklaren Lachen.

Tom stimmte automatisch ein.

»Was erwarten Sie? Wir sind hier in Risum-Lindholm und nicht bei Manchester United.«

»Dafür ist es hier trotzdem ganz schön aufregend.«

Die Frau ließ ihren Blick über ihn wandern und trat dabei dichter neben ihn. »Meinen Sie etwa die Morde?«

Tom nickte.

»Das ist furchtbar. Manchmal weiß ich nicht, ob das hier der richtige Ort ist, um ein Kind großzuziehen.«

»Wir haben doch eine gute Polizei. Die klärt den Fall schon«, versuchte Tom, die Mutter zu beruhigen.

»Meine Schwester hat mir gesagt, die hätten keinen blassen Schimmer, was da passiert ist.«

»Woher weiß Ihre Schwester das denn?«

»Sie wurde befragt. Gehört zu den Schülern des Abi-Jahrgangs. Sie ist auch der Meinung, dass da irgendwie etwas dahintersteckt, wie, hm … was hat sie noch mal gesagt? Eifersucht oder so?«

»Eifersucht? Die Frau Hansen war über 80, oder? Glaube nicht, dass die noch ein sehr aktives Liebesleben führte?« Tom schmunzelte.

»Weiß man's?« Die Frau blinzelte ihm zu und schrie: »Abspielen, Hauke, abspielen!«

Sie wandte sich wieder Tom zu. »Entschuldigen Sie, aber mein Sohn ist Einzelkind.«

Tom nickte lediglich.

»Wo waren wir stehen geblieben?«

»Beim Liebesleben von Rita Hansen«, grinste Tom.

»Ach ja. Jetzt mal im Ernst, meine Schwester meinte früher.«

»Früher?«

»Ja, dass der Mord etwas mit einer Liebschaft von vor langer Zeit zu tun haben könnte.«

»Und dann wartet der Täter so lange? Weiß nicht.« Tom kratzte sich am Kopf. »Außerdem war die Hansen homosexuell.«

»Echt?« Seine Gesprächspartnerin zog die Augenbrauen hoch. »Na, dann hat meine Schwester wohl doch etwas anderes gemeint.«

»Hier.« Thamsen legte den Lippenstift auf Ansgars Schreibtisch. »Schick den mal in die KTU. Vielleicht sind Spuren dran, die wir brauchen können.«

»Woher kommt der denn?« Rolfs packte das potenzielle Beweisstück fachgerecht in ein Plastikbeutelchen.

»Aus dem Damenklo.«

Ansgar pfiff. »Das hieße, dass der Mörder eine Mörderin wäre?«

»Hatten wir bisher ohnehin nicht ausgeschlossen, oder?« Thamsen wandte sich halb zum Gehen. »Haben die Husumer noch etwas gesagt?«

»Nee, sind ziemlich rigoros abgedampft. Mal im Ernst, was sollen die hier auch schon ausrichten? Sind schließlich nicht von hier. Kennen keinen und sich selbst nicht aus.«

»Na, das sind mal forsche Worte aus dem Mund eines Zugezogenen«, schmunzelte Dirk.

»Hallo, ich wohne hier seit meiner Schulzeit«, verteidigte Ansgar sich.

»Und? Dieser Makel lässt sich nicht einfach ›abwohnen‹.«

Thamsens Handy klingelte und er blickte aufs Display. »Noch so ein Zugezogener«, lachte er, während er den Raum verließ und dabei den Anruf entgegennahm. »Hallo, Tom, was gibt's? Is was mit Haie?«

Seine Sorge galt als Erstes immer dem Freund. Mehr als einmal hatte der sich nämlich bei seinen privaten Ermittlungen in Gefahr gebracht, und dass er wieder ermittelte, stand für Dirk so gut wie fest.

»Nee«, beruhigte Tom ihn, »der ist recht gemäßigt momentan.«

»Kein Wunder, es gibt so gut wie keine Spuren, das ist ein ziemlich kniffeliger Fall.«

»Hm, ich hätte da eventuell einen kleinen Hinweis.«

»Ja?« Dirk horchte auf.

»Ich war heute mit Niklas beim Training, und da hat mir eine Mutter erzählt, dass ihre Schwester gemeint …«

»Stopp. Wie heißt denn die Schwester?«

»Keine Ahnung, und die Mutter kenne ich nur flüchtig. Heißt Maren oder so, muss mal Haie fragen, Moment.«

Thamsen hörte Geraschel und gedämpfte Stimmen.

»So, bin wieder da«, meldete Tom sich kurz darauf, »Meinert heißt die jetzt wohl, früher Ebsen.«

»Nee, Ilka Ebsen. Ach, die kenn ich gut.«

»Die ging mit dir zur Schule.«

»Wir waren öfters … wenn du weißt, was ich meine.«

»Wenn die Schwester genauso attraktiv wie die Fußballmutti ist.«

Schon seit einiger Zeit hatte Toms Blick sich wieder ein wenig für das andere Geschlecht geschärft. Nicht dass er auf der Suche nach einer Beziehung war, nein. Nach Marlene, war er der Meinung, würde es keine feste Partnerschaft mehr für ihn geben, aber trotzdem hatte er Bedürfnisse, und eine hübsche Frau blieb von ihm nicht unbemerkt.

»Die Schwester glaubt, dass es eine Beziehungstat war.«

»Die meisten Morde sind Beziehungstaten«, entgegnete Dirk. »In der überwiegenden Mehrheit der Fälle kennen Opfer und Täter sich, und es steckt als Motiv Eifersucht oder etwas Ähnliches dahinter. Aber in diesem Fall?« Er stockte. Zumindest könnte diese Annahme zu dem Ansatz passen, dass der Mörder eine Frau war, überlegte er.

»Und wie passt der Mord an Malte Löhns dazu?«, äußerte er seine verbleibenden Zweifel.

»Na, vielleicht war er lediglich das Bauernopfer. Sein Mord diente der Ablenkung.«

»Meinst du nicht, die sexuelle Ausrichtung spielt bei den Taten eine Rolle? Es ist doch auffällig, dass beide Opfer homosexuell sind.«

»Komisch, gerade gestern habe ich mit Haie über das Thema diskutiert. Hältst du es für möglich, der Mörder könnte ein Fanatiker sein?«

»Das passt aber nicht zu der Eifersucht, von der du gerade sprachst«, gab Dirk zu bedenken.

»Ja, ja … vielleicht stimmt es auch gar nicht, was diese Ilka Ebsen behauptet. Aber du weißt …«

»… an jedem Gerücht gibt es ein Fünkchen Wahrheit«, fiel Thamsen in die Weisheit ein.

19. KAPITEL

Mit dem Tuch im Gepäck machte Thamsen sich zum Feierabend hin noch einmal auf den Weg zu Lydia Nehlsen. Er wollte wissen, ob sie es kannte, und zumindest ein paar Fragen in die Richtung der Gerüchte stellen.

Als er klingelte, tat sich zunächst nichts, lediglich die Gardine am Fenster bewegte sich. Thamsen hob spontan die Hand und winkte. Kurz darauf summte der Türöffner.

»Alles in Ordnung bei Ihnen?«, fragte er, als er Frau Nehlsen im Flur stehen sah.

Sie nickte stumm, bat ihn lediglich durch eine Handbewegung in die Wohnung.

»Es ist nur so, dass ich die Beerdigung organisiere«, erklärte sie, nachdem sie im Wohnzimmer Platz genommen hatten. Sein Blick folgte ihrem zum Couchtisch, wo ein paar dezente Broschüren des ortsansässigen Bestattungsinstituts lagen.

Thamsen wusste, was für eine schwierige Angelegenheit das war. Er erinnerte sich, wie er zusammen mit seiner Mutter die Bestattung seines Vaters organisiert hatte. Über was man sich alles Gedanken machen musste. Grabstelle, Sarg, Blumen, Traueranzeigen – die Liste war ihm damals endlos erschienen.

»Ich wollte etwas fragen«, deutete er vorsichtig an. Er

ahnte, wie sehr der Mord an Rita Hansen Frau Nehlsen erschreckte. Langsam zog er die Plastiktüte mit dem Tuch aus seiner Tasche. »Kennen Sie dieses Tuch?«

Lydia Nehlsen nahm die knisternde Plastiktüte und betrachtete den Inhalt.

Nur wenig später reichte sie sie zurück. »Nein, das habe ich noch nicht gesehen. Rita hat das jedenfalls nicht gehört. Das wüsste ich.«

Dirk nickte. »Das habe ich mir gedacht.« Er wunderte sich ein wenig, dass Lydia Nehlsen gar nicht fragte, ob das das Tuch war, mit dem Rita Hansen erdrosselt worden war. Aber wahrscheinlich war ihr das klar und sie wollte es nicht aussprechen.

»Sonst ist Ihnen vermutlich nichts eingefallen?«

»Haben Sie denn noch keinen Anhaltspunkt?« Die alte Dame blinzelte ihn durch ihre dicken Brillengläser an.

»Nun ja«, druckste Thamsen herum. »Im Prinzip gibt es nur einen gemeinsamen Nenner zwischen Rita Hansen und Malte Löhns, außerhalb der Schule, meine ich.«

»So? Und der wäre?«

»Sie waren beide homosexuell.«

Frau Nehlsen schluckte. »Aha.«

»Gab es gegen Sie Anfeindungen? Als Paar?«

Sie knetete die Hände. »So aufgeschlossen, wie sie sich gibt, ist die Welt nicht immer. Natürlich haben die Leute uns kritisch beäugt. Aber direkt angesprochen hat uns in letzter Zeit niemand.«

»Hm.«

»Früher war das ein wenig anders. Daher haben wir unsere Beziehung nicht öffentlich gemacht. Trotzdem gab es natürlich den einen oder anderen, der zumindest vermutet hat, dass wir eine Liebesbeziehung hatten.«

»Auch Schüler?« Thamsen versuchte, sich zu erinnern, ob es derartige Andeutungen gegeben hatte.

»Auch Schüler«, nickte sie.

»Und Malte Löhns, kannten Sie den?«

»Nein, ich kannte ihn nicht, aber vielleicht hatte er ein ähnliches Schicksal wie Rita. Obwohl ich annehme, dass die heutige Gesellschaft toleranter ist.«

»Wie man's nimmt. Irgendwo gibt es doch immer Leute, die … aber was sag ich Ihnen.« Thamsen stand auf. Das war nicht das Thema, er war auf der Suche nach einem Doppelmörder und nicht nach der Antwort auf die Toleranz-Frage.

Zu Hause herrschte wieder einmal das Chaos. Es war offensichtlich, dass Dörte mit zwei Kindern überfordert war, aber sie schien das nicht zu bemerken. Thamsen bahnte sich seinen Weg durch den Flur, der mit Schuhen und Spielzeug übersät war, bis in die Küche, wo seine Frau für die Kinder Abendbrot machte.

»Ach, du bist schon da. Isst du mit uns?«

Lotta hing an seinem Bein und jaulte irgendetwas von einer Puppe, deren Namen er noch nie gehört hatte, und Hanno schrie lauthals in seinem Hochstuhl.

Die Situation verstärkte sein Gefühl, zu allem unfähig zu sein. Unfähig, den Fall zu lösen, unfähig, ein guter Vater zu sein.

»Nee«, antwortete er, »ich muss laufen.«

Er sah die Enttäuschung in Dörtes Gesicht, aber er konnte nicht anders. Er musste hier raus. Schnell verschwand er im Schlafzimmer, riss seine Laufklamotten aus dem Schrank und schlüpfte kurz darauf in seine Joggingschuhe. Bloß weg hier, dröhnte es in seinem Kopf. Raus und weit weg.

Er stieg in den Wagen und fuhr an die Nordsee. Auch wenn diese Strecke länger dauerte. Er brauchte einen klaren Kopf, und den bekam er beim Laufen am Meer am schnellsten.

Er parkte hinter dem Außendeich und sprang förmlich aus dem Wagen. Beobachter hätten vermuten können, er sei auf der Flucht, denn gleich darauf joggte er den Deich hoch, und zwar in einem Tempo, als sei der Leibhaftige persönlich hinter ihm her.

Die Sicht war heute ungewöhnlich klar. Er konnte die Inseln erkennen und genoss die Weite, die sich ihm bot. Dirk drosselte das Tempo, das er ohnehin nicht mehr allzu lange durchgehalten hätte, atmete tief die würzige Salzluft ein, und dabei durchströmte ihn ein Gefühl der Geborgenheit. Er liebte diese Landschaft.

Die Bewegung tat ihm gut. Seine Gedanken verselbstständigten sich. Sie kehrten zurück zu dem Abend der Abi-Feier. Wie hatte er sich darauf gefreut, und einige wenige Momente hatte er die Feier auch genießen können. Er versuchte, sich ins Gedächtnis zu rufen, wen er an jenem Abend gesehen hatte.

Malte war nicht dabei gewesen. Frau Hansen? Nein, aber wahrscheinlich war er einfach zu aufgeregt gewesen oder erleichtert, dass Iris sich nicht hatte blicken lassen. Überhaupt fragte er sich, ob sie da gewesen war. Bei den Befragungen war nicht die Rede von ihr gewesen. Und Ansgar hätte es ihm doch gesagt, oder?

Schließlich wussten seine Kollegen, was für eine schwierige Zeit er nach der Trennung von Iris durchgemacht hatte. Unweigerlich schweiften seine Gedanken zurück zu Dörte, und er fragte sich, wie er eigentlich damals allein mit den beiden Kindern klargekommen war. Gut, Anne und Timo waren nicht mehr ganz so klein gewesen, aber er hatte schließlich auch noch Vollzeit gearbeitet. Das tat Dörte nicht. Hatte es bei ihm zu Hause jemals so ausgesehen? So chaotisch?

Abrupt kam er ins Straucheln, da er einen Hund, der ihm in die Quere gekommen war, nicht rechtzeitig gesehen hatte.

»Mist«, entfuhr es ihm laut.

»Oh, Entschuldigung«, hörte er eine liebliche Frauenstimme, die sich kurz darauf in die eines Brüllaffen verwandelte, als sie den Hund zurechtwies.

Thamsen zuckte zusammen und drehte sich um. Er war ohnehin aus dem Tritt.

»Ach, du bist das«, sagte er, als er Ilka Ebsen erkannte.

Sie war damit beschäftigt, den Hund zu maßregeln, und blickte lediglich flüchtig auf. »Hi, Dirk.«

Sie leinte das Tier an und kam näher. »Tut mir leid, aber manchmal geht es mit ihm durch. Weiß nicht, was in ihm vorgeht.« Sie zuckte entschuldigend mit den Schultern und lächelte ihn verschmitzt an. »Ich wusste gar nicht, dass du hier läufst. Habe dich hier noch nie gesehen.«

»Nee, ich bin auch sonst woanders unterwegs. Brauchte aber heute mal das Meer.« Er schaute auf die Nordsee, und Ilka nickte, als verstünde sie, was er meinte.

»Kommt ihr denn voran in dem Fall?«

»Nicht wirklich. Ist echt alles ziemlich verzwickt.«

»Spooky. Ich meine, wer bringt eine alte Lehrerin um?« Ilka schüttelte sich.

»Kannst du dich erinnern, wie die Hansen damals so war?«

»Hä? Wie alle Pauker, die meisten von ihnen mochten wir nicht. Was ist denn das für eine Frage? Du warst schließlich einer von uns, schon vergessen?«

Sie hatte recht. Er war einer von ihnen gewesen. Und dennoch konnte er sich kein rechtes Bild machen, nicht tief genug in seine Erinnerungen abtauchen.

»Klar, aber vielleicht hat man heutzutage auch eine verklärte Sicht auf die Dinge. Ich zumindest, denn ganz offensichtlich hat jemand anderes diese Zeit nicht sehr rosig gesehen.«

»Meinst du wirklich, jemand von uns hat die Hansen und auch Malte umgebracht?«

»Na, hast du nicht behauptet, das sei eine Beziehungstat gewesen?«

»Hä, woher weißt du das denn?« Sie legte den Kopf schief und kniff die Augen zusammen.

»Wir wohnen hier auf dem Dorf, schon vergessen?«, grinste er sie an. »Da spricht sich alles schnell rum.«

»Ich denke, dass es jemand sein muss, der Frau Hansen gekannt hat, und Erdrosseln ist doch so eine Art zu töten … Ich weiß nicht«, wand sie sich plötzlich.

»Hast du eventuell einen konkreten Verdacht?«

Ilka wich die Farbe aus dem Gesicht. »Du, Dirk, das war nur so von mir dahingesagt.« Sie blickte ihn entschuldigend an.

»Hattest du denn noch Kontakt zu Frau Hansen?«

»Nee.«

Er ließ seinen Blick wieder zum Meer wandern und schwieg.

»Es ist wahrscheinlich nichts«, begann sie zögerlich. »Es ist aber so, als ich mich mit Heiko auf der Feier unterhalten habe, hat der sofort gegen die Hansen gewettert. Da war so viel Wut und Leidenschaft dahinter …«

»Heiko Nissen?«

Ilka nickte.

20. KAPITEL

Nicht nur Heiko Nissen hatte ein Problem, denn als Haie kurz vor Ladenschluss im Spar-Markt an der Fleischtheke stand, wurde er Zeuge eines Gesprächs über die Neigungen der toten Lehrerin.

»Nee, und so eine hat unsere Kinder unterrichtet.«

»Entschuldigung«, mischte er sich ein. »Was heißt denn ›so eine‹?«

»Na, die stand auf kleine Mädchen. Ist doch klar, dass die die im Unterricht vorgezogen hat«, entgegnete eine der Frauen, die zwischen den Regalen mit Mehl und Gemüsekonserven standen.

Haie musste den Kopf schütteln. So weit war es schon, aus einer homosexuellen Frau war durch die Gerüchteküche eine Pädophile geworden. »Na, nu aber mal langsam. Die lebte doch seit Jahren in einer festen Partnerschaft.«

»Partnerschaft?« Die beiden schauten ihn an, als hörten sie zum ersten Mal davon, dass so etwas möglich sei. Haie kam zwar auch vom Dorf, war aber stolz darauf, in gewisser Weise aufgeklärt und tolerant zu sein. Jedenfalls sah er sich so.

Er wollte gar nicht wissen, wie viele Menschen in der Umgebung sich nicht trauten, ihre Neigungen offen auszuleben, und unglücklich waren, wegen solcher Leute, wie sie in diesem Moment vor ihm standen.

»Aber normal ist das doch nicht«, gab auch eine der beiden prompt ihren Senf ab.

»Na, was ist schon normal?«

Sie schaute ihn an und schwieg dabei.

Dachte sie womöglich, seine Lebensgemeinschaft falle auch unter derartige Partnerschaften? Immerhin lebte er mit Tom zusammen, hatte sich von Elke getrennt. Er konnte sich gut vorstellen, was man hinter vorgehaltener Hand tuschelte. Unweigerlich griente er. So hatte er die Angelegenheit noch gar nie gesehen. »Und gegen ›solche Leute‹, wie ihr sie nennt, habt ihr was einzuwenden, oder was?«

»Nein, nein«, versuchte die Angesprochene zurückzurudern. »Schall jeder moken, wat he will.«

»Ach, aber passen tut euch das noch lange nicht. Und das geht auch nicht, denn dat einer hier rumlöppt und Leute abmurkst, dat will he vielleicht, aber ik nich.«

Thamsen war spät nach Hause gekommen. Die Kinder lagen schon im Bett und schliefen.

»Na, ausgedampft?«, fragte Dörte. Am Unterton hörte er deutlich ihren Ärger.

Er wusste selbst, dass er sich rarmachte. Aber er fühlte sich manchmal zu alt für den Trubel und den Lärm der Kinder, obwohl er sie liebte. Gerade in Zeiten wie diesen, wo es darum ging, einen Mordfall aufzuklären, hatte er einfach nicht den Kopf frei für seine Familie. »Tut mir leid, aber ich hatte einfach zu viel um die Ohren.«

»Und da spazierst du lieber mit anderen Frauen am Außendeich?«

Daher wehte der Wind, doch woher wusste Dörte von seiner Begegnung mit Ilka Ebsen?

»Melanie hat euch gesehen.«

»Und da hat deine Freundin nichts anderes zu tun, als dich sofort anzurufen und verrückt zu machen? Feine Freundin«, entgegnete er verärgert und stapfte ins Bad.

Doch so einfach ließ Dörte sich nicht abspeisen. Sie postierte sich in der Tür und verschränkte dabei die Arme vor der Brust. Dirk begann, sich aus den feuchten Laufklamotten zu schälen.

»Wieso hast du dich mit der Frau getroffen? Wer ist das?«

»Ich habe mich nicht mit ihr getroffen, sondern wir sind uns zufällig begegnet. Das ist eine alte Schulkameradin.«

»So, so, Schulkameradin«, prustete Dörte. »War die auch auf der Feier?«

Thamsen seufzte. Was war nur los mit Dörte? So kannte er sie gar nicht. Sie war in der Vergangenheit doch nie eifersüchtig gewesen, oder? Jedenfalls hatte er das nie bemerkt. Wenn er jetzt so darüber nachdachte, war sie anders, seitdem er die Einladung zu der Feier bekommen hatte. Aber hatte er ihr denn einen Anlass gegeben? Er stellte sich unter die Dusche, und sie verließ das Bad.

Eigentlich nicht. Er war doch wie immer. Gut, er hatte sich auf das Treffen gefreut, aber doch nur, weil er, ja, warum eigentlich?

Er hatte zu den Leuten aus der Schule ewig keinen Kontakt mehr, keine Verbindung, und doch war da etwas, das er mit den Mitschülern teilte und das, je älter er wurde, mehr Bedeutung für ihn gewann. Er konnte sich das nicht erklären.

Vielleicht, überlegte er, war es dem oder der Mörderin ähnlich ergangen. Er und seine Kollegen hatten sich gefragt, wie jemand nach all der Zeit auf die Idee kam, sich zu rächen oder aufgrund eines längst vergangenen Ereignisses zu töten. Aber was, wenn es bei anderen genauso wie bei ihm war, dass derlei Dinge aus der Vergangenheit immer wichtiger wurden, einen nicht mehr zur Ruhe kommen ließen?

Er schäumte sich die Haare kräftig mit Dörtes Shampoo ein und spülte sie schnell ab. Dann griff er aus der Dusche und fasste ins Leere.

»Mist«, fluchte er und streckte den Kopf aus der Kabine. Weit und breit war da kein Handtuch zu sehen. Er musste mit Dörte sprechen. So jedenfalls konnte es nicht weitergehen.

Haie machte es sich auf dem Sofa gemütlich und öffnete eine Erdnussdose. Er wollte sich eine Dokumentation im NDR anschauen und lehnte sich zurück, nachdem er sich genüsslich eine Handvoll Nüsse in den Mund gestopft hatte.

»Na, was gibt es Neues?« Tom hatte Niklas gute Nacht gesagt und trat ins Wohnzimmer.

»Wieso?«, fragte Haie, ohne den Blick vom Bildschirm zu wenden.

»Na ich dachte, es hat sich vielleicht etwas Neues in dem Mordfall ergeben und in den Nachrichten wurde darüber berichtet.«

»Nee.«

Tom betrachtete den Freund, der gebannt auf die Mattscheibe starrte. So kannte er ihn gar nicht. Sonst war er in den Ermittlungen immer Feuer und Flamme. Ob es einfach am Alter lag, dass Haie ruhiger wurde?

»Ich habe jedenfalls Thamsen von der Vermutung der Ebsen erzählt.«

»Und?«

»Die Möglichkeit, dass es eine Beziehungstat war, ist nicht von der Hand zu weisen.«

»Hm.«

»Es sieht für mich jedenfalls alles danach aus.« Tom war näher gekommen und ließ sich aufs Sofa neben Haie fallen.

»Und Malte? Wie passt der ins Bild?« Langsam wurde Haie aufmerksam.

»Keine Ahnung.«

»Ich halte es durchaus für möglich, dass ein Fanatiker dahintersteckt. Die Homosexualität ist eine ganz klare Verbindung zwischen den beiden Opfern.«

»Ach, vor Kurzem warst du aber noch der Meinung, es gäbe in der Umgebung zwar einige Leute, die ihre Probleme mit der Homosexualität haben könnten, es zum Mord aber ein ziemlich großer Schritt sei.«

»Dann habe ich meine Meinung eben geändert«, verteidigte Haie seinen Standpunkt und berichtete von seinem Besuch im Spar-Markt.

»Und hast du da jemand Konkreten in Verdacht?« Tom war gespannt, ob Haie bereits potenzielle Mörder ausgekundschaftet hatte.

»Nicht direkt, aber Dirk hat doch erzählt, dass der Mann von Maltes Schwester seltsam reagiert hat und gegen die Obduktion war.«

»Es kann aber auch andere Gründe gehabt haben, dass der auf Malte nicht gut zu sprechen war.«

»Ach, und welche?«

Am nächsten Morgen kam Thamsen reichlich zerknittert ins Büro. Die schlechte Stimmung war gestern eskaliert und sie hatten mal wieder gestritten.

Er wusste, wie wenig er sich in die Familie und den Haushalt einbrachte, aber immerhin brachte er das Geld nach Hause. Da konnte er doch ein wenig Ordnung und vor allem frische Handtücher erwarten, hatte er gebrüllt, obwohl das ganz und gar nicht seine Art war. Die Situation schien ihn mehr mitzunehmen, als er sich bisher eingestanden hatte; oder lag es an dem Mordfall? Immerhin waren seine ehemalige Deutschlehrerin und sein Schulfreund ermordet worden, und er hatte nicht den Hauch einer Ahnung, wer dafür verantwortlich war.

Bereits in der Nacht hatte er sich vorgenommen, allen das Tuch zu zeigen. Er musste den Täter finden.

Als er die Dienststelle betrat, begrüßte Ansgar ihn hektisch. »Wir haben einen Anruf, eine Mitschülerin von dir will etwas beobachtet haben.«

»Was? Wer?«

»Wiebke Bahnsen.«

»Und?«

»Sie ist noch in der Stadt, ich fahre zu ihr.«

»Ich komme mit.«

Gemeinsam fuhren sie in das Hotel in der Niebüller Hauptstraße. »Ihr habt Wiebke doch neulich befragt, warum hat sie denn da nichts gesagt?«, wunderte Dirk sich, als sie auf den Parkplatz fuhren.

»Und wieso bleibt die nicht bei ihren Eltern? Oder leben die nicht mehr?«, fragte er mehr sich selbst als Rolfs, doch der hatte bereits einige Informationen über die vermeintliche Zeugin eingeholt und erklärte, die Eltern seien mittlerweile in einer betreuten Wohnanlage untergebracht.

Wiebke Bahnsen erwartete sie im Frühstücksraum, wo sie bei einer Tasse Kaffee saß. Thamsen fiel Dörtes Bemerkung über das Aussehen der alten Mitschülerin ein und er betrachtete sie daher ein wenig genauer. Sagte der Begriff »harsch« auch in Bezug auf das Wesen von Wiebke Bahnsen etwas aus?

Sie wirkte ausgeruht und blieb unter seinem Blick recht gelassen.

»Wieso hast du neulich bei der Befragung nichts gesagt, oder als wir uns in Dagebüll getroffen haben?«, wollte Thamsen wissen, nachdem sie sich zu ihr an den Tisch gesetzt hatten.

»Ich habe mich nicht sofort daran erinnert, und es ist mir erst Stück für Stück klar geworden, dass es für den Fall relevant sein könnte.« Sie nippte an ihrer Tasse, an deren Rand reichlich Lippenstiftspuren im Kontrast zum weißen Porzellan geradezu leuchteten.

»Und was?«

Sie räusperte sich. »Nicht dass hier der Eindruck entsteht, ich wolle jemanden absichtlich beschuldigen.«

»Hättest du denn einen Grund dazu?«

Wiebke Bahnsen zog die Augenbrauen in die Höhe. »Wie meinst du das jetzt?«

»Gibt es für dich einen Grund, jemandem zu schaden?«

»Nein, nein …« Sie stockte. »Ich dachte, es könnte wichtig sein, dass ich gesehen habe, wie Anja den Saal Richtung Toiletten verlassen hat und nicht wiedergekommen ist.«

»Ist sie nicht wiedergekommen oder hast du es nur nicht gesehen?«

»Ich bin mir ziemlich sicher, dass Anja nicht wieder aufgetaucht ist. Sie stand vorher mit uns zusammen und wir haben uns unterhalten. Und plötzlich, schwupp, war sie weg.«

»Na, vielleicht hat sie sich jemand anders angeschlossen.« Thamsen mutmaßte, die Runde sei nicht besonders amüsant gewesen. Die Mitschüler, mit denen Wiebke gesprochen hatte, waren schon damals Außenseiter gewesen. Warum sich Anja Struck überhaupt mit denen unterhalten hatte? Sie war seines Wissens ganz nett. Sicherlich hatte sie einfach nur freundlich sein wollen; schließlich hatte sie die Feier mit organisiert.

»Alles ging von ihr aus. Die Einladung, die Auswahl der Location, sicherlich hat sie auch die Hansen eingeladen«, konterte Wiebke.

»Was für einen Grund sollte sie denn gehabt haben, die Hansen umzubringen?«, mischte sich Ansgar ein, der bis dahin in seinen Notizen blätternd geschwiegen hatte.

»Was weiß ich. Da steckt man ja nicht drin«, entgegnete die Bahnsen mit zittriger Stimme.

Wahrscheinlich wird ihr bewusst, was sie hier gerade tut, dachte Thamsen. »Was glaubst du denn, warum jemand die Hansen und dann Malte umgebracht haben könnte?«

»Na, das ist wirklich euer Job, das rauszufinden. Aber vielleicht …«

Ansgar schien gefunden zu haben, wonach er die ganze Zeit in seinen Aufzeichnungen gesucht hatte. »Nee, Anja Struck war nach dem Mord noch da. Wir haben ihre Personalien aufgenommen.«

»Was, echt?« Wiebke Bahnsen wich die Farbe aus dem Gesicht.

»Aber, aber wann habt ihr die Personalien aufgenommen? Hätte sie in der Zwischenzeit nicht ins Hotel kommen und Malte erhängen können?«

»Möglich, aber wir haben, sofort nachdem die Leiche entdeckt wurde, die Gastwirtschaft abgesperrt.«

»Ihr habt niemanden mehr rausgelassen. Aber rein konnte man schon noch kommen, oder?«

»Mag sein, aber laut Obduktionsbericht liegt Maltes Todeszeitpunkt ohnehin mehrere Stunden nach dem Mord an der Hansen. Ihn hätte praktisch jeder der Anwesenden ermorden können. Und angeblich ist Malte auf der Feier gesehen worden.«

»Aber postwendend wieder gegangen, oder?« Wiebke Bahnsen blickte Ansgar an, der wieder begonnen hatte in den Notizen zu wühlen.

»Was machst du?«, fragte Thamsen ihn. »Wir wissen doch, dass Malte zu dem Zeitpunkt der Befragungen nicht im Gasthof war.«

»Dieser Heiko Nissen. Du hast doch erzählt …«

»Hast du mitbekommen, wie Heiko sich abfällig über die Hansen geäußert hat?«, fragte Dirk Wiebke.

Sie krauste die Stirn. Dann schoss Blut in ihre Wangen. »Jetzt wo du es sagst. Ja, ich erinnere mich!«

21. KAPITEL

Die Klingel war laut, als Thamsen und Ansgar kurz darauf bei Heiko Nissen schellten. Dirk hatte gar nicht gewusst, dass der ehemalige Schulfreund in der Nähe geblieben war, aber laut Rolfs Aufzeichnungen lag die von Heiko Nissen angegebene Adresse in Bredstedt. Sie gaben recht wenig auf Wiebkes Aussagen. Im Prinzip hätte jeder der Mitschüler Malte umbringen können, denn der Todeszeitpunkt lag weit nach Mitternacht, da hatten sie die meisten Zeugen schon befragt und entlassen.

Und auch die Hansen hätte Opfer von so ziemlich jedem sein können, der vor ihrem Tod den Saal Richtung Toiletten verlassen hatte. Nur weil Wiebke Anjas Rückkehr nicht bemerkt hatte, hieß das noch lange nicht, dass diese nicht stattgefunden hatte. Wahrscheinlich hatte Anja die Gesellschaft der Außenseiter, die sich vermutlich wenig verändert hatten, einfach nicht mehr ertragen.

Nur Heiko Nissen war nicht nur von Wiebke, sondern auch von Ilka Ebsen als jemand genannt worden, der schlecht über die alte Deutschlehrerin geredet hatte. Diesem Hinweis mussten sie nachgehen. Nicht auszudenken, wenn sie in diesem Fall die Ermittlungen schleifen ließen. Das hatte Thamsen einmal gemacht und teuer bezahlt.

Heiko Nissen staunte nicht schlecht, als er die beiden Polizisten vor seiner Haustür stehen sah. Thamsen hatte gar nicht damit gerechnet, den ehemaligen Mitschüler um diese Tageszeit zu Hause anzutreffen, und war überrascht. Heiko sah elend aus – blass und mit tiefen Augenringen blickte er sie mindestens so entgeistert an wie sie ihn.

»Heiko, wir müssten mal mit dir reden.«

»Ja?« Ein kurzer Moment des Schweigens entstand, dann bat Heiko sie hinein.

»Ihr müsst entschuldigen, aber mich hat eine Grippe erwischt«, erklärte er sein Äußeres und zog dabei den schlabbrigen Pullover etwas tiefer über die nicht ganz so sauber wirkende Jogginghose, während er sie ins Wohnzimmer führte. Dort sah es beinahe schlimmer aus als bei Thamsen. Auf dem niedrigen Couchtisch lagen benutzte Tempotaschentücher verstreut, dazwischen Nasenspray und einige Schachteln mit Medikamenten.

»Es ist mir etwas unangenehm, aber wir haben da einen Hinweis bekommen.« Thamsen räusperte sich und hoffte, dass die in der Luft hängenden Bazillen ihn nicht attackierten. Eine Grippe konnte er sich momentan wirklich nicht leisten.

»Hinweis?« Heiko ließ sich stöhnend auf dem Sofa nieder, während Ansgar und Thamsen versuchten, auf den mit Klamotten überhäuften Sesseln Platz zu finden.

»Es ist reine Routine, aber bereits zwei Zeugen haben ausgesagt«, Dirk schluckte, »du hättest schlecht über die Hansen geredet.«

Heiko schaute sie aus wässrigen Augen an. »Wer?«

»Das tut hier nichts zur Sache, Fakt ist …«

»Na hör mal, natürlich tut es etwas zur Sache, wenn mich Leute bei der Polizei anschwärzen«, keuchte Heiko Nissen.

»Hast du dich denn abfällig über die Hansen geäußert?«

»Was heißt ›abfällig‹. Ich habe nur die Wahrheit gesagt!«

»Und die lautet?«, erkundigte sich Rolfs.

Heiko Nissen wandte seinen Blick von Dirk zu Ansgar. »Wer ist das?«, fragte er dann Thamsen, als sei Rolfs nicht anwesend.

»Mein Name ist Ansgar Rolfs und ich ermittle zusammen mit Kommissar Thamsen in den beiden Mordfällen. Was haben Sie über die Hansen erzählt?«

Heiko, der wohl mit so viel Selbstbewusstsein nicht gerechnet hatte, schaute verdattert aus der Wäsche. Er griff nach einem gebrauchten Tempo und schnäuzte sich lautstark. »Bin ich jetzt verdächtig, nur weil ich gesagt habe, dass die Hansen eine alte Lesbe war?«

»Woher wusstest du das überhaupt?«, mischte sich Dirk ein.

Nissen zuckte mit den Schultern. »Ist doch egal, sie war es jedenfalls, oder?«

»Und damit hatten Sie ein Problem?« Ansgar hatte sein Merkbuch herausgeholt und machte bereits Notizen.

»Problem? Nun ja, ich meine …«

»Was meinen Sie?«

»Na, heutzutage ist das vielleicht normal, aber damals?« Sein Blick wanderte zu Thamsen, als erwarte er von ihm Unterstützung.

»Malte war ebenfalls homosexuell«, informierte der recht trocken.

»Ach? Und jetzt glaubt ihr, ich wäre homophob und hätte die beiden auf dem Gewissen.«

»Ist das so abwegig?«

»Mensch, Dirk, du kennst mich. Ich hatte schon immer ein loses Mundwerk, aber Mord?«, verteidigte sich Heiko.

Thamsen betrachtete den ehemaligen Mitschüler. Kannte er ihn wirklich? »Wo bist du denn nach der Befragung hingegangen?«

»Ist das dein Ernst? Nach Hause bin ich gegangen.«

»Zeugen?«, fragte Ansgar.

»Nein.« Heiko Nissen verschränkte die Arme vor der Brust, während Rolfs in sein Merkbuch schrieb und anschließend Thamsen einen fragenden Blick zuwarf.

»Es ist natürlich zunächst nur ein Hinweis, dem wir nachgehen müssen, aber …«

»Dirk, du glaubst doch nicht allen Ernstes, dass ich damit etwas zu tun habe. Du kennst mich doch. Ich bringe doch keine Leute um.«

Haie ließen die Mordfälle einfach nicht zur Ruhe kommen. So viel er jedoch auch grübelte, er kam zu keinem brauchbaren Ergebnis. Er hatte schlichtweg keine Ahnung, wer dahinterstecken könnte. Alles schien undurchsichtig; wie durch eine Milchglasscheibe zeichneten sich nur schemenhafte Konturen ab, deren Details nicht zu erkennen waren.

Worum war es dem Mörder gegangen? Eine Beziehungstat war wahrscheinlich. Aber dass ein Fanatiker hinter den Taten steckte, ließ sich ebenfalls nicht ausschließen. Es gab heutzutage allerlei Leute, die wegen irgendwelcher fragwürdiger Ideologien andere Menschen töteten, wahrscheinlich auch Homosexuelle. Wie nannte sich das gleich noch? Tom hatte neulich das Wort erwähnt. Haie kratzte sich am Kopf. Homophobie?

Aber war das nicht etwas, wo es eher um Ausgrenzung oder Verbote ging? Sollten die Leute gleich abgemurkst werden? Wenn dem so war, dann hatte es vielleicht schon weitere Morde gegeben. Denn in Nordfriesland, da war

Haie sich sicher, war Rita Hansen nicht die einzige Lesbe gewesen.

Er ging in Toms Büro und schaltete dessen Laptop an. Der Freund schlief heute noch länger als sonst, aber Haie wollte ihn nicht wecken. Er hatte zwar nichts mit Computern am Hut, sein Patenkind dafür umso mehr. Gut, dass der Junge heute erst später zur Schule musste. »Niklas, kommst du mal?«

»Muss noch Zähne putzen«, tönte es aus dem Bad.

»Das kannst du gleich, du musst mir mal eben helfen.«

Kurz darauf steckte der Junge seinen noch verstrubbelten Kopf durch die Bürotür.

»Was machst du an Papas Computer?«, wunderte er sich mit weit geöffneten Augen. »Da dürfen wir doch nicht bei.«

»Du darfst da nicht ran, ich muss dringend etwas nachschauen, und in solchen Fällen hat mir Papa das erlaubt.«

Niklas zuckte mit den Schultern. Er selbst hielt sich für gewöhnlich nicht immer strikt an das Verbot, warum sollte Onkel Haie es tun? Aber es musste wichtig sein, denn für gewöhnlich wollte Haie nichts mit dem Internet zu tun haben.

»Ich habe doch einen Mund, ich kann doch fragen«, entgegnete Haie oft, wenn Niklas vorschlug, im Internet Antworten zu finden.

»So, mach mal das Internet an, ich will da etwas suchen.«

»Bei Google?«

»Wer ist das?«

Niklas grinste und öffnete die entsprechende Seite. »So, hier kannst du den Suchbegriff eingeben und dann dort drücken«, erklärte er und wartete darauf, dass Haie etwas eintippte.

»Was ist?«, raunzte der stattdessen, was sonst nicht seine Art war. »Du wolltest doch Zähne putzen, und dann musst du los. Hast du mal zur Uhr geschaut?«

Maulig zog Niklas von dannen, und Haie begann im Adlersuchmodus die Buchstaben einzutippen.

Kurz darauf poppte eine Liste mit Einträgen auf. »Mannomann, wat is datt denn allns?«

LSVD – Kampf gegen Homophobie – gesamtgesellschaftlich angehen

Homophobie – Wikipedia

Was ist Homophobie?

Die Liste schien kein Ende zu nehmen. Haie kniff die Augen zusammen und inspizierte die Einträge, wobei er gar nicht genau wusste, wonach er suchte.

Trotzdem wurde er schnell fündig.

Homophobe Übergriffe nehmen zu

Er scrollte ein wenig herunter und klickte die nächste Seite an, wo sich ein ähnliches Bild bot, was die Einträge anging.

Dann tippte er ein: »Homophobe Übergriffe Nordfriesland«.

Die Ergebnisse ließen ihn laut ausatmen. Auch in Nordfriesland hatte es bereits Angriffe auf Homosexuelle gegeben. War er hier auf der richtigen Spur?

22. KAPITEL

Thamsen hatte gleich nach ihrer Rückkehr aus Bredstedt ein Meeting einberufen, allerdings ohne die Husumer, die sich bisher nicht wieder gemeldet hatten. Was ihn jedoch nicht störte. So oder so blieb die Arbeit an ihm und seinem Team hängen, und wenn er ehrlich war, wollte er diesen Fall auch nicht abgeben. Er wollte beweisen, dass er als Einziger aus dem ehemaligen Kreis der Schüler in der Lage war, ein Verbrechen aufzuklären.

»Beweise haben wir natürlich keine, dass Heiko Nissen etwas mit den Morden zu tun hat. Aber es gibt zwei Zeugenaussagen bezüglich seiner abfälligen Bemerkungen, und er hat kein Alibi«, erklärte er.

»Das reicht allerdings nicht für einen Haftbefehl«, stellte Ansgar fest. »Glaubst du denn, er könnte etwas damit zu tun haben?«

Dirk zuckte mit den Schultern. »Wir sind zwar zusammen zur Schule gegangen, aber seitdem ist eine Menge Zeit vergangen.« Unweigerlich musste er an die Opfer in diesem Fall denken und deren Homosexualität. Er fragte sich, wie gut er seine Mitschüler überhaupt gekannt hatte.

»Hm«, bemerkte Ansgar sichtlich unzufrieden mit Thamsens Äußerung. »Wenn wir von einer Beziehungstat ausgehen, dann käme Ulf Postel, der neue Freund von

Malte Löhns' Ex, als Täter in Betracht. Aber im Fall einer Beziehungstat stellt sich die Frage, wie dann jeweils der zweite Mord in das Gesamtkonstrukt der Tat passt.«

»Und auch wenn sich ein ehemaliger Schüler wegen schlechter Noten oder ungerechter Behandlung an der Hansen rächen wollte, bleibt die Frage, was dann den Mord an Malte Löhns begründet«, stöhnte Thamsen. Wie sie es drehten und wendeten, es fand sich kein plausibler Ansatz.

Knock, knock, knock – ohne eine Antwort abzuwarten, wurde die Tür aufgerissen. Haie Ketelsen stand mit hochrotem Kopf und schnaufend auf der Schwelle.

»Ist was passiert?«, erkundigte sich Thamsen, und auch die anderen blickten den älteren Mann besorgt an.

Der schüttelte den Kopf, nickte aber anschließend gleich. »Es geht um den Mord. Ich habe da im Internet recherchiert.«

»Im Internet?« Dirk hob die Augenbrauen.

»Niklas hat mir geholfen, weil ich da so einen Ansatz habe und mal schauen wollte …« Er holte tief Luft.

»Komm doch rein und setz dich erst einmal hin.« Haie blickte vorsichtig die anderen Polizisten an, kam dann aber schnurstracks an den Tisch und ließ sich auf einen freien Stuhl nieder, auf dem sonst Lorenz Meister zu sitzen pflegte.

»Kaffee?«, bot Ansgar an und Haie nickte dankbar.

Er ließ sich aus der Thermoskanne eingießen, die auf dem Tisch stand, und nahm einen Schluck, während die anderen ihn erwartungsvoll anschauten.

»Ich habe noch einmal nachgedacht, und der einzige gemeinsame Nenner, auf den man die Morde bringen kann, scheint die Homosexualität zu sein.«

»Nicht nur, immerhin handelt es sich bei den Opfern auch um Lehrerin und Schüler«, gab Dirk zu bedenken, hatte aber selbst schon Haies Ansatz in Betracht gezogen.

»Ich habe mal geschaut im Internet«, fuhr der fort, wobei er ein wenig die Brust hervorstreckte. »Da gab es in der letzten Zeit Übergriffe.«

»Was für Übergriffe?«

»Auf Schwule. ›Homophobe Übergriffe‹ nennt man das.«

»In Berlin oder Hamburg«, antwortete Thamsen. Er wollte dem Thema ein wenig die Brisanz nehmen.

»Auch bei uns in Nordfriesland«, entgegnete Haie jedoch. »Zwar nicht häufig, aber angeblich sind in Husum zwei junge Männer auf einen Schwulen losgegangen und haben den verprügelt. Außerdem habe ich gelesen, dass man sich heutzutage oftmals über soziale Netzwerke fertigmacht.«

»Du meinst Facebook und Twitter und so?«

»Was?« Haie runzelte die Stirn, während Thamsen sich über das Kinn fuhr. Obwohl er sich am Morgen rasiert hatte, spürte er schon erste Stoppeln unter den Fingerspitzen.

Er hatte natürlich schon von Erpressungen und Denunzierungen im Internet gehört. Die vernetzte Welt war nicht immer ein Segen, oftmals war sie auch ein Fluch, denn in den Netzwerken lauerten auch Kriminelle. Bisher hatten sie nur mit einem mehr oder weniger brisanten Fall zwischen Schülern zu tun gehabt. Die Eltern hatten schließlich Anzeige erstattet, da die Tochter im Netz gemobbt wurde. Und aus Husum war ihm ein Fall bekannt, wo sich ein Pädophiler das Vertrauen eines zwölfjährigen Mädchens im Chat erschlichen hatte, sodass sie Nacktfotos und Videos von sich gemacht und ihm geschickt hatte.

Die Welt war verrückt. Verrückt und gefährlich. Selbst in die Kinderzimmer hatten die Verbrecher Einzug gehalten, und das nicht nur in Gestalt misshandelnder Eltern. »Gut, mal angenommen, Malte Löhns oder Rita Hansen wurden bedroht – von wem?«

»Woher soll ich das wissen? Habt ihr nicht die Lebensgefährten befragt?«

»Im Prinzip schon.«

»Im Prinzip?« Haie schaute ihn mit großen Augen an. »Was genau heißt das denn?«

»Wir haben die Nehlsen befragt, aber die sagte, da wäre nichts gewesen. Weiterverfolgt haben wir das Thema dann nicht mehr.«

Nur wenig später saß Thamsen zusammen mit Haie im Auto und fuhr zu Lydia Nehlsen. Die ältere Dame war nicht gerade begeistert von ihrem Besuch, ließ sie aber dennoch herein. »Wissen Sie, heute ist die Beerdigung, und ich weiß nicht, ob ich in der Verfassung bin, Ihre Fragen zu beantworten«, schniefte sie, während sie sie durch den Flur ins Wohnzimmer führte.

Thamsen fiel sofort die Veränderung auf. »Wo sind denn die ganzen Bücher?«, fragte er erstaunt.

»Die habe ich an die Bücherei gespendet. Die alten Staubfänger, ich kann doch ohnehin nicht mehr lesen, und mein Geschmack waren die nie.«

Die betreibt schnell Trauerbewältigung, dachte er. Behielt die Bemerkung aber dennoch für sich, während er sah, wie auch Haie die Augenbrauen hochzog.

»Weshalb ich noch einmal gekommen bin«, räusperte er sich, »wir hatten schon darüber gesprochen, dass Sie Ihre Partnerschaft eher geheim gehalten haben, zumindest zu aktiven Schulzeiten.«

Frau Nehlsen nickte schniefend, während Haies Blick nach wie vor an der leeren Wand haftete.

»Das habe ich gesagt. Auch danach sind wir eher für uns geblieben. Die Leute …« Sie beendete den Satz nicht.

»Genau wegen dieser Leute sind wir hier.«

Sie schaute fragend auf.

»Wegen welcher Leute?«, fragte Haie. »Gab es da doch jemand Konkreten?«

»Nein«, Thamsen wandte sich dem Freund zu, »du hast doch von den homophoben Übergriffen gesprochen.« Er musterte Haie.

»Aber nicht hier in Niebüll, oder sind euch welche gemeldet worden?«, fing der eine Diskussion an, während Lydia Nehlsen zwischen ihnen hin- und herschaute.

»Was meinen Sie denn damit?«, fragte Lydia Nehlsen irritiert.

»Nun, ihr wart homosexuell«, nahm Haie das Gespräch an sich, »und ich habe gehört, dass es auch in Nordfriesland homophobe Leute gibt, die Schwule und Lesben bedrohen.«

»Hm«, entgegnete Frau Nehlsen.

»Da habe ich mich gefragt, ob es vielleicht auf euch Übergriffe gegeben hat.«

Thamsen schwieg und beobachtete die Frau. Die blinzelte auffällig oft.

»Schon«, kam es zögerlich. »Ich kannte nur den Fachbegriff für diese Beleidigungen nicht.«

»Beleidigungen?«, hakte Thamsen ein. »Und ist auch mal jemand handgreiflich geworden?«

»Ja, aber das ist eine Weile her. Wir sind in der letzten Zeit selten ausgegangen.«

»Solche Übergriffe hat es auch schon im Supermarkt gegeben«, fuhr wieder Haie dazwischen, der sich aufgrund seiner Internetrecherche geradezu als Experte fühlte.

»Du weißt, wie das ist. Die Leute reden viel, und schief angeguckt haben uns schon einige. Ich hatte den Eindruck, dass das in der letzten Zeit besser geworden ist, aber da habe ich mich wohl getäuscht«, sagte Lydia Nehlsen zu Haie. Dann wandte sie sich an Thamsen: »Meinen Sie wirklich, dass es ein Homophober war, der die beiden umgebracht hat?«

Dirk war erstaunt, dass die Frau wie selbstverständlich einen Unterschied zwischen ihm und Haie machte, was durch die unterschiedliche Ansprache deutlich wurde. Das schien unbewusst zu geschehen, und obwohl Thamsen hier geboren und aufgewachsen war, fühlte er sich in dieser Konstellation plötzlich ausgeschlossen, was aber sicherlich am Alter lag, da Haie und Lydia Nehlsen etwa ein Jahrgang sein durften.

»Was ich meine, spielt im Prinzip keine Rolle. Relevant für die Aufklärung der Morde sind lediglich Fakten. Hat es denn in letzter Zeit Anfeindungen gegen Sie aufgrund Ihrer sexuellen Neigung gegeben? Ja oder nein?«, fragte er Frau Nehlsen.

»Schon, aber …« Sie zierte sich augenscheinlich, jemanden zu beschuldigen. Oder war ihr das Gespräch generell unangenehm?

»Deine Angaben sind vertraulich«, versuchte Haie, sie zum Sprechen zu ermuntern.

»Vertraulich?« Sie neigte den Kopf und blinzelte ihn an. »Hier? In Niebüll?«

23. KAPITEL

Während sein Chef unterwegs war, blieb Ansgar im Büro und versuchte, telefonisch an neue Hinweise zu kommen.

Zuerst wählte er die Nummer von Malte Löhns' Schwester.

»Bisher habe ich immer mit Herrn Thamsen gesprochen, ich kenne Sie gar nicht«, entgegnete Heike Brodersen auf seine Begrüßung und die Ankündigung, er habe ein paar Fragen an sie. Derlei Vorbehalte war Rolfs gewöhnt. Er war halt nicht der Chef, für ihn blieben oft nur die weniger beliebten Aufgaben, für die es kaum Aufmerksamkeit gab. Generell war das Bild, das sich die Bevölkerung von der Polizei machte, nicht das Beste, was Ansgar allerdings vor allem den Medien ankreidete. Auch in diesem Fall hatte die Tageszeitung nicht gerade freundlich über den Stand der Mordermittlungen berichtet.

Wie gern wäre er einmal nach Hamburg zur Befragung gefahren oder aber in die Rechtsmedizin, auch wenn er auf eine Obduktion nicht gerade scharf war. Immer nur am Schreibtisch hocken, war so gar nicht sein Ding – ganz im Gegensatz zu seinem Kollegen Liedtke, der den Innendienst zu lieben schien und die Dienststelle ungern verließ. Gerade jetzt war er mit einem Datenabgleich der Opfer beschäftigt.

»Wir ermitteln im Team, und Herr Thamsen ist momentan unterwegs, sodass ich diese Fragen mit Ihnen klären soll.«

»Haben Sie denn endlich eine Spur?« Frau Brodersen schien langsam aufzutauen.

»Wir verfolgen mehrere Ansätze, und da wäre es wichtig zu wissen, ob Ihr Bruder in letzter Zeit Ihnen gegenüber mal etwas von homophoben Übergriffen erwähnt hat?«

»Wir hatten nicht ganz so engen Kontakt.«

»Woran lag das eigentlich?«, hakte Ansgar sofort ein, denn diesen Umstand hatte sein Chef bisher, soweit er wusste, nicht klären können.

»Wir hatten uns halt auseinandergelebt. Wie das so ist. Malte und ich lebten quasi in verschiedenen Welten. Verstehen Sie? Er als Schwuler in der Großstadt und ich hier mit Kindern auf dem Land hinter dem Deich«, sie lachte künstlich, und sofort keimte in Rolfs der Verdacht, dass hinter diesem Scherz weitaus mehr steckte, als Heike Brodersen oberflächlich daherplapperte. Wahrscheinlich hatte sie ihren Bruder um sein Leben beneidet.

Ansgar selbst träumte sich oft weg von hier, aus dieser engen kleinkarierten Gegend, die trotz der landschaftlichen Weite winzig erschien.

Doch irgendetwas – eine unsichtbare Hand – hielt ihn hier, wahrscheinlich war es bei Heike Brodersen ähnlich.

»Vielleicht haben Sie trotzdem mal etwas mitbekommen?«, besann Rolfs sich auf den eigentlichen Grund seines Anrufs.

»Wenn er hier war, ist er sicherlich nicht so offen mit seiner Homosexualität umgegangen. Ich hatte damit kein Problem, aber Sie kennen die Leute hier in der Gegend.«

»Was meinen Sie damit?«

»Kommen Sie«, höhnte sie in den Hörer, »Sie wissen genau, wovon ich spreche.«

»Haben Sie da vielleicht jemand Speziellen im Sinn?«

Sie schwieg plötzlich.

»Was ist mit Ihrem Mann, wie ist der mit seinem Schwager umgegangen?«

»Normal.«

»Normal? Was meinen Sie damit?«

»Er hat sich da mehr oder weniger rausgehalten.«

»War deswegen der Kontakt zu Ihrem Bruder, sagen wir mal, nicht mehr ganz so eng?«

Die Verzögerung, mit der Heike Brodersen das verneinte, war Ansgar Antwort genug.

Er wählte, kaum dass er aufgelegt hatte, die Nummer des ehemaligen Lebensgefährten von Malte Löhns und stellte ihm die Frage nach homophoben Übergriffen. Eigentlich wollte das sicherlich Thamsen übernehmen, aber Ansgar musste etwas tun, sonst wurde er wahnsinnig.

»Ab und an sind wir angemacht worden, aber im Prinzip ist man das gewöhnt und stumpft ab. Außerdem sind die Leute hier in der Stadt ein wenig toleranter, und es gibt Kreise, in denen man sich als Schwuler bevorzugt bewegt.«

»Und hatten Sie jemals Kontakt zur Familie von Malte?«

»Nee, nicht wirklich. Die waren, was Maltes Homosexualität anging, sehr negativ eingestellt, zumindest der Mann von der Schwester, soweit ich das mitbekommen habe. Der hat den Malte bei einem Besuch wohl mal voll zur Sau gemacht und ihm Hausverbot erteilt.«

Ach so, deswegen hat er nicht bei der Schwester übernachtet und sich stattdessen ein Hotelzimmer gebucht, fuhr es Rolfs durch den Kopf. Doch wer außer Heike Brodersen und ihrer Familie hatte davon Kenntnis? Schließlich ging man bei den meisten Ehemaligen davon aus, dass sie die Abi-Feier mit einem Familienbesuch kombinierten, oder?

Aber Maltes Schwester und vor allem deren Mann hatten gewusst, dass Malte woanders untergekommen war. Betrachtete man zudem die Probleme, die der Schwager mit Malte Löhns' Homosexualität gehabt hatte, verstärkte sich der Verdacht, Lars Brodersen könne etwas mit dem Mord zu tun haben.

»Haben Sie recht vielen Dank«, verabschiedete sich Ansgar von Torsten Brinker und schnappte nach seinen Autoschlüsseln, die auf dem Schreibtisch lagen, noch während er den Hörer auflegte.

»Ich kenne Justus, kann mir nicht vorstellen, dass der …«, Haie traute sich nicht auszusprechen, was Lydia Nehlsen von dem alten Niebüller behauptet hatte. Nämlich, dass der die beiden Frauen im Supermarkt beim gemeinsamen Einkauf mit dem Stock attackiert und beschimpft hatte.

»Er hat gerufen, er wünsche sich die Hexenverbrennung zurück, denn so was wie wir gehöre auf den Scheiterhaufen.«

Rita Hansen und Lydia Nehlsen waren aus dem Geschäft geflohen, hatten kein Aufsehen machen wollen, keine Anzeige erstattet.

»Aber wir haben zugesehen, dass wir dem nicht mehr über den Weg laufen, wobei das in Niebüll nicht so einfach ist, weiß Gott nicht.«

Thamsen stoppte den Wagen vor einem kleinen Haus in der Gotteskoogstraße und stieg zusammen mit Haie aus.

Das Grundstück wirkte gepflegt, der Rasen war akkurat geschnitten, selbst an den Rändern.

Hier legte jemand Wert auf Ordnung, und für Thamsen unterstrich das den Wahrheitsgehalt von Lydia Nehlsens Behauptung, der Mann hätte wohl mit ihrer Andersartigkeit ein massives Problem.

Der Messingknopf der Klingel blinkte ihnen entgegen, und Haie drückte vorsichtig drauf. Nur einen Moment später erschien Justus Klüwer in der Tür. Mit skeptischem Blick musterte er sie. »Watt wulln jemm?«

»Moin, erst ma«, entgegnete Haie. »Du, wi wulln mit di mal reden.«

»Woröber?«

»Über die tote Hansen.«

»Da heff ik nix to sagen to.« Klüwer machte Anstalten, ihnen die Tür vor der Nase zuzuknallen, doch Thamsen war reaktionsschnell und stellte seinen Fuß in die Tür.

»Ej, watt schall dat?«, polterte Justus Klüwer los. »Ok de Polizei dörp sich nicht allns erlauben.«

»Wir haben lediglich ein paar Fragen, aber wenn Sie nicht wollen, kann ich Sie auch auf die Polizeidienststelle vorladen.«

Justus Klüwer blinzelte, nickte dann. Trotzdem ließ er sie nicht ins Haus.

»Justus, wer ist denn da?«, hörten sie plötzlich eine sehr hohe Frauenstimme. Thamsen unterdrückte den Impuls, sich die Ohren zuzuhalten.

»Niemand, de dich interessieren könnte«, rief der Hausherr über die Schulter und wandte sich wieder Thamsen zu. »Stellen Sie Ihre Fragen.«

»Wir haben gehört, dass Sie Rita Hansen vor einiger Zeit tätlich angegriffen haben.«

»Watt?« Justus Klüwer gab sich unbeeindruckt, aber man konnte beobachten, wie seine Gesichtsfarbe sich eine Nuance aufhellte.

»Sie sind auf sie und ihre Lebensgefährtin im Supermarkt losgegangen und haben sie beschimpft.«

»Und deshalb glauben Sie, ich hätte die Hansen umgebracht?« Justus Klüwer grinste.

»Du hast die Hansen umgebracht!?« Die Frequenz der Frauenstimme aus dem Hintergrund hatte sich erhöht. Die ältere Frau hatte sich auf ihrem Rollator bis zur Haustür geschleppt.

»Watt, nee, dat geiht di nix an, geh man ins Haus.«

Doch so leicht ließ sich Klüwers Ehefrau nicht vertreiben, und er war zu sehr mit sich und der Anschuldigung beschäftigt, als dass er sie zurück ins Wohnzimmer bringen konnte.

»Wir können einen homophoben Hintergrund der Tat nicht ausschließen.«

»Homo-was?« Das Grinsen im Gesicht des Beschuldigten wich einer fragenden Miene.

»Na, dass du etwas gegen Lesben hast«, fuhr Haie dazwischen.

»Die Hansen liebte Frauen?«, mischte sich Frau Klüwer ein und blinzelte in die Runde. So sehr sie körperlich am Ende sein mochte, geistig war sie auf Zack.

»Dat is auch nicht normal, oder?«, verteidigte Klüwer seine Einstellung.

»Aber verboten ist es nicht. Jeder, wie er mag. Und die beiden haben wirklich keinem geschadet, oder?« Haies Wangen glühten förmlich.

»Nee, aber trotzdem, dat is so ein Pack, und dann in dem Alter.«

»Die Liebe kennt kein Alter«, entgegnete Haie und musterte Justus Klüwer.

»Möglich, aber nee, dat geiht doch nicht.«

»Und deswegen bedrohten Sie die Frauen?« Thamsen überlegte, ob der Mann aus Überzeugung zum Mörder geworden war. Traute er Justus Klüwer zu, erst Rita Hansen und dann Malte Löhns umgebracht zu haben? Körperlich war er einigermaßen fit, das schien möglich. Aber war er nicht eher nur der »Große Klappe, nichts dahinter«-Typ?

»Was ist, was guckt ihr so, ich habe die Hansen nicht umgebracht, und auch sonst niemanden. Ich habe ein Alibi.«

»Alibi?« Thamsen horchte auf.

»Ich war bei meiner Frau, stimmt's, Erna?«

24. KAPITEL

Als Ansgar Rolfs den Wagen vor dem Haus der Brodersens hinterm Deich stoppte, verstand er, was Löhns' Schwester am Telefon gemeint hatte – obwohl er in Niebüll wohnte und die Umgebung kannte, hier draußen wollte er nicht leben. Das war noch eine Spur einsamer, obwohl sehr schön, musste er zugeben, und für Kinder sicherlich ein Paradies. Zumindest bis zu einem gewissen Alter und wenn sie sich gut allein beschäftigen konnten. Ansonsten konnte es hinterm Deich sicherlich mehr als öde sein.

Er klingelte, doch es blieb still im Haus. Seltsam, dachte er, wir haben doch vor gut einer halben Stunde telefoniert. Er blickte sich um. Ein Auto stand nicht auf dem Hof, dabei brauchte man in dieser Gegend sicherlich mindestens zwei. Er klingelte erneut, dann ging er zurück zum Wagen, wobei er ein Motorengeräusch hörte. Über den alten Außendeich näherte sich ein roter Opel.

Oh, das ist sie vielleicht. Hat die Kinder womöglich irgendwohin gefahren oder abgeholt. Doch als der Wagen näher kam, sah er, dass ein Mann hinter dem Steuer saß. Na, umso besser, dachte er, dann kann ich Maltes Schwager gleich persönlich zu dem Hausverbot befragen.

Er spürte, wie seine Muskeln sich anspannten und sein Herz schneller schlug. Hatte er hier den Mörder vor sich? Er versuchte, sich auf die bevorstehende Befragung zu konzentrieren, und hob die Hand zum Gruß, als der Wagen die Auffahrt hinauffuhr.

»Moin, Herr Brodersen?«

Der Mann nickte freundlich.

»Mein Name ist Rolfs, von der Polizei Niebüll, hätten Sie kurz Zeit, ein paar Fragen zu beantworten?«

»Aber meine Frau ist nicht da.«

»Das macht nichts, ich denke, die Fragen, die ich zu Ihrem Schwager habe, können Sie genauso gut beantworten.« Ansgar lächelte Lars Brodersen an.

»Ich weiß nicht«, lautete dessen zögerliche Antwort, aber dann bat er Ansgar ins Haus.

»Setzen Sie sich doch, darf ich Ihnen etwas anbieten?«

»Nein danke, es dauert sowieso nicht lang.« Rolfs wollte eine angenehme, möglichst entspannte Atmosphäre schaffen.

»Gut, wie kann ich denn weiterhelfen?« Herr Brodersen nahm ihm gegenüber Platz.

»Wir ermitteln in dem Mordfall Ihres Schwagers und müssen da natürlich auch das familiäre Umfeld berücksichtigen.«

»Das heißt?«

»Beispielsweise interessiert uns, wie Ihr Verhältnis zu Malte war.«

»Was für ein Verhältnis?« Der Mann starrte ihn entgeistert an.

»Na, wie verstanden Sie sich mit Ihrem Schwager?«

»Er gehörte halt zur Familie.« Lars Brodersen lehnte sich in seinem Stuhl zurück, die Anspannung wich dabei nicht aus seinem Gesicht.

»Und damit hatten Sie keine Probleme?«

»Womit?«

»Mit Maltes sexueller Ausrichtung.« Ansgar ging in die Vollen.

»Nee, das ging mich nichts an. Soll jeder machen, was er will.«

»Nur nicht bei Ihnen, was?«, bohrte Rolfs nach.

Herr Brodersen musterte ihn. »Wie meinen Sie das?«

»Na, haben Sie Malte nicht Hausverbot erteilt?«

Der Mann ihm gegenüber schnappte nach Luft. »Na, das war, weil ...«

»Weil was?«

»Der wollte seinen Lover hier anschleppen. Aber nicht bei uns, das ist ein anständiges Haus!«

Ansgar betrachtete Lars Brodersen. Diese für ihn veraltete Einstellung passte nicht zu dem noch jugendlichen Gesicht. »Das heißt, Sie hatten ein Problem mit Malte?«

»Wenn Sie es so nennen wollen – ja!«

»Also, irgendwie glaube ich dem nicht«, spekulierte Haie, als er mit Thamsen zurück zur Dienststelle fuhr. »Die Alte ist nicht mehr ganz gut beieinander. Die hätte wahrscheinlich gar nicht mitgekriegt, wenn der noch mal los wäre. Die haben doch bestimmt einen Pflegedienst, der die Frau ins Bett bringt, da musst du mal nachforschen«, forderte er Dirk auf.

»Wieso?«

»Na, weil die doch immer schon so früh kommen. Der Bernhard, weißt du, mit dem ich damals im Krankenhaus lag, hat das erzählt. Meist um 18.00 oder 19.00 Uhr kommen die Pfleger, und dann liegt der Partner im Bett. Da fühlt man sich meist, als wäre der andere schon tot.«

»Haie.«

»Na ist doch wahr. Was macht man denn allein an solchen Abenden?«

»Immerhin ist der andere bei einem, wenn man zu Bett geht und wenn man aufwacht.« Thamsen dachte, dass er zeitweise auch nicht mehr von Dörte hatte. Oder besser anders herum – sie sah ihn so gut wie nie.

»Ich denke, der hätte sich rausschleichen und die beiden umbringen können.«

»Aber niemand hat ihn gesehen, und ist sein Motiv wirklich so stark?«

»Du sagst doch immer, dass man Mörder meist unterschätzt und manchmal nicht nachvollziehen kann, was in ihrem Kopf vor sich geht«, hielt Haie dagegen. Er schien von Justus Klüwers Schuld überzeugt.

»Eigentlich gehen wir von einer Beziehungstat aus oder zumindest davon, dass Mörder und Opfer sich kannten.«

»Wieso, Justus kannte Rita doch, hat sie sogar bedroht.«

»Und Malte?«

Zu dem hatten sie Justus Klüwer auch befragt, aber außer der Aussage, dass er vor längerer Zeit mal von einem Sohn der Löhns gehört habe, der in Hamburg angeblich das große Geld mache, war aus dem Verdächtigen nichts rauszubekommen gewesen.

»Und wenn er lügt?« Haie blickte Thamsen fragend an, der den Motor abstellte und durch die Windschutzscheibe zum Polizeigebäude hinüberschaute.

Plötzlich stoppte ein Wagen direkt neben ihrem und Ansgar Rolfs stieg aus. Er klopfte an die Scheibe der Beifahrerseite, die Haie mit einem Knopfdruck herunterfahren ließ.

»Was macht ihr hier?«

»Wir kommen von Justus Klüwer, einem homophoben Niebüller«, gab Thamsen Auskunft.

»Aha.«

»Und du?«

»Ich war bei Lars Brodersen. Wenn ihr mich fragt, hatte der durchaus ein Motiv, seinen Schwager umzubringen.« Er erzählte von dem Telefonat mit Heike Brodersen. Thamsens Miene verfinsterte sich dabei. Er war kein Freund von solchen Alleingängen, musste aber zugeben, dass Rolfs interessante Ansätze im Gepäck hatte.

»Wir sollten mal nachforschen, wer erbt. Die Firma ist nicht gerade klein, und soweit ich den Exfreund verstanden habe, gehörte die Wohnung, in der die beiden zusammengelebt haben, Malte«, schlug Dirk daraufhin vor.

»Du meinst, der Lars Brodersen war hinter dem Geld her?« Rolfs runzelte die Stirn.

»Falls Maltes Schwester erbt. Wissen wir, wie es finanziell um die Brodersens steht?«

Tom war gerade dabei, Abendbrot zu machen, als Haie nach Hause kam. »Wo bleibst du denn?«, fragte er den Freund mit gereiztem Unterton in der Stimme.

Die Versorgung der Familie, insbesondere die von Niklas, war Haies Aufgabe. Der Junge saß jedoch mit hungrigem Blick am Küchentisch und kreischte nach irgendeiner Bärchen-Wurst, die Tom aber partout nicht finden konnte.

»Was hast du denn für Laune?«, fragte Haie und nahm eine Tupper-Dose aus dem Kühlschrank. Manchmal fühlte es sich für ihn an, als wären sie ein altes Ehepaar. Viel anders durfte es Dirk wohl so manches Mal auch nicht ergehen, wenn er zu spät nach Hause kam. Dabei, dachte Haie, konnte Tom sich ruhig ein wenig mehr einbringen in ihre Gemeinschaft. War immerhin sein Sohn, der nörgelnd am Tisch saß und sich nur schwerlich mit einer anderen Wurstscheibe abspeisen ließ.

»Ich war mit Dirk unterwegs«, erklärte er, als er mit dem Brot aus der Speisekammer kam und den Korb auf den Tisch stellte.

»Und gibt es etwas Neues?« Tom hatte sich wie gewöhnlich an den Tisch gesetzt und ließ sich bedienen.

»Onkel Haie war an deinem Computer«, petzte Niklas, der sich für den falschen Brotaufschnitt rächte.

»So«, entgegnete Tom und blickte Haie fragend an. »Warum?«

»Ich habe da etwas nachgeschaut, und das hat uns in den Ermittlungen ein Stück nach vorne gebracht.«

Uns in den Ermittlungen ... Haie tat schon wieder, als sei er bei der Polizei angestellt. Tom musste grinsen. Der Freund legte solch einen Eifer an den Tag, wenn es um die Aufklärung irgendwelcher Mordfälle ging. Auch jetzt glänzten seine Augen und seine Wangen glühten, wie bei einem Kind an Heiligabend, wenn das Glöckchen des Christkindes erklang und es den Baum in seiner Pracht und vor allem die Geschenke darunter erblickte.

»Mit mir schimpfst du immer«, maulte Niklas, da seine Rache gescheitert schien.

»Ich hatte etwas Wichtiges nachzuschauen, das habe ich dir erklärt. Wir Erwachsenen dürfen den Computer benutzen«, entgegnete Haie.

»Na ja.« Tom räusperte sich. Er sah es wirklich nicht gern, wenn jemand außer ihm den Laptop benutzte. Und gerade Haie, der von Computern so gar keine Ahnung hatte. Womöglich löschte er wichtige Daten. »Wie bist du denn überhaupt ins Internet gekommen?«

Schnell senkte Niklas seinen Kopf und sie schwiegen einen Moment, bis Haie nicht mehr mit den Neuigkeiten hinter dem Berg halten konnte. »Ich glaube nämlich doch, dass die Morde einen homophoben Hintergrund hatten.«

Die Augen von Niklas weiteten sich, und Tom beeilte sich, den Sohn zum Händewaschen ins Bad zu schicken.

»Aber ich habe doch vorhin erst …«, protestierte der.

»Vor dem Essen, aber guck mal deine Finger an, die sind wieder ganz schmierig.« Sie hatten die stillschweigende Übereinkunft, vor dem Jungen nicht über Verbrechen zu sprechen. Haie blickte bedröppelt drein. »Und dann kannst du dir schon den Pyjama anziehen und anschließend deine Sendung anmachen.«

Das zog, wenn auch nicht in der genannten Reihenfolge, denn sie hörten Niklas zuerst ins Wohnzimmer rennen, um den Fernseher anzuschalten. Aber zumindest konnten sie ungestört über den Mordfall sprechen.

Haie griff nach einer Scheibe Brot. Er hatte gar nicht bemerkt, wie hungrig er war. Außer ein paar muffigen Keksen auf der Dienststelle hatte er seit dem Frühstück nichts gegessen.

»So, noch mal, wie kommt ihr auf den Homophobie-Ansatz? Habt ihr da schon jemanden in Verdacht?«

»Sogar mehrere«, mampfte Haie.

»Echt?«

Tom war daran interessiert, was in seiner Umgebung passierte, er wusste aber nur zu gut, wie schwierig es war, aus den Leuten etwas herauszubekommen. Er hatte vor vielen Jahren die Wahrheit über das Verschwinden eines kleinen Mädchens ans Licht gebracht, weil sein Onkel Hannes damals von den Dorfbewohnern des Mordes bezichtigt wurde. Seit Marlenes Tod war ihm die Lust am

Detektivspielen allerdings vergangen, jedenfalls brachte er sich selten aktiv ein. Das überließ er lieber Dirk und Haie, wobei er den Freund langsam zu alt für derartige Recherchen fand. Dennoch wusste er, wie enorm wichtig Haie für Thamsen als Informant war, und außerdem ließ er sich eh nicht bremsen.

»Die Freundin von der Hansen hat ausgesagt, dass sie von Justus Klüwer angegriffen worden sind.«

»Verbal?«

»Nicht nur das. Er ist mit dem Gehstock auf die beiden losgegangen. Und du weißt, meist ist es nur ein kleiner Schritt, bis jemand zum Mörder wird.«

»Aber wieso sollte dieser Justus die Hansen umgebracht haben? Verstehe ich nicht.«

»Weil der ein Problem mit Homosexualität hat.«

»Hm.« Tom griff nach einem Stück Brot und bestrich es schweigend mit Butter. Aus dem Wohnzimmer hörten sie die Titelmusik von Niklas' Lieblingssendung.

»Und kannte der Malte Löhns?«

»Er behauptet, nicht persönlich, aber ich bin mir sicher, der lügt.«

»Na dann.« Tom wollte der Theorie des Freundes keinen rechten Glauben schenken. Natürlich hatte er von solchen Einstellungen gehört, und er selbst hatte geäußert, dass einige in der Gegend sicherlich Probleme mit einer andersartig ausgerichteten Sexualität hatten. Aber ein Mord?

»Außerdem hatte der Schwager von Malte auch Streit mit ihm, hat ihm sogar Hausverbot erteilt.«

»Ach.« Das war ein durchaus plausibler Ansatz, fand Tom. Zumal die beiden in engerer Beziehung zueinander gestanden hatten.

»Rolfs prüft morgen gleich mal, wie es mit dem Erbe aussieht.«

»Na, das ist doch ein Motiv. Geld eignet sich immer als Grund für einen Mord«, entgegnete Tom und biss in sein dick belegtes Käsebrot.

25. KAPITEL

Es hatte eine Zeit gedauert, bis Ansgar den Notar ausfindig gemacht hatte, bei dem das Testament von Malte Löhns hinterlegt war.

»Aber wieso haben Sie denn nicht Frau Brodersen gefragt? Sie kümmert sich um den Nachlass, und ich habe sie auch bereits informiert«, sagte Herr Albertsen am Telefon.

»Und haben Sie noch weitere Leute informiert?«

Der Notar räusperte sich. »Eigentlich darf ich Ihnen keine Auskunft geben.«

»Brauchen Sie einen Beschluss? Den kann ich beantragen und Ihnen schicken. Per Mail?«

»Wissen Sie, es ist so, dass Herr Löhns kurz vor seinem Tod noch bei mir war.«

»Wieso?«

»Er hat eine Änderung vornehmen lassen wollen und ich habe ihn beraten.«

»Und ist das Testament geändert worden?«

»Noch nicht. Er wollte sich das noch einmal durch den Kopf gehen lassen. Im aktuellen Testament hat er vor allem seinen Lebensgefährten bedacht und ein Teil sollte an seine Schwester gehen. Herr Löhns war aber der Meinung, dass er seiner Geschäftspartnerin nicht den Boden unter den Füßen wegreißen wolle, falls ihm etwas zustoße.«

»Hatte er denn Angst, dass das passieren könnte?«

»Was?« Die Stimme des Notars klang unsicher.

Bestimmt verschanzt er sich gleich wieder hinter seiner Schweigepflicht, dachte Rolfs. »Na, dass er bald sterben könnte.«

»Nee, darum ging es nicht, aber soweit ich von ihm weiß, hatte sich privat einiges bei ihm geändert.«

»Sein Freund hatte ihn verlassen«, klärte Ansgar Herrn Albertsen auf.

»Ach so, so im Detail haben wir darüber nicht gesprochen.«

»Sondern?«

»Es ging hauptsächlich um die Firma, da habe ich ihm einige Vorschläge gemacht. Zum Beispiel das Erbe an Bedingungen zu knüpfen oder den Gesellschaftervertrag noch einmal zu überarbeiten.«

»Und wie stand Herr Löhns dazu?«

»Er sagte, er wisse nicht so recht, wen er aktuell als Erben einsetzen solle.«

Nach dem Telefonat informierte Ansgar Dirk über das Ergebnis. »Wir sollten vielleicht doch noch einmal die Geschäftspartnerin und vor allem den Exfreund unter die Lupe nehmen«, schlug er vor.

»Die hätten zwar eventuell ein Motiv, aber wie passt der Mord an der Hansen in das Bild?«

»Und wenn das doch zwei voneinander unabhängige Taten sind?«

»Wohl kaum, denn dann hätte Malte nicht als Mörder der Hansen dastehen sollen.« Thamsen fuhr sich über das Gesicht. Er saß im Wagen vor seinem Haus. Fluchtartig hatte er das familiäre Chaos verlassen und im Auto erst einmal durchgeatmet. Da war Rolfs' Anruf gekommen. »Das passt alles nicht zusammen. Außerdem finde ich den Ansatz einer homophob motivierten Tat am vielversprechendsten.«

»Nur dass wir da noch nicht wirklich einen Verdächtigen haben«, erinnerte ihn Ansgar.

»Bis auf diesen Justus Klüwer.«

»Aber meinst du wegen ein paar Parolen, die er vielleicht gebracht hat, wirklich, dass der zum Mörder geworden ist? Du kennst doch die Leute hier. Regen sich über alles und nüscht auf, aber die meisten haben nur eine große Klappe.«

»Dann ist es vielleicht doch sinnvoll, wenn wir morgen noch einmal nach Hamburg fahren.«

26. KAPITEL

Als Thamsen sich am nächsten Morgen herumdrehte und auf Dörtes Bettseite griff, fasste seine Hand ins Leere. Er rappelte sich auf und warf einen Blick auf die Uhr. Beinahe halb acht. Um 8.00 Uhr hatte er sich mit Rolfs verabredet. Er musste den Wecker überhört haben. Hatte er ihn überhaupt gestellt? Blitzartig sprang er aus dem Bett und rannte geradezu in die Küche. Dort war der Frühstückstisch schon gedeckt und der Kaffee durchgelaufen. Der Raum war allerdings leer. Er goss sich einen Kaffee ein und eilte mit der Tasse in der Hand über den Flur zum Bad. Als er die Tür öffnete, fand er seine zwei Damen vor dem Waschbecken.

»Ich habe verschlafen«, verkündete er vorwurfsvoll und drängte sich zwischen Dörte und Lotta.

»Kann ich nichts für.« Demonstrativ stellte Dörte sich vors Waschbecken und griff nach einer Haarbürste.

Er warf seine Klamotten von sich und sprang unter die Dusche. Vor der Kabine nölte Lotta, da sie nicht gekämmt werden wollte. Dieser Geräuschpegel am frühen Morgen ging Thamsen gewaltig auf die Nerven.

»Könnt ihr mal Platz machen?« Er schob Lotta zur Seite und griff nach seiner Zahnbürste.

»Du denkst dran, heute ist Elternabend im Kindergarten.«

»Und?«, brachte Thamsen durch den Zahnpastaschaum hervor.

»Ich will da hin, und du musst auf die Kinder aufpassen.«

»Ja, ja, ich muss heute nach Hamburg, bin aber rechtzeitig zurück. Wann fängt das an?«

»Um 18.30 Uhr.«

»Alles klar, kein Problem«, versicherte Dirk und fing im Spiegel Dörtes zweifelnden Blick auf.

Schnell kämmte er sich die Haare, gab den beiden einen Kuss und verschwand.

Ansgar Rolfs stand schon an der Straße, als Thamsen in das Wohngebiet, in dem sein Mitarbeiter lebte, einbog. Rolfs wohnte nah an der Dienststelle und somit quasi gleich an der B 5. Daher hatte Thamsen angeboten, ihn abzuholen.

Der Verkehr war zäh auf der Bundesstraße, dutzende Berufstätige fuhren nach Husum, und auch in der Gegenrichtung war extrem viel los. Mittlerweile arbeiteten viele Leute aus der Region in Dänemark. In der Gegend gab es wenig Jobs. Welche Firma siedelte sich in dieser ländlichen Region schon an? In Dänemark waren die Konditionen für Unternehmen besser und für die Beschäftigten gab es teilweise erhebliche Steuervorteile.

Sie erreichten nach gut einer Dreiviertelstunde die Auffahrt zur A 7 und Thamsen konnte endlich Gas geben.

»Ich denke, wir fahren zunächst in die Firma, rufen aber Torsten Brinker schon mal an«, schlug Dirk vor, und Ansgar drückte sofort auf seinem Handy herum.

Es meldete sich jedoch nicht Torsten Brinker, sondern

dessen neuer Freund. »Es geht ihm nicht gut, kann ich etwas tun?«

»Wir müssten Herrn Brinker noch ein paar Fragen stellen«, bemerkte Ansgar, »vielleicht können wir später vorbeikommen?«

»Hm, ich weiß nicht.« Ulf Postel zögerte.

»Es wäre dringend. Je schneller wir den Mörder finden, umso eher ist das alles vorbei, und Ihr Freund kann zur Ruhe kommen.« Thamsen bewunderte wieder einmal Rolfs' einfühlsame Art. Er selbst hatte oftmals Probleme, auf andere Menschen einzugehen, obwohl das in seinem Beruf enorm wichtig war. In den letzten Jahren hatte er aber Fortschritte in diesem Bereich gemacht.

»Gut, dann vielleicht so nach dem Mittag?«, sagte Postel.

»Wir sind um 13.00 Uhr bei Ihnen.« Ansgar beendete das Telefonat und schwieg.

Der Verkehr wurde dichter, je näher sie Hamburg kamen. Dirk musste sich konzentrieren und starrte stumm durch die Windschutzscheibe. Er fuhr zwar schon lange Auto, aber in Niebüll war der Verkehr sehr überschaubar. Mehrspurige Autobahnen mit derart viel Verkehr war er einfach nicht gewohnt. Er dankte dem Himmel für sein Navi, ohne das er die Adresse von Maltes Büro nicht problemlos wiedergefunden hätte.

Die Dame am Empfang war dieselbe wie bei seinem letzten Besuch. Zwar begrüßte sie die beiden freundlich, hob dabei aber die Augenbrauen.

»Zu Frau Mensching?« Ganz offensichtlich hatte sie Thamsen erkannt.

Die beiden nickten.

»Kleinen Moment, sie ist im Meeting.«

Sie nahmen in der Sitzecke Platz und ließen sich einen Kaffee servieren.

Es dauerte ziemlich lange, bis sich im hinteren Bereich endlich eine Tür öffnete und Stimmen zu hören waren. Frau Mensching brachte einen Mann im Anzug zum Ausgang.

»Entschuldigen Sie bitte, dass Sie warten mussten«, begrüßte Frau Mensching sie, nachdem der Mann zur Tür hinaus war.

»Ich wusste nicht, dass Sie noch Fragen haben.« Sie schaute von Dirk zu Ansgar.

»Es haben sich da ein paar neue Ansätze ergeben …« Thamsen räusperte sich und warf einen Blick zu der Dame am Empfang, die ihrem Gespräch interessiert lauschte.

»Dann kommen Sie.«

Die beiden folgten der Geschäftspartnerin von Malte Löhns den Gang entlang. Ansgar schaute kurz zu Thamsen, der nickte. Rolfs sollte diesmal die Gesprächsführung übernehmen, schließlich hatte er mit dem Notar geredet.

»Der Tod von Herrn Löhns ist sicherlich ein großer Verlust für die Firma. Wie soll es denn weitergehen?«, fragte Rolfs, nachdem sie in dem Glaskasten vor dem Schreibtisch der Mensching Platz genommen hatten.

»Na, vorerst übernehme selbstverständlich ich die Geschäftsführung. Malte und ich haben erst neulich darüber geredet und er wollte das notariell regeln.«

»Gab es denn einen konkreten Anlass für das Thema?« Ansgar hatte wie so oft bei derlei Befragungen sein Merkbuch aufgeschlagen und machte sich Notizen.

»Nein, nicht direkt.«

»Und indirekt?« Rolfs blickte auf.

»Die Firma ist in letzter Zeit ziemlich gewachsen. Da hat man Verantwortung für seine Kunden, Partner und Mitarbeiter.«

»Und Herr Löhns war derart verantwortungsbewusst?«

»Selbstverständlich.« Frau Mensching verschränkte die Arme vor ihrer Brust.

»Und ist Herr Löhns noch dazu gekommen, das beim Notar zu regeln?«

»Davon gehe ich aus. Er war sehr gewissenhaft.« Sie schaute ihn direkt an. Rolfs nahm dadurch das Zucken ihres rechten Augenlids wahr.

»Und was, wenn nicht?«

»Dann haben wir ein massives Problem, wenn Maltes Firmenanteil vererbt wird, denn der ist ziemlich groß, und auszahlen kann ich einen Erben nicht. Gerade habe ich mit unserem Investor gesprochen. Der macht sich natürlich Sorgen. Mehr Geld will und kann er aber momentan wohl nicht nachschießen.«

Thamsen beobachtete die Frau während des Gesprächs. Irgendwie schien sie überzeugt davon, dass Malte die Angelegenheit vor seinem Tod geregelt hatte. Er kannte sich in Erbangelegenheiten zwar nicht aus, schon gar nicht, wenn es um Geschäfte ging, aber war es möglich, dass sie sich als Erbin sah oder zumindest zunächst als alleinige Chefin des Unternehmens?

»Was und wie genau sollte denn solch ein Nachlassfall geregelt werden?«, hakte er daher nach.

»Wir haben über verschiedene Varianten nachgedacht. Letztendlich habe ich diese Firma mit zu dem gemacht, was sie ist, auch wenn ich anteilsmäßig nicht so viel Geld investiert habe wie Malte. Es steht mir zu, die Firma zu behalten. Wir wollten so eine Art Berliner Testament aufsetzen, wenn Ihnen das etwas sagt.« Ihre Augen funkelten mittlerweile angriffslustig.

»Berliner Testament?«, fragte Rolfs, doch Thamsen nickte. Er kannte diese Art der Nachlassregelung von seinen Eltern. Es ging letztendlich darum, dass die Erben ihr Geld erst bekamen, wenn dem anderen Partner auch etwas zustieß.

»Und das geht auch bei Firmen?«, fragte er.

»Nicht genauso, aber ähnlich«, gab die Mensching Auskunft.

»Das heißt, Sie dürfen mit der Firma zunächst einmal machen, was Sie wollen?«, übernahm Ansgar das Gespräch wieder und beäugte die Mensching dabei.

»Ja.«

»Auch verkaufen?«

»Schon, aber das würde ich niemals tun. Das habe ich Malte versichert. Er hatte ein paar Bedingungen an die Änderung geknüpft.«

»Und ein Verkauf sollte ausgeschlossen werden?«

Sie nickte. »Aber seine Schwester sollte einen Job bekommen können, jederzeit.«

27. KAPITEL

Haie radelte durchs Dorf. Das Wetter war gut, Niklas war in der Schule, und er wollte ein paar Besorgungen machen. Er fuhr zunächst zur Bank und hob Geld vom Haushaltskonto am Schalter ab. An den Automaten ging er generell nicht, da ihm diese Technik nicht geheuer war. Außerdem konnte er sich die Geheimnummer zu seiner Karte nicht merken.

Nachdem er mit Bargeld versorgt war, fuhr er zur »Bäckerpost«, kaufte Brot und für Niklas einen Kuchen. Sein Patenkind wollte am Nachmittag einen Freund mit nach Hause bringen, und die Kids hatten ständig Hunger.

Anschließend radelte er weiter zum Blumenladen an der B 5, denn er suchte ein paar neue Pflanzen für den Vorgarten. Er schloss sein Fahrrad ab, ließ die Einkaufssachen im Körbchen und inspizierte als Erstes die Pflanzen vor der Tür.

Die Blumen gefielen ihm gut, und er beschloss, sich einen Karton für die Beetpflanzen zu besorgen.

Er stieß die Tür zu seiner Linken auf und betrat den kleinen Laden, wobei ihm ein Schwall von süßem Rosenduft entgegenschlug, der ihm die Luft zum Atmen nahm und ihn husten ließ. Die Kundin vor ihm am Verkaufstresen drehte sich um.

Haie musste erneut husten, aber nicht aufgrund des Blumengeruchs. War das nicht die Schwester von Malte Löhns?, fragte er sich. Doch ehe er eine Antwort fand, wandte sich die Frau wieder der Inhaberin des Ladens zu.

»Frau Brodersen, das mit dem Aufdruck ist gar kein Problem. Wir haben einen guten Partner, der das zuverlässig und qualitativ gut macht.«

»Da verlasse ich mich auf Sie«, entgegnete Heike Brodersen.

»Gut«, nickte Frauke Hinrichsen, »dann lasse ich draufdrucken …«, sie blickte kurz auf ihre Notizen, »›In ewiger Liebe und Verbundenheit, deine Schwester Heike mit Lars, Kira und Lara‹?«

»Ja.«

Haie trat neben Heike Brodersen. »Mein Beileid«, sagte er.

»Danke.«

»Wird denn die Beerdigung hier stattfinden?«

»Ja, in wenigen Tagen … Ich denke, mein Bruder gehört hierher.«

»Aber hat er sein Umfeld nicht in Hamburg gehabt?«, wunderte sich Haie.

»Wir sind seine Familie«, betonte die Schwester.

Haie fragte sich, ob Malte das genauso gesehen hatte. Bisher hatte er von Thamsen nichts über eine enge Bindung des Opfers nach Risum oder zu seiner Familie gehört, aber das konnte trotzdem möglich sein. Zumindest zur Schwester, denn mit dem Schwager hatte es, soweit Haie wusste, Streit gegeben.

»Na«, sagte er deshalb, »hier wird er auf jeden Fall seinen Frieden finden.«

Heike Brodersen reagierte auf diese Bemerkung nicht,

sondern verabschiedete sich von der Blumenfrau und eilte aus dem Laden.

»Was meintest du denn damit?«, hakte Frauke Hinrichsen nach, nachdem die Tür hinter der Schwester ins Schloss gefallen war.

»Der Malte war schwul, und soweit ich weiß, ist er deswegen öfters beschimpft worden.« Haies Fantasie ging mit ihm durch. Er war von seiner Mordtheorie überzeugt und merkte gar nicht, wie er selbst Gerüchte verbreitete.

»Hier denn auch?«

»Bestimmt«, antwortete Haie. »Wenn man anders ist, ist es nie einfach.«

»Und du glaubst, aus diesem Grund wurde der Malte umgebracht?«

»Keine Ahnung, aber vorstellen könnte ich es mir.«

»Hm.« Die Frau hinter dem Tresen überlegte und beugte sich dann ein Stück zu ihm vor. »Ich habe neulich ein Gespräch vor meinem Laden mitbekommen.«

»Aha, und?«

»Ich bin mir nicht sicher, mit wem Elke gesprochen hat, aber da ging es auf jeden Fall um Homosexualität.«

»Elke, meine Ex?« Haie horchte auf.

Die Blumenfrau nickte. »Ja, Elkes Stimme habe ich hundertprozentig erkannt.«

»Na, die wird sich noch umschauen«, bemerkte Ansgar, nachdem sie das Bürogebäude verlassen hatten und zum Mittagessen in ein kleines Restaurant in Ottensen eingekehrt waren. Thamsen, der kein Frühstück bekommen hatte, hing der Magen in den Kniekehlen und er hatte reichlich bestellt, während Ansgar einen Salat aß.

»Die hat gar nicht damit gerechnet, dass das Testament noch nicht geändert sein könnte. Vielleicht hat sie sogar etwas mit dem Mord zu tun«, sagte Rolfs zwischen zwei grünen Blättern.

»Möglich. Noch ist alles offen, der Mord an Rita Hansen könnte auch ein Ablenkungsmanöver gewesen sein.«

»Warum nicht?«

»Ich frage mich nur, wie die Mensching auf unsere Abi-Feier gekommen sein soll«, äußerte Thamsen leise Zweifel.

»Da waren doch so viele Leute, wäre die überhaupt aufgefallen? Hast du nicht gemeint, dass du einige gar nicht wiedererkannt hast?«

»Schon … aber …«

»Außerdem hätte sie nur bei den Toiletten zu warten brauchen und gar nicht in den Festsaal kommen müssen.« Ansgar schien sich gerade an einer Verdächtigen festzubeißen.

»Trotzdem irgendwie … Es ist auch gut möglich, dass der Exfreund der Täter ist, denn der wird sich ausgerechnet haben, dass Malte das Testament ändern würde über kurz oder lang.«

»Hm, weiß nicht, die Mensching und Löhns haben konkret darüber gesprochen. Sie ging ganz klar davon aus, dass die Änderungen schon beurkundet waren, während Torsten Brinker sich nicht sicher sein konnte und Malte im Prinzip auf blauen Dunst hin ermordet hätte. Das ist ein recht vages Motiv, wenn du mich fragst.«

Sie drehten sich im Kreis, jedenfalls kam es Thamsen so vor. Waren sie schon zu eingefahren?

»Ich rufe mal einen Kollegen hier von der Mordkommission an, vielleicht hat der nachher kurz Zeit auf einen

Kaffee«, schlug er deshalb vor. Input von außen konnte nicht schaden.

Peer freute sich sehr über Dirks Anruf. »Kommt doch später ins Präsidium, ich habe leider wenig Zeit, dafür aber einen Kaffee.«

»Okay, bis später.«

Sie bezahlten und machten sich zu Fuß auf den Weg zu Torsten Brinker.

»Nettes Viertel«, bemerkte Ansgar, »aber bestimmt nicht billig.«

»Mit Niebüll kannst du das jedenfalls nicht vergleichen«, scherzte Thamsen, obwohl ihm beim Glänzen in Rolfs' Augen schlecht wurde. Schon oft hatte er sich gefragt, was den jungen Mitarbeiter eigentlich in Niebüll hielt. Ob es so eine gute Idee gewesen war, ihn nach Hamburg mitzunehmen?

Sie erreichten unter einigen Ahs, Ohs und Schau-Mals die Adresse von Torsten Brinker. Auf ihr Klingeln hin ertönte sofort der Türsummer, und sie schoben die schwere Holztür auf.

Am Treppenabsatz erkannte Thamsen den neuen Lebensgefährten von Brinker, der sie begrüßte.

»Torsten geht es nicht gut, wenn Sie sich bitte kurzfassen«, forderte Ulf Postel, noch ehe sie die Wohnung betreten hatten.

Torsten Brinker saß in Jogginghose und Kapuzenpullover in der Küche an dem großen Esstisch. In seiner Hand dampfte eine Tasse Tee.

»Sie will ihn in Risum begraben«, murmelte er, und Thamsen hakte sofort nach.

»Heike?«

Torsten Brinker schluchzte auf. »Da gehört er nicht hin, und er selbst hätte das nicht gewollt. Steht doch in seinem Testament, aber das will sie erst hören, wenn er unter der Erde ist!«

»Sie kennen den Inhalt des Testaments?«, wunderte sich Ansgar.

»Natürlich. Wir haben darüber gesprochen.«

»Aber vielleicht hat er es nach der Trennung geändert?«

»Nein, er liebte mich.«

»Und Sie?«

Ansgar drehte sich bei dieser Frage zu dem neuen Lebensgefährten um. Der stand mit säuerlichem Gesicht im Türrahmen.

»Ich ihn auch«, wisperte Torsten Brinker und brach förmlich über seiner Tasse zusammen. Reflexartig klopfte Thamsen ihm auf den Rücken, doch er wusste, dass er nicht helfen konnte. Außerdem musste er eine gewisse Distanz wahren, denn Torsten Brinker kam als potenzieller Mörder durchaus in Betracht.

Mit den Blumen sowie den Neuigkeiten im Gepäck machte sich Haie auf den Rückweg, stoppte aber vorzeitig bei Elke. Die Neugierde machte es ihm unmöglich, an seinem alten Haus vorbeizuradeln und nicht mit seiner Exfrau über die neuen Informationen zu sprechen.

Er hatte Glück. Elke war zu Hause und öffnete ihm lächelnd die Tür.

»Hier, für dich«, sagte Haie und überreichte ihr den für Niklas gekauften Kuchen. »Wollte sehen, ob du dich von dem Schock erholt hast.«

»Oh«, sie errötete. »Das ist aber nett. Komm rein.«

In der Küche roch es noch nach Kaffee, aber sie wollte

unbedingt frischen aufsetzen und hantierte fahrig an der Maschine herum, während Haie sich an den Tisch setzte. Sein Magen grummelte dabei, aber er war viel zu aufgeregt, als dass es ihm wirklich auffiel.

»Ich war gerade Blumen für den Vorgarten holen«, versuchte er gleich, das Gespräch in die richtige Richtung zu lenken, »und da habe ich Heike Brodersen getroffen. Sie organisiert die Beerdigung ihres Bruders.«

»Der soll hier beigesetzt werden. Echt?«, fragte Elke, während sie Geschirr auf den Tisch stellte.

»Sie meinte, dass er zu seiner Familie gehört.«

»Ach.«

Elke legte noch ein paar Kekse auf einen Teller und stellte sie zu den Gedecken.

»Frauke hat erzählt, du wärst neulich auch bei ihr gewesen?« Haie nahm sich von dem Gebäck.

»Ja, ja.« Elke erschien ihm plötzlich abgelenkt. Sie stand vor der Arbeitsfläche und schaute mit starrem Blick auf die röchelnde Kaffeemaschine. So wortkarg kannte er sie gar nicht. Sonst plapperte Elke in seiner Gegenwart immer wie ein Wasserfall.

»Was ist los?«, fragte er daher.

»Na ja«, druckste sie herum. »Ich wusste, dass der Malte schwul war.«

»Echt, woher das denn?«

»Weil ich da was mitbekommen habe. Malte war nicht allein angereist, sondern der ist mit einem Kerl gekommen. Erst habe ich gedacht, das sei eben auch ein ehemaliger Mitschüler, aber der wirkte wesentlich jünger, und dann habe ich beobachtet, wie die beiden sich geküsst haben.«

»Wirklich weiter sind wir auch nicht. Eher, finde ich, haben wir jetzt noch mehr Verdächtige«, bemerkte Ansgar, als sie sich durch den dichten Hamburger Stadtverkehr Richtung Alsterdorf schoben.

»Stimmt, wobei wir keine Spuren haben, die wir abgleichen können.«

»Außer dem Tuch, wir könnten Malte Löhns' Mitarbeiter befragen, vielleicht erkennt es jemand.«

»Und wenn nicht?«

Thamsen bog ab und hielt Ausschau nach einem Besucherparkplatz; die waren am Polizeipräsidium rar gesät.

»Mensch«, entfuhr es Rolfs, »das ist ein ganz anderes Kaliber hier.« Er bestaunte das Gebäude der Hamburger Polizei.

»Die haben hier auch mehr Verbrechen als wir in Niebüll aufzuklären.«

»Ich finde zwei Morde schon reichlich«, bemerkte Rolfs, stieg aus und stiefelte auf den Eingang zu.

Wieder überkam Thamsen dieses unbehagliche Gefühl. Brachte er seinen Mitarbeiter womöglich auf dumme Gedanken?

Sie meldeten sich am Empfang und zeigten ihre Dienstausweise.

»Oh, Kollegen, ich gebe eben Bescheid«, entgegnete der Mann lächelnd und zeigte auf die Besucherecke quer hinter sich, in der bereits einige Leute warteten. Ansgar blickte sich neugierig um, während Thamsen in seinem Handy Nachrichten checkte.

Er sah, dass Haie angerufen hatte, doch ehe er einen Rückruf starten konnte, erschien Peer Nielsen und begrüßte sie.

»Wie gesagt, viel Zeit habe ich nicht, aber für einen

Kaffee reicht es«, erklärte er, als sie im Aufzug nach oben fuhren. »Seid ihr wegen eures Falls hier?«

Dirk nickte, während Ansgar sich ungewöhnlich zurückhielt. »Haben noch einmal die Geschäftspartnerin des Opfers befragt, denn der Tote wollte laut Notar das Testament ändern.«

»Betraf das dann nicht eher den ehemaligen Freund?« Nielsen trat durch die sich öffnenden Aufzugtüren in den Flur.

»Bei dem waren wir daher auch«, erklärte Dirk und folgte dem befreundeten Kommissar.

»Und?«

Thamsen seufzte. »Nichts Konkretes. Natürlich könnten Geld oder Firmenanteile das Motiv sein, aber so oder so passt das andere Opfer nicht ins Bild.«

»Und anders herum?«, fragte Peer, während er sie in ein Konferenzzimmer führte und ihnen Platz an einem großen Tisch anbot.

Ansgar schwieg weiter und bestaunte die Ausstattung, die im Gegensatz zu der in der Niebüller Dienststelle modern und umfangreich wirkte.

»Ist es genauso, wobei wir einen neuen Ansatz verfolgen, der für beide Opfer gelten könnte.«

»Ach wirklich?« Nielsen nahm von einem Beistelltisch eine Thermoskanne und goss Kaffee in eine der bereitstehenden Tassen.

»Es gibt homophobe Übergriffe.«

»Damit hatten wir hier auch schon zu tun. Wobei, glaubt ihr wirklich, dass es für einen Mord reicht?« Nielsen hob ein Milchkännchen und Thamsen nickte.

»Man steckt in manchen Leuten nicht drin«, meldete sich Ansgar endlich zu Wort.

»Das stimmt«, bemerkte Nielsen und musterte den Kollegen interessiert, wurde jedoch von einem Klingeln unterbrochen. Hastig stellte er Kanne und Tasse ab und griff nach seinem Handy in der Gesäßtasche seiner Jeans.

»Was? Wo?« Er lauschte dem Anrufer. »Okay.«

Er zuckte entschuldigend mit den Schultern. »Wir haben einen Leichenfund, ich muss los, wobei …« Er blickte die beiden an. »Wenn ihr wollt, kommt doch mit. Der Tote ist in einer Schwulenbar auf St. Pauli gefunden worden.«

»Mensch, ich kann Dirk nicht erreichen«, meckerte Haie, als er nach Hause kam. Tom saß an seinem Schreibtisch und beantwortete einige Mails.

»Der wird beschäftigt sein, schließlich hat der zwei Mordfälle aufzuklären«, erinnerte er den Freund.

»Und genau dabei könnte ich helfen.« Haie erzählte, was er von Elke erfahren hatte.

»Du warst schon wieder bei Elke?«

»Und?«

»Na, du weißt doch, wie sie ist. Womöglich macht sie sich wieder Hoffnungen.«

»Aber sie hat eine relevante Beobachtung gemacht«, versuchte Haie, Toms Bemerkung vom Tisch zu fegen und seinen Besuch bei der Exfrau zu rechtfertigen.

»Und wieso ist sie damit nicht zur Polizei gegangen? Sie ist schließlich befragt worden.«

Haie zuckte mit den Schultern. Er hatte Elke dieselbe Frage gestellt, doch die hatte ihm keine Antwort geben können. »Ich dachte nicht, dass das wichtig ist.«

Diese Antwort hatte Haie beinahe ausflippen lassen. »Wir suchen einen Doppelmörder, und du glaubst, es ist nicht wichtig, dass eines der Opfer kurz vorher Besuch hatte?« So schwer von Kapee konnte man doch gar nicht sein.

Haie kontrollierte sein Handy, doch es gab keine Nachricht. Erneut wählte er Thamsens Nummer, wieder meldete sich nur die Mailbox.

»Hast du es bei seinem Kollegen versucht?«

»Der ist nicht da, und dieser andere …« Haie machte eine kleine Atempause. »Der ist noch nicht so eingearbeitet.«

Tom musste grinsen. Denn anders als Haie hatte der Beamte sicherlich die Polizeischule durchlaufen, und soweit er wusste, war Martin Liedtke bereits einige Monate auf dem Revier. »Dann wirst du warten müssen. Kann Elke den Typen denn wenigstens beschreiben?«

»Sie glaubt schon, daher wäre ein Phantombild hilfreich, oder?«

28. KAPITEL

Der Einsatz, an dem Thamsen und Rolfs teilgenommen hatten, war äußerst interessant gewesen. Eine männliche Leiche war im Hinterzimmer einer Schwulenbar auf St. Pauli gefunden worden.

Weder Dirk noch Ansgar hatten solch eine Lokalität bisher betreten und sie fanden das Milieu zwar ungewohnt, aber dennoch spannend. Die Verbrechen in Hamburg waren anders, das konnte man nicht wegdiskutieren. Obwohl sie mit ihren beiden Morden auch gut bedient waren, hatte Peer gemeint, als er sie zu ihrem Wagen am Präsidium zurückbrachte.

Sie saßen im Auto und fuhren Richtung Norden.

»Ganz schön aufregend, solch ein Job«, bewertete Rolfs die Ereignisse der letzten Stunden.

Thamsen nickte. »Obwohl du sicherlich auch einiges zu sehen bekommst, was du nicht unbedingt sehen willst.«

»Das ist bei uns nicht anders, auf eine Leiche könnte ich jederzeit verzichten.«

Dirk atmete auf. Die Mordkommission kam für Ansgar wohl nicht infrage.

»Aber die Kriminaltechnik ist interessant. Was die heutzutage alles herausfinden können.«

»Nur in unserem Fall scheint es keine Spuren zu geben.«

Dirk lenkte das Gespräch ebenso wie den Wagen in heimatliche Gefilde. Als sie die Kanalbrücke überquerten, klingelte sein Handy und er nahm das Gespräch über die Freisprechanlage an.

»Dirk«, dröhnte es ihnen aus den Lautsprechern entgegen. »Wo steckst du?«

Siedend heiß fiel Thamsen der Elternabend ein. »Ich ähm, wir …«

»Hallo, Dörte, hier ist Ansgar«, machte Rolfs sich bemerkbar.

»Oh, seid ihr im Einsatz?« Anscheinend glaubte sie Dirk nicht, wenn er angab arbeiten zu müssen.

»Leider«, übernahm Ansgar wie selbstverständlich das Gespräch, »würde auch lieber Feierabend machen, aber wir müssen da noch einen Verdächtigen überprüfen. Du weißt bestimmt Bescheid wegen dem Doppelmord.« Thamsen blickte Ansgar an und wunderte sich, wie leicht ihm diese Notlüge über die Lippen kam. So hatte er seinen Mitarbeiter gar nicht eingeschätzt.

»Ja, na ja, natürlich, es ist nur, dass ich zum Elternabend in der Kita wollte und …«

»Elternabend in der Kita«, fiel Ansgar Dörte ins Wort. »Oh, das stelle ich mir grausam vor. Da sind doch bestimmt eine Menge überengagierter Mütter und Väter, die auf veganes Bio-Essen bestehen und bestimmte pädagogische Ansätze fordern. Am besten Frühförderung, weil alle Kinder in den Augen ihrer Eltern hochbegabt sind, nur weil sie schon bis drei zählen können.« Er grinste zur Seite, weil Thamsen auf seinem Platz nickte. »Ich finde, Kinder sollten einfach Kinder sein dürfen, und diesen ganzen neumodischen Firlefanz … hatten wir auch nicht, und? Aus uns ist auch etwas geworden.«

»Tja, also wenn ihr arbeiten müsst.« Im Hintergrund war ein Krachen, dann Kindergeschrei zu hören. »Ich muss Schluss machen, bis später«, verabschiedete sich Dörte.

»Danke«, bemerkte Dirk, nachdem er das Gespräch beendet hatte. »Da hätte ich mich allein nicht herausmanövriert bekommen.«

Noch ehe Ansgar etwas erwidern konnte, klingelte es erneut und Thamsen warf Rolfs einen zweifelnden Blick zu.

»Ja?«, meldete er sich zögernd, doch statt einer Antwort war zunächst nur ein Schnaufen zu hören.

»Haie«, begrüßte Dirk den Freund sichtlich erleichtert. »Was gibt es Neues?«

»Ich war bei Elke.«

»Schon wieder?«, fragte Dirk wie Tom kurz zuvor.

»Ja, ja, sie hat Malte mit einem anderen Mann beobachtet.«

»Wirklich?« Thamsen und Rolfs richteten sich beinahe zeitgleich in ihren Sitzen auf.

»Und kann sie den beschreiben? Wie sah der aus?«

»Das erzählt sie euch am besten selbst.«

Etwa eineinhalb Stunden später bog Thamsen zusammen mit Rolfs von der Dorfstraße in den kleinen Weg ein, der zu Haies ehemaligem Haus führte. Das Fahrrad des Freundes stand neben dem Eingang an die Wand gelehnt, und nachdem Elke ihnen geöffnet und sie in die Küche geführt hatte, sahen sie Haie mit geröteten Wangen am Esstisch sitzen. Vor ihm stand eine Flasche Bier.

»Elke«, begann Dirk nach einer kurzen Begrüßung, »du hast Malte Löhns vor seinem Tod mit einem Mann gesehen?«

Elke blickte zunächst Haie an, nickte dann.

»Warum erzählen Sie das erst jetzt?«, wollte Ansgar wissen, der ein wenig verärgert über die späten Informationen war. Warum hatte die Frau ihnen nicht gleich von ihren Beobachtungen berichtet? Wollte sie sich nur wichtigtun? Das taten einige Leute, indem sie sich mit Infos brüsteten, die weder Hand noch Fuß hatten, nur um im Mittelpunkt zu stehen. Rolfs kannte solche Menschen zur Genüge, und bei Elke erschien ihm diese Vermutung nicht ganz von der Hand zu weisen, denn es war offensichtlich, wie sie die Aufmerksamkeit um ihre Person genoss – besonders die von Haie.

»Malte Löhns war bereits einen Tag eher angereist, und obwohl er nur für sich gebucht hatte und auch allein eincheckte, wurde er bei seiner Anreise begleitet.«

Sie strich über die Tischdecke und schaute wieder Haie an. »Ich wollte das im Auge behalten, denn ich mag solche Schmarotzer nicht, die für eine Person zahlen, dann aber zu zweit übernachten. Die Zimmer sind groß genug, aber …«

»Aha und?«, unterbrach Thamsen sie. Ihn interessierten keine anderen Leute, sondern Malte Löhns.

»Zunächst haben die beiden Kaffee getrunken, dann sind sie Hand in Hand aus dem Hotel spaziert, das habe ich gesehen. Vom Eingang aus habe ich beobachtet, wie sie sich vor der Tür geküsst haben. Nicht so ein Freundschaftskuss. Leidenschaftlich war das.« Ihr Blick ruhte nach wie vor auf Haie.

»Und sind die beiden dann tatsächlich zusammen aufs Zimmer?« Dirk spürte, wie sein Herz einen Aussetzer tat. Führte diese Info zu der heißen Spur, nach der sie bisher vergeblich gesucht hatten?

Elke zuckte jedoch mit den Schultern. »Das weiß ich nicht. Meine Schicht war dann vorbei, und ich bin nach Hause gefahren.«

Ansgar entfuhr ein Stöhnen, Dirk schaffte es mit Mühe, eins zu unterdrücken.

»Es wäre also möglich, dass der andere Mann dageblieben ist?«, hakte Thamsen nach.

»Ich habe meiner Kollegin gesagt, dass sie ein Auge darauf haben soll, aber der ist das egal. Ist nicht ihr Geld, sagt sie immer. Außerdem sind die Zimmer groß genug und nicht billig, meint sie. Ich vermute mal, die hat nicht mitbekommen, ob Malte Löhns allein oder in Begleitung zurückgekommen ist.«

»Hm«, überlegte Rolfs laut, »eher unwahrscheinlich, dass der andere Mann mit im Zimmer war. Die Kollegen haben keinerlei Hinweise auf eine weitere Person gefunden.«

»Wie heißt denn deine Kollegin?«, mischte sich Haie ein, der unter Elkes schmachtenden Blicken bis zu dem Zeitpunkt erstaunlich schweigsam gewesen war.

»Jolante Freund.«

»Okay, und hast du auch eine Adresse von ihr?«

Thamsen zückte sein Merkbuch und schrieb den Namen und die von Elke genannte Anschrift hinein.

»Gut, und kannst du den Typen beschreiben?«

Elke holte theatralisch Luft. »Schon, er war schlank und kleiner als Malte Löhns. Wirkte jünger, aber nicht wesentlich. Vielleicht so fünf oder zehn Jahre, das kann man heute manchmal schlecht schätzen, so wie die sich kleiden und zurechtmachen. Schau dir die jungen Dinger heute an, die …«

»Und weiter?«, unterbrach Dirk Elkes Redeschwall.

»Blass und kurze braune Haare.«

»Brille?«

»Nee, kann ich mich nicht dran erinnern. Glaube nicht.«

Im Prinzip konnte das beinahe jeder beliebige Mann sein, aber natürlich kam Thamsen sofort Torsten Brinker in den Sinn. Insbesondere, da der heute gestanden hatte, Malte Löhns noch geliebt zu haben.

»Traust du dir eine Gegenüberstellung zu?«

»Ich dachte eher an ein Phantombild«, bemerkte Haie.

»Dauert zu lange«, klärte ihn Ansgar auf.

»Aber wir haben einen Verdächtigen, auf den die Beschreibung passen könnte, und würden für morgen eine Gegenüberstellung organisieren.«

Elke rutschte auf ihrem Stuhl hin und her, der unter der Bewegung knarzte. »Mit einem Mörder?«

»Es ist nicht gesagt, dass der Mann ein Mörder ist, aber möglich ist es«, entgegnete Dirk.

29. KAPITEL

Am nächsten Morgen war Haie noch früher als gewöhnlich wach, obwohl es Samstag war. Wochentage spielten für ihn kaum eine Rolle, seit er Rentner war. Hinzu kam, dass der Harndrang ihn seit etlichen Jahren in den frühen Morgenstunden aus dem Bett trieb, wenngleich das heute nicht der Grund für sein Aufwachen zu beinahe nachtschlafender Zeit war.

Er hatte gestern Abend sofort angeboten, Elke zusammen mit Tom zur Gegenüberstellung nach Niebüll zu fahren. Der Freund wusste zwar noch nichts von seinem Glück, aber Haie wollte unbedingt dabei sein.

Eine genaue Uhrzeit hatte Thamsen natürlich noch nicht nennen können. »Der Verdächtige muss auch erst einmal aus Hamburg anreisen«, hatte er versucht, Haies Eifer zu bremsen. Außerdem wusste Dirk, dass Tom im Gegensatz zu Haie ein Langschläfer war und wenig erfreut wäre, wenn er am Wochenende um 8.00 Uhr auf der Dienststelle erscheinen sollte.

Noch am Abend hatte er Torsten Brinker angerufen, der äußerst zögerlich zugestimmt hatte, auf die Dienststelle zu kommen. Dirk hatte vorgegeben, es gäbe noch ein paar Fragen und auch persönliche Dinge von Malte Löhns, die er überreichen wolle. Sie hatten sich schließlich für 11.00 Uhr verabredet.

So blieb Haie eine Menge Zeit, wie er feststellte, als er die entsprechende Nachricht von Dirk auf dem Handy las. Er ging in die Küche und machte Frühstück.

Vom Geschirrgeklapper geweckt, erschien Niklas kurz darauf mit verwuschelten Haaren in der Küche. Er war wie Haie eher ein Frühaufsteher, was er von seiner Mutter geerbt haben musste. Marlene war stets zeitig auf den Beinen gewesen und schon früh morgens gut gelaunt. Das konnte man von Niklas heute allerdings nicht behaupten.

»Mir ist nicht gut, habe Bauchweh«, maulte er.

»Etwa wegen dem Spiel nachher?«, vermutete Haie, der die Eskapaden seines Patenkindes gut kannte.

»Nee, weiß nicht.«

Doch bereits an der Nasenspitze konnte Haie Niklas ablesen, dass er log. »Los, zackig ins Bad und dann anziehen«, forderte er darum.

Als Niklas zum Turnier von einer der Spielermuttis abgeholt wurde, war es 9.00 Uhr. Haie goss sich einen weiteren Kaffee ein, doch die Zeit wollte nicht vergehen. Tom schlief immer noch. Er begann staubzusaugen, und als das nicht die gewünschte Wirkung zeigte, nämlich den Langschläfer zu wecken, trampelte er mehrmals laut die Treppe hoch und runter.

Endlich erschien Tom reichlich zerknittert in der Tür zu seinem Schlafzimmer. »Was machst du denn für einen Höllenlärm? Warst doch gestern auch nicht so früh im Bett, oder?«

»Du musst Elke und mich nach Niebüll fahren«, überfiel Haie den Freund augenblicklich.

»Elke und dich?« Tom schaute aus der Wäsche, als befände er sich im falschen Film. »Habe ich etwas verpasst?«

Als Haie nickte, runzelte er die Stirn. »Und was? Ihr seid doch nicht wieder zusammen, oder?«

Nicht dass Tom dem Freund keine Partnerin gönnte, aber eine Frau in Haies Leben würde ihr gemeinsames Lebenskonstrukt durcheinanderbringen.

»Nee, wie kommst du bloß auf solch ein schmales Brett?« Haie musste schmunzeln. »Es gibt eine Gegenüberstellung. Elke hat wahrscheinlich den Mörder im Hotel gesehen, und Dirk hat einen Verdächtigen, den er deswegen auf die Dienststelle beordert hat.«

»Ich dachte, ihr wolltet ein Phantombild anfertigen?«

»Das dauert viel zu lange. Da müsste Elke entweder nach Kiel, oder wir müssten warten, bis ein Kollege nach Niebüll kommt. Außerdem sind die chronisch unterbesetzt in der KTU«, erklärte Haie fachmännisch.

»Ist Niebüll denn für solch eine Gegenüberstellung überhaupt ausgerüstet?«

Die Dienststelle war recht klein. Tom kannte Gegenüberstellungsräume nur aus dem Fernsehen. In denen wurden meist vier, fünf Leute nebeneinander den Zeugen präsentiert, die hinter einem Spiegel verborgen blieben.

»Ach, Dirk kriegt das schon hin«, entgegnete Haie überzeugt.

Wenig später saßen sie in Toms Wagen und fuhren die Dorfstraße entlang bis kurz hinter dem Spar-Markt. Elke stand bereits an der Straße und wartete auf die beiden. Nervös trippelte sie, ihre Handtasche unter den Arm geklemmt, von einem Fuß auf den anderen.

»Da seid ihr ja!«, begrüßte sie die beiden, während sie sich auf den Rücksitz schob.

»Und, bereit?«, fragte Tom mit einem Blick in den Rückspiegel.

Elke nickte ernst. »Obwohl ich es unheimlich finde, einem Mörder gegenüberzutreten.«

»Na, noch wissen wir nicht, ob der Mann, den du gesehen hast, auch der Täter ist«, versuchte Tom, sie zu beruhigen, obwohl er Elkes Gefühl, diese Beklemmung, die sie wohl verspürte, verstehen konnte.

Am liebsten war es einem, wenn Verbrechen weit weg stattfanden. In New York oder Stockholm oder sonst wo in der Welt. Hauptsache, nicht in der Nachbarschaft. Das mussten doch kranke oder irre Menschen sein, die einen anderen töteten, oder?

Die Realität sah leider oft anders aus. Das hatte Tom schmerzhaft feststellen müssen. Wenn man mit Mord und Totschlag konfrontiert wurde und sah, dass die Täter meistens ganz normale Leute waren, empfand man die Verbrechen als noch unheimlicher. Wobei »unheimlich« nicht das richtige Wort war. Unberechenbar. Denn so gesehen, konnte jeder zum Opfer werden.

Er hatte sich nach Marlenes Tod mit Dirk darüber unterhalten, der versucht hatte, ihn zu beruhigen; die meisten Morde seien Beziehungstaten. Wirklich besser machte es die Sache für Tom letztendlich nicht. Die Angst blieb.

Nicht zuletzt deswegen verlief die Fahrt relativ still, um nicht zu sagen, schweigend. Zum Glück war der Weg nicht weit und sie erreichten Niebüll und gleich darauf den Parkplatz der Polizeiwache in kürzester Zeit. Thamsen hatte betont, dass sie früher kommen sollten, damit sie dem Verdächtigen nicht schon hier über den Weg liefen.

Ansgar begrüßte die drei und brachte sie in den Besprechungsraum, wo Kaffee und ein paar Plätzchen auf dem Tisch standen.

»Dirk muss die Gegenüberstellung vorbereiten, er kommt später dann zu euch«, erklärte Rolfs und entschuldigte sich gleich darauf.

Die Dienststelle war für solch eine Aktion nicht ausgelegt. Eigentlich hätte Thamsen die Gegenüberstellung nach Husum verlegen müssen, aber dagegen hatte sich in ihm verständlicherweise alles gesträubt. Daher hatte er eine Kamera besorgt, die er in seinem Büro installierte und deren Bilder in den Meeting-Raum übertragen wurden.

Er war gerade auf der Suche nach ein paar Kollegen, die Elke hoffentlich nicht kannte – nur so konnten sie die offiziellen Anforderungen an solch eine Gegenüberstellung erfüllen.

Der neue Mitarbeiter und ein pensionierter Kollege hatten sich bereits gemeldet. Zusätzlich hatte Thamsen noch vom Ordnungsamt zwei Leute angefordert.

»So, das sieht doch gut aus«, bemerkte Dirk, als er sein Werk begutachtete und dann die Freunde begrüßte. Dabei überprüfte er noch einmal, ob das Bild aus seinem Büro auf der Videoleinwand gut erkennbar war.

»Muss noch jemand zur Toilette?« Er wollte nicht, dass Torsten Brinker jemandem über den Weg lief. Tom, Elke und Haie schüttelten die Köpfe. Die Anspannung war groß, beinahe greifbar, vielleicht konnten sie den Fall heute auflösen.

»Dirk?« Ansgar stand in der Tür und nickte ihm zu.

»Dann mal los!« Thamsen lächelte Elke zu, ehe er den Raum verließ.

Thamsen begrüßte Torsten Brinker freundlich, aber bestimmt. Natürlich war er in Begleitung seines Freundes. Damit hatte Thamsen zwar gerechnet, trotzdem erschwerte es die Aktion. Es hätte jedoch weitaus schlimmer kommen können, wenn Torsten Brinker gleich mit einem Anwalt angerückt wäre. Obwohl, was machte der neue Freund beruflich? Dirk musterte den Mann, befand dann aber, dass das sauertöpfische Gesicht nicht zu einem Juristen passte, und begann ein paar Fragen zu stellen, die er sich zurechtgelegt hatte.

»Sie haben gestern ausgesagt, dass Malte Löhns und Sie sich noch liebten.«

Die Miene von Ulf Postel wurde noch grimmiger. »Das muss ein kurzes Aufflammen gewesen sein, denn Torsten hat dann bemerkt, dass Malte sich niemals ändern wird.«

»Wenn Sie Herrn Brinker vielleicht selbst antworten lassen würden?« Thamsen musste sich beherrschen, aber eine freundliche Atmosphäre war wichtig. Sonst würde der Verdächtige wahrscheinlich gleich alles verweigern.

»Wie sah es aus zwischen Ihnen und Herrn Löhns?«

»Wie mein Freund sagt. Ich hatte da wohl einen kurzen Rückfall.«

Die Worte klangen in Dirks Ohren wie abgesprochen. Ob Torsten Brinker Ulf Postel den Mord gestanden hatte und beide versuchten, die Tat zu vertuschen?

»Wo waren Sie denn eigentlich am letzten Samstag?«

»Das haben wir doch beantwortet. Wir waren zusammen.«

»Und am Freitag waren Sie nicht zufällig hier?« Thamsen sah Torsten Brinker eingehend an und beobachtete, wie der Adamsapfel des Verdächtigen wild auf- und abhüpfte. Er räusperte sich, ehe er verneinte.

»Wirklich nicht?«

»Nein.«

»Dann haben Sie sicherlich nichts gegen eine Gegenüberstellung?«

»Was?« Ulf Postel sprang von seinem Stuhl auf. »Das war nicht abgesprochen, das geht doch so nicht.«

»Aber, aber, Ihr Freund hat doch gerade gesagt, dass Sie die ganze Zeit zusammen waren, dann ist das doch kein Problem. Ganz im Gegenteil, es entlastet Sie, untermauert Ihr Alibi. Wir können Sie dann nicht mehr belangen.«

»Trotzdem, das ist … Sind Sie überhaupt für so etwas ausgestattet?« Postel kniff die Augen zusammen.

»Bestens«, entgegnete Dirk. Er sah sich eindeutig als Sieger in dem Gespräch, während Torsten Brinker schwieg.

»Also?«, fragte Thamsen und wandte sich dabei an den Exfreund von Malte Löhns.

Torsten Brinker schaute zu Ulf Postel, der erneut zu einem Protest ansetzen wollte, doch er kam ihm zuvor. »Lass gut sein, wir können uns das sparen. Ich habe Malte am Freitag hierher begleitet.«

Thamsen nickte, während Ulf Postel schwieg und sehr konzentriert seine Fingernägel begutachtete.

»Aber ich habe Malte nicht umgebracht. Das müssen Sie mir glauben. Ich habe ihn geliebt.«

»Mann, das dauert aber lange, ich dachte, der wäre schon da«, maulte Haie. Er war mittlerweile bei der zweiten Tasse Kaffee und hatte auch schon etliche Kekse vertilgt. Unruhig wanderte er im Raum hin und her, während Tom an seinem Handy herumspielte und Elke nach wie vor auf die Leinwand stierte, auf der sie das Gesicht eines Mörders erwartete. Sie fröstelte, was jedoch keiner der anderen bemerkte.

»Ich kann mal nachschauen«, schlug Haie schließlich vor, »mich kennen die nicht.«

»Lass den Quatsch, du weißt, was Dirk gesagt hat. Wir sollen auf jeden Fall hier drin bleiben.«

Endlich wurde die Tür geöffnet und Ansgar Rolfs betrat den Raum.

»Was ist, geht es endlich los?«, wollte Haie wissen und stürmte auf den Polizisten zu. »Oder ist der verschwunden? Hat sich abgesetzt?«

Ansgar hob die Hände. »Nein, ihr könnt nach Hause. Der Mann hat gestanden.«

»Gestanden?«, stammelte Haie aufgeregt, und auch Elke erhob sich. »Hat er Malte umgebracht? Und was ist mit der Hansen, wieso …?«

»Nein, so weit sind wir noch nicht. Herr Brinker hat zugegeben, Malte Löhns im Hotel besucht, nicht aber, ihn umgebracht zu haben.«

»Aber, das ist ja nur …«

»Okay, dann.« Tom stand auf und nahm seine Jacke.

»Können wir denn sonst irgendwie helfen?« Haie wollte sich mit der Situation partout nicht abfinden. Das konnte unmöglich die Wahrheit sein, auch wenn dieser Brinker ein Motiv gehabt haben mochte, Malte Löhns umzubringen – was hatte die Hansen damit zu tun? Woher kannte er die überhaupt?

Auch Elke stand wartend in der Tür und Haie trampelte von einem Fuß auf den anderen, ging jedoch schließlich mit den anderen nach draußen.

»Ich habe kein gutes Gefühl«, maulte er dabei permanent. Doch Elke und Tom betonten immer wieder, das sei nicht sein Job.

30. KAPITEL

Haie brachte jedoch nichts so schnell von seiner Meinung ab. Zu Hause ließ er sich zwar zunächst nichts anmerken und werkelte wie gewohnt in der Küche herum, aber kaum hatte Tom sich in sein Büro verzogen, hielt ihn nichts mehr im Haus. Er schwang sich auf sein E-Bike und fuhr nach Niebüll.

Im Prinzip wusste er nicht so recht, was und wo er anfangen sollte, nur rumsitzen und abwarten, das konnte er einfach nicht.

Er radelte daher zu Justus Klüwer, postierte sich vor dessen Haus und überlegte, unter welchem Vorwand er klingeln sollte. Eine Antwort auf diese Frage war allerdings gar nicht nötig, denn kaum hatte er sich hinter einem Busch versteckt, sah er, wie die Haustür geöffnet wurde und Klüwer aus dem Haus trat.

Na, wo der wohl hinwill?, überlegte Haie und folgte dem Mann in einigem Abstand. Da Justus nicht sonderlich gut zu Fuß war und einen Gehstock benutzte, musste Haie sich zügeln, damit er unbemerkt blieb.

Justus Klüwer ging zum Geldautomaten und anschließend zum Bäcker, um Brot zu holen. Dabei grüßte er hier und da einige anderen Passanten, aber auffällig erschien Haie das Verhalten nicht. Er brauchte für seine Theorie Beweise, falls dieser Exfreund nicht der Mörder war, und

Haie beschloss daher, sich dem Mann in den Weg zu stellen und ihn zu provozieren.

»Na, Justus?« Der Angesprochene zuckte zusammen. »Wieder auf Patrouille?«

»Wie meinst du das denn?« Klüwer musterte ihn.

»Na, du belästigst doch die Leute, die dir nicht in den Kram passen.«

»Wat, das ist unerhört!«, regte sich Klüwer lautstark auf und versuchte, an Haie vorbeizugelangen.

»Kannst gleich bei mir anfangen. Ich wohne auch mit einem Mann zusammen, und wir ziehen sogar ein Kind groß.« Haie versperrte breitbeinig den Fluchtweg.

»Dat is doch was ganz anderes.« Justus Klüwer trat einige Schritte zurück und wollte auf der anderen Seite entlang.

»Wieso, woher willst du denn wissen, was wir zu Hause so treiben?«

Klüwer kniff die Augen zusammen und beäugte Haie kurz, ehe er den Kopf schüttelte. »Ach, watt geiht mi dat an.«

»Genau, watt geiht di dat an. Es geht dich nichts an, wenn ein Mann einen Mann oder eine Frau eine Frau liebt.«

»Aber, aber …« Justus' Stimme überschlug sich förmlich. »Das ist doch nicht normal!«

»Normal? Seit wann ist an der Liebe irgendetwas normal? Konntest du etwa steuern, dass du dich in Erna verliebt hast?«

Justus presste die Lippen aufeinander.

»Da können doch die Leute nichts dafür.« Haie wunderte sich selbst über sich. Obwohl er sich noch nie Gedanken über gleichgeschlechtliche Liebe gemacht hatte, ergriff er ganz selbstverständlich Partei. Ich bin halt tolerant, dachte er, es sei denn, jemand schadet den anderen mit seinen Ansichten oder seinem Verhalten. So wie Justus.

»Wenn der liebe Gott dat gewollt hätte, dann …«

»Der liebe Gott? Seit wann bist du besonders religiös? In der Kirche sieht man dich doch bestimmt nicht so oft. Weihnachten?«

»Religiosität hat doch nichts mit dem Kirchgang zu tun«, verteidigte sich Justus Klüwer.

»Und Liebe nichts mit dem Geschlecht.«

Thamsen saß Torsten Brinker immer noch gegenüber. Sie warteten auf den Anwalt. Ansgar Rolfs hatte in der Zwischenzeit die Husumer Kollegen verständigt.

»Ihr macht das schon. Informiert uns, wenn er gestanden hat«, hatte Lorenz Meister gesagt, und Rolfs hatte sich zusammenreißen müssen, um nicht lautstark zu protestieren. Als wenn sie kein Wochenende hätten. Er verstand Thamsens Groll auf die Kripobeamten immer besser.

Sie hatten keine Beweise; lediglich einen Anfangsverdacht, den der Staatsanwalt aber für zu schwach hielt. Eine freiwillige Speichelprobe könnte weiterhelfen, hatte der angemerkt, als Dirk ihn über die Entwicklung im Fall informiert hatte. Doch Torsten Brinker wollte kein Wort mehr ohne einen Anwalt sagen, und der würde dem Verdächtigen sicherlich davon abraten. Sie hatten nichts in der Hand.

Thamsen stand auf, öffnete die Tür zu seinem Büro und winkte Rolfs heran, der gerade aus der Gemeinschaftsküche trat. »Kannst du mal eben? Ich muss mal.« Sein Mitarbeiter nickte.

Nach dem Toilettengang holte sich Dirk einen Kaffee. Nachdenklich blies er in die dampfende Tasse. Wie konnte man Torsten Brinker aus der Reserve locken? Hatten sie etwas übersehen? Manchmal war es nur ein kleiner Hinweis, der zur Auflösung eines Falls führte, aber irgendwie gewann Thamsen den Eindruck, dass da nichts war.

In Gedanken ging er die letzten Tage, in denen viel passiert war, noch einmal durch, und die Bilder drohten ihn zu übermannen. Wo konnte er ansetzen? Waren sie auf der falschen oder der richtigen Spur? War der Mann in seinem Büro der Mörder? Er stöhnte laut auf, als Martin Liedtke den Raum betrat.

»Du glaubst nicht, dass er es war?«

Thamsen runzelte die Stirn. »Wie kommst du darauf?«

Liedtke zuckte zunächst mit den Schultern. »Der Mann hat Malte Löhns geliebt. Welches Motiv sollte er gehabt haben, ihn umzubringen?« Der Mitarbeiter goss sich ebenfalls einen Kaffee ein.

»Vielleicht hatten die beiden Streit?«

»Und? Streitest du nie mit Dörte?«

Doch, das tat er. Sehr oft sogar. Besonders seit Hanno sich angekündigt hatte. Sie hatte genau gespürt, dass er sich auf das Kind nicht freute, und immer wieder in diesem wunden Punkt herumgestochert. Thamsen war zwar niemand, der sich einfach aus dem Staub machte, wenn es galt, Verantwortung zu übernehmen. Aber einfach auszuhalten war das Ganze nicht für ihn. Obwohl er die Kinder liebte, hatten sie doch die Beziehung zwischen ihm und Dörte verändert und nicht unbedingt zum Positiven. Er vermisste die Zeit, in der sie zu zweit waren, spontan sein konnten, verliebt waren. Wenig war von ihnen als Paar geblieben, und vielleicht war das der Grund, warum

Dirk sich oftmals geradezu in seine Arbeit flüchtete. Und genau das führte zum Streit.

Was aber konnte der Auslöser des Streits zwischen Torsten Brinker und Malte Löhns gewesen sein? Brinker hatte gesagt, Malte habe immer mehr Zeit in der Firma anstatt mit ihm verbracht. Hatte Torsten Brinker eine Ausrede oder gar einen anderen Mann dahinter vermutet? Oder vielleicht eine Frau? Wie eng war das Verhältnis zwischen Malte und seiner Geschäftspartnerin? Immerhin hatte er laut Anwalt vorgehabt, Katrin Mensching im Testament zu berücksichtigen. Warum aber hatte Malte das noch nicht getan? Warum hatte er gezögert? Hatte er es sich anders überlegt? Oder war er schlichtweg nicht mehr dazu gekommen?

Und wie passte die tote Frau Hansen ins Bild? Das war und blieb das große Rätsel.

Justus Klüwer ließ Haie einfach stehen. Einige Passanten hatten das Gespräch neugierig verfolgt. Ein älterer Mann in einer beigefarbenen Popelinejacke sprach Haie an, als Klüwer davonhumpelte. »Wat war denn mit euch los? Hett jem in ne Hoor kregen?«

»Nee, ach dat war nix«, wollte Haie abwiegeln, doch der ältere Mann gab nicht so schnell nach.

»Meinste, der hat Dreck am Stecken?«

Haie machte große Augen. »Wie kommst du darauf?«

»Ach, nur so. Du bist doch mit de Polizei verbandelt, oder? Spionierst doch bestimmt allwedder.«

Haie war, was das anging, kein unbeschriebenes Blatt. Bei dem letzten Mordfall in der Gegend war er als Held der Aufklärung gelobt worden – sogar in der Zeitung. Kein Wunder, dass er bekannt war wie ein bunter Hund.

»Schon. Ich habe gehört, dass der Justus Rita Hansen angegriffen haben soll.«

»Echt?«

»Der hat was gegen Andersartige.«

»So?« Der Mann zog die Augenbraue hoch. »Andersartig?«

Offensichtlich war ihm nicht bekannt, dass Rita Hansen lesbisch gewesen war. Lydia Nehlsen hatte ausgesagt, sie hätten ihre Homosexualität nicht an die große Glocke gehängt. Dennoch verwunderlich, dass die Presse noch keinen Wind davon bekommen hatte.

»Na, Lehrer, du weißt, das ist eben ein spezielles Völkchen.« Er versuchte zu grinsen. Der andere betrachtete ihn argwöhnisch.

»Die Hansen war halt nicht sonderlich beliebt«, sprudelte es aber kurz darauf aus Haies Gegenüber heraus. »Zumindest nicht bei uns Eltern. Unsere Susanne ist auch bei der in der Klasse gewesen. Jedenfalls war die Hansen nicht immer korrekt, ungerecht in der Notenverteilung. Hatte so ihre Lieblinge. Angeblich soll die auch mal etwas mit einem Schüler gehabt haben.«

31. KAPITEL

Thamsen blickte Torsten Brinker, seinem Freund und dem Anwalt nach. Es war eigentlich klar gewesen, dass sie ihn laufen lassen mussten, dennoch fühlte Dirk sich schlecht. Sie hatten nichts, und das bereits seit Tagen, und er sah in diesem Moment keinen Ansatz, einfach nichts, womit er die Ermittlungen weiterführen sollte.

Liedtke hatte außerdem an die Unschuld des Verdächtigen geglaubt, denn Torsten Brinker hatte Malte wirklich geliebt. Das war in der Befragung nicht nur ihnen, sondern auch Ulf Postel klar geworden. Er wird sicherlich seine Konsequenzen ziehen, dachte Thamsen.

Er fragte sich, ob Torsten Brinker wirklich nichts mit dem Mord zu tun hatte. So oder so mussten sie aber neue Ansätze finden. Er seufzte und wollte sich gerade umdrehen, als die Eingangstür aufgerissen wurde und Haie auf ihn zustürmte.

Er war reichlich außer Atem und seine Wangen glühten förmlich. »Habt ihr ihn laufen lassen müssen?«

Thamsen nickte und wunderte sich, als Haie es ihm gleichtat. Stirnrunzelnd betrachtete er den Freund.

»Ich habe da einen neuen Hinweis«, erklärte der immer noch außer Atem.

»Dann komm, setz dich erst mal. Glas Wasser?«

Haie nickte dankbar. Thamsen ging grinsend in die

Küche und besorgte ein Wasser für den Freund. Er war gespannt, was Haie herausgefunden hatte. Falls Haie relevante Informationen lieferte, wäre es nicht das erste Mal. Aber der Freund wurde nicht jünger, und bereits im letzten Fall hatte er sich in Gefahr gebracht. »Du sollst doch nicht immer solche Alleingänge hinlegen. Wir haben es hier vermutlich mit einem hinterhältigen Mörder zu tun. Das ist gefährlich.«

»Ach.« Haie winkte ab. Er verdrängte nur zu gern die brenzligen Situationen, in denen er gesteckt hatte. Er kannte doch die meisten Leute in der Gegend und hatte keine Angst vor ihnen. Das war jedoch eine sehr naive Sicht der Dinge, und Dirk sowie Tom ermahnten Haie ständig, das bei seinen privaten Ermittlungen zu bedenken. Ganz zu schweigen von seinem Alter. Er war keine 18 mehr und hatte nicht die Kräfte eines jungen Mannes. Davon wollte Haie meistens nichts hören, und so nahm er auch heute Thamsens Ermahnung nicht ernst. »Ich habe Detlef getroffen.«

»Detlef?«

»Mensch, wie heißt der noch …« Haie krauste die Stirn. »Mommsen, ja, Mommsen, meine ich. Egal, auf jeden Fall, dessen Tochter ist wohl mit dir zur Schule gegangen.«

»Wie hieß die?«

»Susanne. Susanne Mommsen.«

Thamsen schüttelte den Kopf. »Der Name sagt mir nichts.«

»Aber Detlef hat gesagt, sie hätte die Hansen als Lehrerin gehabt.«

»Na, dann war sie vielleicht eine Stufe unter oder über mir.«

»Möglich«, räumte Haie ein, »aber egal. Auf jeden Fall

wurde damals wohl gemunkelt, die Hansen hätte etwas mit einem Schüler laufen.«

»Was?« Thamsen fuhr auf. »Nee, das hätte ich bestimmt mitbekommen. Oder wie alt ist die Susanne?«

»Keine Ahnung, aber die kann nicht viel älter oder jünger sein als du.«

Thamsen überlegte, was damals über die Hansen geredet worden war. Aber eigentlich war die eher unauffällig gewesen.

Gut, besonders beliebt war sie nicht. Rita Hansen war ihm immer ein wenig komisch erschienen. Und sehr streng. Sie hatte teilweise seltsame Ansichten vertreten, zumindest was den Unterricht und die Auswahl ihrer Literatur anging. Sie hatten wirklich scheußliche Sachen lesen müssen. Er erinnerte sich kaum an ein Buch, das ihm gefallen hatte. Meistens hatte er die Pflichtlektüre nicht zu Ende gelesen. Jedenfalls hatte es die Hansen nicht geschafft, eine Begeisterung für Literatur bei ihm zu wecken. Was er heute manchmal sehr bedauerte. Er las nicht gern, fand keinen Zugang zu den Geschichten, was sicherlich nicht nur an ihm lag, sondern auch daran, dass er es einfach nie gelernt hatte.

Aber sonst? Was für Gerüchte hatten über die Frau an der Schule die Runde gemacht?

»Mit einem Schüler soll die etwas gehabt haben?«, murmelte er und überlegte, wer das gewesen sein könnte. Gedanklich ging er die Gesichter ihres Jahrgangs durch.

»Vielleicht hat sie ihre Homosexualität erst später entdeckt«, warf Haie ein.

»Aber Rita Hansen und Lydia Nehlsen sind doch schon so viele Jahre ein Paar«, gab Dirk zu bedenken, schloss gleichzeitig jedoch die männlichen Mitschüler in seine Überlegungen ein. Aber entweder war da eine Lücke oder er wollte sich nicht vorstellen, dass einer von ihnen eine Beziehung mit der Deutschlehrerin gehabt hatte. Und selbst wenn? Wer hätte dann heute einen Grund, die Hansen umzubringen? Oder war es späte Rache, ein Groll, der jahrelang tief in jemandem gebrodelt hatte?

Haie kippelte auf seinem Stuhl vor und zurück, wartete aber relativ geduldig, bis Dirk seinen Gedankengang abgeschlossen hatte. »Und?«, fragte er nach einer Weile, da die Ungeduld zu groß wurde.

Thamsen zuckte mit den Schultern. »Ich weiß nicht. Wer soll das gewesen sein?«

»Das hat Detlef nicht gesagt. Vielleicht war es nur ein Gerücht, aber du weißt selbst, wie oft da ein Fünkchen Wahrheit dranhängt.«

Als Tom von einem Termin nach Hause kam, wunderte er sich, seinen Sohn allein in seinem Zimmer vor der Xbox zu finden. »Wo ist Haie?«

Niklas reagierte nicht, war ganz und gar in das Spiel vertieft.

»Wo Haie ist.« Tom stellte sich direkt vor den Fernseher.

»Mensch, Papa, och, jetzt bin ich getroffen«, maulte der Junge, gab aber immer noch keine Antwort.

»Ich habe eine Frage gestellt.«

»Weiß nicht. Musste wohl weg. Als ich vom Spiel kam, war niemand da.«

Tom blickte auf die Uhr. Es war bereits Abendbrotzeit. Er stiefelte in die Küche und stellte fest, dass weder Brot noch sonst besonders viele Zutaten fürs Abendessen da waren.

Was war nur mit Haie los? War es nur der aktuelle Fall, der ihn einnahm, oder wurde er langsam tüddelig?

Tom jedenfalls hatte wenig Lust zum Einkaufen. Der Spar-Laden im Dorf war bereits geschlossen, aber irgendetwas essen mussten sie. Außerdem war morgen Sonntag, da konnten sie auch nichts besorgen.

Er ging zum Telefon und wählte Haies Nummer. Vielleicht brachte der Freund etwas mit? Leider meldete sich nur die Mailbox. Mist. Wo steckte der bloß?

Kurzentschlossen wählte er Thamsens Nummer, dort meldete sich zumindest Ansgar Rolfs. »Dirk ist gerade mit Herrn Ketelsen weg. Wohin sie wollten, haben die beiden nicht gesagt.«

Der Weg der beiden führte sie zunächst zu Lydia Nehlsen, die sich nicht erfreut über ihren Besuch zeigte. »Ich habe gerade meine Lebensgefährtin beerdigt. Wenn Sie nichts Neues zum Mord haben, was wollen Sie dann hier?«

»Wir sind auf der Suche nach dem Mörder, aber dabei brauchen wir Ihre Unterstützung.« Thamsen ließ sich nicht aus der Ruhe bringen. Er war es gewohnt, dass man ihn nicht unbedingt mit offenen Armen empfing. Haie hingegen beäugte die ältere Dame misstrauisch, und Dirk konnte förmlich hören, wie er bereits spekulierte, ob die Nehlsen nicht etwas mit den Morden zu tun hatte. Unweigerlich musste er grinsen.

»Was ist so lustig?«, fragte Frau Nehlsen daraufhin prompt.

»Nichts, entschuldigen Sie bitte.« Er räusperte sich. »Dürfen wir kurz reinkommen?«

Sie trat zur Seite, und Dirk ging zielstrebig ins Wohnzimmer. Er suchte nach weiteren Veränderungen, aber da war nichts. »Wir haben da einen nicht so schönen Hinweis bekommen, müssen dem aber nachgehen.«

Die Lider der alten Frau verengten sich, während sie Platz im Sessel nahm.

»Wie lange waren Sie mit Rita Hansen zusammen?«

»Über 40 Jahre, das habe ich Ihnen doch bereits gesagt. Merken Sie sich gar nichts?«

»Wissen Sie etwas über die Beziehungen, die Rita Hansen vor Ihrer Freundschaft hatte?«

»Wenig, darüber spricht man mit dem Partner nicht unbedingt. Oder tun Sie das?« Sie blitzte ihn herausfordernd an.

Haie musterte die Frau und fragte sich, warum sie derart bissig war. Interessierte sie sich nicht dafür, wer ihre Freundin umgebracht hatte? Wollte sie nicht, dass man den Mörder fand? War sie es am Ende gar doch selbst gewesen? Seine Augen weiteten sich bei jedem weiteren Gedanken. »Ich dachte …«

»Dass es bei Lesben anders ist?«, provozierte sie ihn weiter.

»Nein«, beeilte Thamsen sich die Wogen zumindest ansatzweise zu glätten, »aber es hätte sein können, dass sie irgendwann mal darüber gesprochen haben.«

»Nicht wirklich, aber worum genau geht es denn?«

»Rita Hansen soll ein Verhältnis mit einem Schüler gehabt haben«, preschte Haie vor.

Verärgert blickte Thamsen zum Freund und fragte sich, warum er ihn mitgenommen hatte. Er kannte Haie doch, er konnte sich schlecht zurücknehmen und ging bei Befragungen nicht gerade taktisch vor. Aber immerhin war er es, der diese Spur aufgedeckt hatte.

Die Angesprochene blieb relativ ruhig. Sie verzog die

Lippen sogar zu einem verächtlichen Grinsen. »Das kann ich mir nicht vorstellen.«

»Wieso nicht, wann hatte Frau Hansen denn festgestellt, dass sie homosexuell war?«

Darüber, nahm Thamsen an, sprach man als lesbisches Paar sehr wohl.

»Schon relativ früh, so mit 15. Natürlich hat sie es sich selbst zunächst nicht eingestehen wollen. Und mit jemandem darüber reden – na, die Zeiten waren damals anders als heute, Sie können sich vorstellen, dass das geheim blieb.«

»Und sie hat es nie mit Männern versucht?«

»Schon, wohl ein- oder zweimal, aber da war sie 17. Danach hat sie ihre Sexualität nicht offen ausgelebt. Das ging damals auch nicht.«

Thamsen nickte.

»Gab es vielleicht trotzdem mal in der Schule Ärger deswegen? Ich meine, selbst wenn es nur ein Gerücht war. Man kennt das, dass Schüler sich alles Mögliche ausdenken, um dem Lehrer zu schaden.«

»Nicht dass ich wüsste. Sie?«

Thamsen fielen keine Gerüchte in diese Richtung ein. Er schüttelte den Kopf.

»Und gibt es andere Lebensgefährtinnen? Ich meine, mit wem war sie vorher zusammen?«

»Das weiß ich wie gesagt nicht. Rita war, was das anging, sehr zurückhaltend.«

»Vielleicht gerade, weil es Gerüchte gab?«

»Mir hat sie davon jedenfalls nichts erzählt.«

32. KAPITEL

Tom betrat am nächsten Morgen sauertöpfisch die Küche, als Haie den Tisch deckte.

»Oh, so früh auf?«, wunderte der Freund sich über sein Erscheinen zu dieser Tageszeit. »Hast du was vor?«

»Nee, hatte Hunger, gestern war das Abendessen nicht so üppig.«

»Ihr hättet euch eine Pizza aufbacken können.«

»Ach so?«

»Tu man nicht so, als wenn du hier hättest verhungern müssen, nur weil ich unterwegs war.«

»Wo warst du denn?« Tom ließ sich auf den Stuhl plumpsen und griff nach einem der Brötchen, die Haie bereits bei der »Bäckerpost« besorgt hatte. »Man konnte dich nicht einmal erreichen. Ich habe mir Sorgen gemacht.«

»Entschuldige, aber ich war mit Dirk unterwegs.«

»Das hat Ansgar gesagt, aber der wusste auch nicht, wo ihr zwei drauflos wolltet.«

»Wir haben da einen neuen Hinweis bekommen.«

»Welchen?« Tom angelte über den Tisch nach der Marmelade. Haie setzte sich zu ihm und reichte ihm das Glas, während er begann von dem Gerücht um die Hansen zu erzählen.

Tom pfiff durch die Zähne, als Haie zu Ende berichtet hatte. »Das ist natürlich brisant.«

»Aber so recht etwas davon weiß keiner. Die Lebensgefährtin jedenfalls nicht.«

»Oder sie wollte sich nicht erinnern.«

»Wie meinst du das?«

»Na vielleicht aus Angst?«

Thamsen kam am Montagmorgen reichlich zerknittert ins Büro. Der Fall hatte ihn das ganze Wochenende beschäftigt – auch am Sonntag. Da war er jeden einzelnen seiner Mitschüler gedanklich noch einmal durchgegangen. Natürlich war es möglich, dass Rita Hansen eine Beziehung mit einem oder einer Schülerin aus einem anderen Jahrgang gehabt hatte. Aber dass der Mord ausgerechnet auf seiner Abi-Feier geschehen war, sprach für ihn dagegen. Wenn die Deutschlehrerin eine Liebesbeziehung in der Schule gehabt hatte, dann musste es eine Verbindung zu der Feier und vor allem auch zu dem Mord an Malte Löhns geben. Da war Thamsen sich sicher.

Doch so sehr und lange er auch darüber nachgedacht hatte, er war zu keinem Ergebnis gekommen. Es war das Beste, wenn er die Mitschüler persönlich befragte, und zuallererst wollte er mit Heiko Nissen reden.

Der machte entsprechend große Augen, als Thamsen vor seiner Haustür stand. »Du schon wieder?«

»Immer noch krank?«, antwortete Dirk mit einer Gegenfrage. Er fand es seltsam, dass Heiko Nissen auch heute zu Hause anzutreffen war.

»Ja, die Grippe ist am Wochenende richtig ausgebrochen. Besser, du kommst mir nicht zu nah.«

»Kein Problem, durch meine Kinder bin ich abgehärtet«, entgegnete Thamsen und zwängte sich förmlich an dem Mitschüler vorbei in dessen Wohnung. Dort sah es schlimmer aus als bei seinem letzten Besuch. Heiko Nissen schien langsam, aber sicher zu verwahrlosen.

»Wir haben neue Hinweise in dem Mordfall bekommen.«

»Ach ja?« Heiko ließ sich wie bei seinem letzten Besuch stöhnend auf das Sofa fallen.

»Wie standest du eigentlich zu der Hansen?«

»Hä?«

»Na, wie fandest du sie?«

»Bis ich erfahren habe, dass sie lesbisch ist, eigentlich ganz nett.«

»Wieso, war sie nicht mehr nett, nur weil sie homosexuell war?«

»Nee, ich kann mit solchen Leuten nicht. Das ist doch abnormal.«

Dirk runzelte die Stirn.

Hatte der Mord doch einen homophoben Hintergrund?

»Hast du denn mal mitbekommen, dass die Hansen in der Schule was am Laufen hatte?«

»Wie, am Laufen?«

»Eine Beziehung.«

»Zu einer Schülerin?«

»Oder einem Schüler.«

Auf Heiko Nissens Stirn bildeten sich Falten. Dirk wartete auf eine Reaktion und musterte den ehemaligen Klassenkameraden. Der sah wirklich heruntergekommen aus, musste er feststellen, und das nicht nur aufgrund der erwähnten Grippe.

»Woher wusstest du überhaupt, dass die Hansen lesbisch war?«

»Habe ich gehört.«

»Von wem?«

»Weiß nicht mehr so genau. Und an irgendwelche Gerüchte kann ich mich auch nicht erinnern.«

»Wirklich nicht?«

»Nee.«

Auch die anderen Befragungen – zumindest die, die Thamsen an diesem Tag führen konnte – blieben so gut wie ergebnislos. Nur Anja Struck gab an, den Verdacht gehabt zu haben, die Hansen könnte eine Affäre haben.

»Die war, was das angeht, immer sehr verschlossen«, bemerkte die ehemalige Klassensprecherin am Telefon. »Aber ich erinnere mich, dass ich einmal in den Klassenraum zurück bin, weil ich etwas vergessen hatte. Ich glaube, es war mein Turnbeutel, aber da bin ich mir nicht sicher, weil …«

»Anja, was war mit der Hansen?«

»Ach so, ja.« Sie lachte auf. »Da muss ich sie überrascht haben, denn sie saß noch am Lehrerpult und faltete schnell einen Zettel zusammen, als ich hereinkam. Aber ich habe gesehen, dass da ein Herz draufgemalt war. Auf die Rückseite, ein großes rotes.«

Trotz dieses Hinweises kam Thamsen bei den Ermittlungen nicht weiter. Kaum jemand konnte sich erinnern; die Schulzeit lag weit hinter ihnen, und bei einigen, so glaubte Dirk, kam der Verdacht auf, er wolle das Ansehen der Hansen durch den Dreck ziehen. Eine Affäre mit einem oder einer Schutzbefohlenen, das war auch heute noch brisant und nicht gerade salonfähig.

Er holte sich eine Tasse Kaffee aus der Küche und ging seine Mails durch. Doch außer einer Nachricht von Torsten Brinkers Anwalt, der Verdächtige sei doch zu einer Speichelprobe bereit, gab es keine Neuigkeiten.

Er bat in Hamburg um Amtshilfe, damit die Kollegen dort einen Termin mit Torsten Brinker machten, um die Speichelprobe zu nehmen. Er setzte wenig Hoffnung in die Ergebnisse. Welcher Täter war so doof und stellte sich freiwillig solch einer Untersuchung? Das konnte nur bedeuten, dass Brinker tatsächlich nichts mit dem Mord an Malte Löhns zu tun hatte. Aber vielleicht der neue Lebensgefährte?, grübelte Thamsen. Schließlich stand der wie ein Betrogener dar, was Torsten Brinker mit seiner Aussage, Malte immer noch geliebt zu haben, unterstrichen hatte. Wieso blieb Ulf Postel überhaupt bei seinem Freund? Vielleicht, weil er so viel auf sich genommen hatte, um mit ihm zusammen zu sein? War das ein Motiv für den Mord – Eifersucht?

Zumindest passte es auch zu dem Mord an Rita Hansen, die vielleicht ein Wiedersehen mit der damaligen Affäre geplant hatte. Aber wer sollte das sein? Etwa Malte?

Vielleicht hatte Lydia Nehlsen Rita umgebracht, wobei Dirk sich fragte, ob die alte Frau körperlich dazu in der Lage war.

Er ging hinüber zu Rolfs, der irgendwelche Finanzdaten checkte.

»Sag mal, wenn du hier fertig bist, könntest du die Nehlsen ein wenig im Auge behalten?«

Ansgar wandte stirnrunzelnd den Blick von seinem Bildschirm. »Wie meinst du das?«

»Seit diesem Hinweis, die Hansen könne etwas mit einer Schülerin oder einem Schüler gehabt haben, wächst in mir der Verdacht, die Lebensgefährtin könnte etwas mit dem Mord zu tun haben.«

»Meinst du?«

»Bei meinem letzten Besuch war sie nicht gerade freundlich«, bemerkte Thamsen.

»Immerhin trauert sie um ihre Partnerin.«

»Aber wie will sie zur Ruhe kommen, wenn sie nicht weiß, wer Rita Hansen umgebracht hat? Da muss doch Interesse bestehen.«

Ansgar zuckte mit den Schultern. »Lebendig wird Rita Hansen davon nicht.«

»Und dann hat die echt schnell die Sachen weggetan. Frau Hansens Bücher sind alle verschwunden.«

»Jeder hat eine andere Art der Trauerbewältigung.«

»Ganz gewiss, dennoch denke ich, es wäre gut, sie im Auge zu behalten.«

»Okay, ich mache das hier fertig und lege mich auf die Lauer. Was hast du vor?«

33. KAPITEL

Thamsen fuhr über den alten Außendeich nach Fahretoft. Vorher machte er einen Abstecher nach Risum und brachte dem Freund sein Fahrrad vorbei, das der am Samstagabend an der Dienststelle hatte stehen lassen, als Thamsen ihm angeboten hatte, ihn nach Hause zu fahren. Dirk hatte ganz schön wuchten müssen, um es in den Kofferraum zu bekommen, aber er hatte Haie an dem Abend so spät nicht mit dem Fahrrad nach Hause schicken wollen.

Bei den Freunden herrschte dicke Luft, das spürte er sofort, als er die Küche betrat.

Tom saß hinter der Zeitung verschanzt am Tisch, während Haie dem dudelnden Radio scheinbar aufmerksam lauschte.

»Moin«, grüßte Dirk die beiden, »ich habe das Fahrrad dabei, wo soll es hin?«

»In den Schuppen«, antwortete Haie.

»Tom, kannst du mir kurz helfen? Das E-Bike ist so schwer, ich will keine Schrammen rein machen.«

Tom stand auf und folgte Dirk nach draußen. Während sie das Gefährt aus dem Kombi hoben, zischte er Dirk zu, er fände es unverantwortlich, dass er Haie in den Fall derart involviere. »Du weißt, er wird nicht jünger. Das ist auch körperlich viel zu anstrengend für ihn.«

»Und du weißt, dass man ihn nicht stoppen kann. Und ehrlich gesagt wirkt er auf mich wieder richtig fit seit seinem Unfall.«

»Das sieht nur so aus. Er will dich beeindrucken, deshalb stöhnt er nicht.«

»Als wenn ich das nötig hätte.« Haie war hinter Tom getreten und hatte die letzten Gesprächsfetzen aufgeschnappt.

»Und gut hören kann er auch noch«, grinste Dirk.

»Mann, Tom, du bist schlimmer als eine Ehefrau, fühlst dich bloß vernachlässigt.«

»Das stimmt doch gar nicht, aber zu viel Detektivspielen bekommt dir nicht.«

»Dann hilf uns, vielleicht finden wir den Mörder schneller.«

Ansgar stoppte den Wagen vor dem Haus der Hansen und stellte den Motor ab. Er betrachtete das Backsteinhaus, das in der Sonne friedlich dalag. Und fragte sich, was er eigentlich hier machte.

Jeder Mensch hatte seine eigene Art der Trauerbewältigung, war Lydia Nehlsen deshalb verdächtig?

Hatte sie einen Grund gehabt, Rita Hansen umzubringen? Er war die Finanzdaten der Toten durchgegangen. Sie war weder arm noch reich gewesen, lag im Mittelmaß, daher konnte er sich Geldgier nicht als Motiv vorstellen. Eine Lebensversicherung jedenfalls hatte Rita Hansen nicht gehabt, soweit Ansgar das hatte eruieren können.

Was für einen Grund sollte Lydia Nehlsen, die gerade in diesem Moment gestützt auf einen Gehstock das Haus verließ, gehabt haben, ihre Lebensgefährtin zu ermorden?

Er rutschte in seinem Sitz ein wenig tiefer und beobachtete, wie die ältere Dame langsam zum Gehsteig wackelte und sich umschaute. Er duckte sich noch tiefer und sah dabei ein Taxi näher kommen.

Interessant, wo die wohl hinwill?, überlegte er und beobachtete, wie sie in das Auto stieg. Er zündete den Motor und folgte dem Wagen in einigem Abstand. In Niebüll war es gar nicht so leicht, jemandem unbemerkt zu folgen. Dafür war ihm schnell klar, wohin die Fahrt führte.

Der Taxifahrer hielt wenig später vorm Friedhof. Die Frau schien wirklich zu trauern, wenn sie so kurz nach der Beerdigung wieder zum Grab fuhr. War Rita Hansen nicht erst am Freitag beerdigt worden?

Er stieg aus und schaute sich um, dabei fiel ihm der Leichenwagen ins Auge, der die Auffahrt hinauffuhr.

Auch heute gab es eine Beerdigung. Gestorben wird halt immer, dachte er. Als er jedoch die eintreffenden Trauergäste näher betrachtete, fiel es ihm wie Schuppen von den Augen: Das musste die Beerdigung von Malte Löhns sein.

Haie Ketelsen hatte erzählt, dass die Beisetzung auf Wunsch der Schwester hier stattfinden sollte. Aber Rolfs hatte gedacht, in Risum oder Fahretoft. Wieso ließ sie den Bruder in Niebüll beerdigen?

Die Trauergemeinde war klein, und in einigem Abstand gesellte sich die Lebensgefährtin der toten Hansen hinzu. Ansgar folgte der Nehlsen in die kleine Kapelle, in die der Sarg gerollt worden war, und ließ seinen Blick über die Anwesenden schweifen.

Wahrscheinlich hatte Heike Brodersen Zeit und Ort relativ geheim gehalten, weil sie kein großes Aufsehen wollte. Oder aber der Schwager, der nicht gut auf Malte zu sprechen gewesen war. Viel Familie hatten sie eh nicht, die Eltern tot und Heike die einzige Schwester.

Der Rede war kurz und knapp, es gab nicht viel über Malte zu sagen, außer dass sein Tod zu früh, zu unerwartet gekommen war.

Es wurde Musik mittels einer Anlage gespielt, dann erhob man sich für den Gang zum Grab.

Ansgar stellte sich etwas abseits und nickte der Schwester kurz zu.

Lydia Nehlsen, die in der letzten Reihe gesessen hatte, wartete ebenfalls, bis alle die Kapelle verlassen hatten. Anscheinend wollte sie nicht mit ans Grab gehen.

»Kann ich Ihnen behilflich sein?«, fragte er, als er sah, wie sie mühevoll versuchte, sich von der Bank hochzustemmen.

»Das ist nett, junger Mann.«

Er begleitete sie zur Tür.

»Kannten Sie Malte gut?«, erkundigte er sich.

Lydia Nehlsen nickte und bestätigte seinen Verdacht, dass sie eine Beziehung zu dem Opfer gehabt haben musste.

»Woher?«

Thamsen hatte sich schnell aus dem Staub gemacht. Er wollte nicht die verpestete Luft der beiden Freunde einatmen, das sollten sie mal schön unter sich klären.

Er fuhr nach Fahretoft, doch als er zum Haus der Brodersens kam, war dort niemand. Seltsam, dachte er, aber er hatte sein Kommen schließlich nicht angekündigt. Thamsen stieg wieder ins Auto, und nach einem letzten Blick auf das Haus hinterm Deich fuhr er los. Er wusste nicht direkt wohin, war ein wenig ziellos, ließ sich treiben, fand sich nach einer Weile am Bottschlotter See wieder, wo er anhielt, als er einen anderen Wagen sah.

Er stieg aus und atmete tief ein. Welch ein schönes Fleckchen Erde, dachte er, und ließ seinen Blick über die weite Fläche und den See schweifen. In der Ferne konnte er eine Gestalt ausmachen. Wahrscheinlich der Besitzer des anderen Wagens. Er schaute sich um und erkannte ein Wiesbadener Kennzeichen; ein Mietwagen, wie er einem kleinen Aufkleber entnahm.

Er reckte den Hals und erkannte im Näherkommen Wiebke Bahnsen. Es schien, als hätte sie geweint, doch es konnte der schneidende Wind sein, der ihr die Tränen in die Augen trieb, denn auch Dirk hatte ein wenig damit zu kämpfen.

»Was machst du denn hier?«, fragte sie, als sie neben ihn trat.

»Ich habe dein Auto gesehen«, sagte er nicht ganz wahrheitsgemäß.

»Mein Auto?« Sie schaute verwirrt zum Mietwagen.

»So viele Leihwagen gibt es hier um diese Jahreszeit nicht.« Thamsen versuchte zu grinsen.

»Was machen denn die Ermittlungen?«

»Nicht viel. Aber da ich dich gerade treffe – hast du damals etwas davon mitbekommen, dass die Hansen ein Verhältnis an der Schule gehabt haben soll?«

»Nö, wer erzählt denn so etwas?«

»Ich habe da so meine Quellen.«

»Und wer soll das gewesen sein? Malte etwa?«

Über diesen Ansatz hatte Thamsen bereits nachgedacht. Hatte Malte die alte Lehrerin doch umgebracht?

Fakt war, dass er sich nicht selbst umgebracht hatte. An diesem Punkt kamen leider unterschiedlich motivierte Taten ins Spiel, die nicht zusammenpassten. Vielleicht hatte Malte Löhns Rita Hansen umgebracht, weil sie ihn aufgrund ihrer Neigung verschmäht hatte. Vielleicht war sie der Grund, warum Malte sich anschließend zu Männern hingezogen fühlte?

War es in dem Brief nicht um seinen finanziellen Erfolg, sondern um sein privates Glück gegangen? Hatte Malte tatsächlich vorgehabt, sich aufzuhängen, dann aber war Torsten Brinker gekommen und hatte ihm eine Szene gemacht? Oder seine Liebe gestanden. Es war zum Streit gekommen, und dann …

»Ich muss los«, erklärte Dirk hastig. Das Szenario spulte sich wie ein Film in seinem Kopf ab. Wiebke Bahnsen sah ihn fragend an, aber Thamsen war in Gedanken bereits in Hamburg bei einer Festnahme.

34. KAPITEL

Rolfs hatte es sich nicht nehmen lassen, Lydia Nehlsen nach Hause zu fahren.

»Möchten Sie vielleicht einen Kaffee? Als Dankeschön?«, fragte sie, als er vor ihrem Haus anhielt. Zum Glück schien ihr nicht aufgefallen zu sein, dass Ansgar gar nicht nach ihrer Adresse gefragt hatte.

»Wenn es keine Umstände macht«, entgegnete er. Er hatte sich nicht als Polizist ausgewiesen und hatte das nicht vor, trotzdem glaubte er, Lydia Nehlsen ahne etwas.

»Das Geschehen lässt sich sicherlich besser zusammen verdauen«, erklärte sie, während sie ausstieg.

Er half ihr die Treppe ins Hochparterre hinauf und sah ihr anschließend dabei zu, wie sie die Kaffeemaschine füllte und anschaltete.

»Können Sie da oben in den Schrank greifen? Da müssten noch Kekse sein.« Er reckte sich und förderte eine Packung Prinzenrolle zutage. Sieht ganz so aus, als wenn die nicht allzu oft gegessen werden, dachte Ansgar, denn wer versteckt so etwas so weit hinten im Schrank?

Seine Vermutung stellte sich wenig später als richtig heraus, denn die Kekse schmeckten muffig. Trotzdem aß Ansgar einen aus Höflichkeit, nachdem sie im Wohnzimmer Platz genommen hatten.

»Woher kannten Sie denn Malte eigentlich?«, fragte er

nochmals, da er bisher von Lydia Nehlsen keine Antwort darauf bekommen hatte.

»Och, das war ein Schüler meiner ehemaligen Lebensgefährtin.«

»Aha.« Er nahm einen Schluck Kaffee und hoffte, sie würde weitersprechen, was sie auch tat.

»Wissen Sie, sie ist auch verstorben, erst kürzlich.«

»Oh, das tut mir leid. Mein Beileid.«

»Sie ist ermordet worden. Vielleicht haben Sie darüber in der Zeitung gelesen?« Lydia Nehlsen schaute ihn an.

»Etwa dieser Fall in der Gastwirtschaft?«

Sie nickte, musterte ihn weiterhin argwöhnisch. »Bisher weiß man nicht, wer das getan hat. Und bei Malte auch nicht.«

»Haben Sie denn einen Verdacht?«

»Ich?« Jetzt war sich Ansgar beinahe sicher, dass seine Identität aufgeflogen war.

Aber Lydia Nehlsen sprach weiter: »Man will niemanden des Mordes bezichtigen, wenn man sich nicht sicher ist.«

»Aber es bleibt doch unter uns«, versuchte Rolfs, sie zum Weiterreden zu animieren, und lächelte dabei.

»Es ist schon so, dass wir in letzter Zeit bedroht worden sind. Von Justus Klüwer, um genau zu sein.«

Ansgar, der die Luft angehalten hatte, stieß sie seufzend aus. Diesem Hinweis waren sie schon nachgegangen. Und er hatte gedacht, er könne etwas Relevantes aus der Dame herausbekommen. Doch anscheinend hatte sie ihn enttarnt, denn er glaubte, ein Lächeln um ihren Mund ausmachen zu können.

»Darf ich eventuell Ihre Toilette benutzen? Der Kaffee …« Er kniff die Oberschenkel zusammen.

Sie nickte und wies ihm den Weg. Er entleerte seine Blase und wusch sich die Hände, dabei fiel sein Blick nicht nur auf sein Gesicht im Spiegel über dem Waschbecken, sondern er entdeckte auch eine Schachtel in einem Regal hinter sich.

Rolfs drehte sich um. Das war ein starkes Krebsmedikament, er kannte es von seiner Oma. Ob Lydia Nehlsen an Krebs litt? Oder war Rita Hansen schwer krank gewesen? Aber das hätte doch die Obduktion der Leiche ans Licht gebracht, oder?

Thamsen befand sich bereits auf der Autobahn, als Dörte ihn anrief. »Bist du schon wieder unterwegs?«

»Wir haben einen neuen Ansatz.«

»Und wann hast du mal wieder Zeit für uns?«

Dirk rollte mit den Augen. Zum Glück konnte Dörte das nicht sehen. »Wenn der Fall gelöst ist, und es sieht ganz danach aus, dass es bald so weit sein wird.«

»Aha.« Dörtes Antwort klang wenig überzeugt.

»Du, hier ist wahnsinnig viel Verkehr, ich muss mich konzentrieren. Bis später«, verabschiedete er sich. Anschließend rief er Peer Nielsen an. »Du, könntest du mich unterstützen?«

»Wobei?«

Dirk erklärte dem Hamburger Kollegen die Situation.

»Na, das hört sich schlüssig an, aber ohne seinen Anwalt wird der nichts sagen, oder?«

»Wer weiß? Bist du dabei?«

»Klar.«

Wenig später parkte Thamsen in einem Parkhaus in der Nähe des Altonaer Bahnhofes, denn einen Parkplatz in Ottensen um diese Uhrzeit zu ergattern fand Dirk mehr als aussichtslos. So viel hatte er bereits über diesen Stadtteil gelernt. Daher ging er auf Nummer sicher und lief die wenigen Meter zur Wohnung von Torsten Brinker zu Fuß. Ganz anders als sein Hamburger Kollege, der einfach in der zweiten Reihe geparkt hatte.

»Moin«, begrüßte Thamsen ihn und schlug dabei auf dessen Schulter.

»Dann wollen wir mal, hoffentlich ist er zu Hause.« Peer drehte sich zu dem Wohnhaus um und legte den Finger auf den entsprechenden Klingelknopf. Als der Türsummer gleich darauf surrte, schob er die Eingangstür auf.

Ehe sie die richtige Etage erreicht hatten, hörten sie bereits ein Rufen: »Hierher, schnell!« Auf dem Treppenabsatz stand Ulf Postel, der stutzte und zurückwich, als er die beiden um die Ecke biegen sah. »Ich dachte, Sie seien der Notarzt.« Schon hörten sie das Martinshorn, und kurz darauf rannten Sanitäter und ein Mann mit einer schweren Tasche an ihnen vorbei in die Wohnung.

Ulf Postel wuselte um die Männer herum wie ein aufgescheuchtes Huhn. Die Rettungshelfer und der Notarzt ließen sich davon zum Glück nicht aus der Ruhe bringen, stabilisierten Torsten Brinker und legten ihn auf eine Trage.

»Wo bringen Sie ihn hin?«, schrie Postel, als sie den Bewusstlosen abtransportierten.

»AKA«, rief ihm einer der Sanitäter über die Schulter zu. Dann waren sie verschwunden.

»Das ist alles meine Schuld«, rief er verzweifelt, und Thamsen versuchte ihn zu beruhigen.

»Kommen Sie, wir bringen Sie ins Krankenhaus«, bot er an und fühlte sich dem Abschluss des Falls sehr nahe.

Und auch Ansgar Rolfs wähnte sich auf einer heißen Spur.

Lydia Nehlsen konnte er kaum nach dem Medikament fragen, oder doch? Er dachte kurz darüber nach, verwarf die Idee aber schnell. Was, wenn sie etwas mit den Morden zu tun hatte?

Schließlich standen mehrere Möglichkeiten zur Auswahl: Entweder sie war krank und es kam ihr auf einen oder zwei Morde nicht an oder aber sie hatte Sterbehilfe geleistet. Nur Malte Löhns passte nicht in das Bild. Und auch nicht der Tatort, aber vielleicht hatten sie etwas übersehen. Er spürte am ganzen Körper ein Kribbeln und musste sich bei der Verabschiedung sehr zusammenreißen.

Kaum saß er im Auto, versuchte er Thamsen zu erreichen, doch der meldete sich nicht, daher hinterließ er eine Nachricht auf der Mailbox mit der Bitte um dringenden Rückruf. Er fühlte sich der Aufklärung des Falls so nah, dass er beschloss, selbst beim Staatsanwalt eine Aufhebung der ärztlichen Schweigepflicht zu beantragen. Vorher wollte er aber noch mit Dr. Becker in Kiel sprechen.

»Nein, bei der Obduktion gab es keine Hinweise auf ein baldiges natürliches Ableben der Toten. Höchstens ein paar Ablagerungen im Hirn, aber das ist in diesem Alter normal«, entgegnete der Rechtsmediziner auf seine Frage.

»Kein Krebs?«

»Nein, wie kommen Sie darauf?«

»Ach, nur eine Vermutung«, versuchte Rolfs sich aus der Affäre zu ziehen und verabschiedete sich eilig. Die Auskunft trieb ihn an, bedeutete sie doch, dass Lydia Nehlsen wahrscheinlich sterbenskrank war und nichts mehr zu verlieren hatte. Blieb nur die Frage nach dem

Motiv, aber Ansgar konnte sich einige Gründe vorstellen, aus denen die alte Dame zur Mörderin hätte werden können.

»Moin, moin«, grüßte Haie, als er am späten Nachmittag den Spar-Laden an der Dorfstraße betrat. Er musste dringend ein paar Dinge einkaufen, ehe Tom wieder Zirkus machte. Zwar war er erst vor wenigen Tagen einkaufen gewesen, hatte aber seinen Einkaufszettel zu Hause liegen lassen und nicht alles besorgt, was er aufgelistet hatte. Sein Gedächtnis war nicht mehr das jüngste, musste er sich eingestehen. Aber diesmal war er besser gewappnet. Er zückte den Zettel aus seiner Hosentasche, nachdem er sich einen Einkaufskorb genommen hatte, und wählte als Erstes etwas Obst und Gemüse aus.

»Jo, ich weiß auch nicht, ob die wieder hierherziehen will. Auf jeden Fall ist die schon recht lange da. Ich dachte, die wohnt jetzt im Ausland und war nur zum Klassentreffen in der Gegend. So eine feine Dame passt auch gar nicht ins Dorf.«

Er erkannte sofort Elkes Stimme und wunderte sich, über wen sie sich wohl mit Helene unterhielt.

»Nee, so ein feines Püppchen«, stimmte die Kaufmannsfrau zu, »die hielt sich schon immer für etwas Besonderes. Allein, wie die sich kleidet.«

Haie schlich näher an das Regal heran, hinter dem die beiden Frauen standen.

»Aber glücklich sieht die nicht aus. Und 'nen Mann scheint die auch nicht zu haben. Bestimmt zu wählerisch. Hier war ihr auch nichts gut genug. Das hat die Eltern echt umgebracht, dass die Wiebke sich nie wieder hat blicken lassen. Was die jetzt hier will?«

Eine Antwort war nicht hörbar, und Haie vermutete, Helene zuckte lediglich mit den Schultern, obwohl Sprachlosigkeit der Kaufmannsfrau eigentlich fremd war. Sie quetschte ihre Kundschaft regelrecht aus, und wenn sie mal keine Informationen hatte, erfand sie einfach welche.

»Hallo, Elke«, begrüßte er seine Exfrau, wobei er sich aus seiner Deckung begab.

»Haie, wie geht's?« Sofort begannen Elkes Wangen zu glühen.

»Ganz gut, aber dass ein Mörder frei rumläuft, macht mich fertig.«

»Ja«, bestätigte Helene, »da fühlt man sich nicht sicher, wenn der Kerl noch nicht gefasst ist.«

»Kerl?« Haie runzelte die Stirn. »Woher wollt ihr wissen, dass es ein Mann ist?«

»Na, eine Frau wird das wohl nicht gewesen sein. Wir vergiften doch eher, oder?« Die Kaufmannsfrau grinste ihn an.

»Oft, aber nicht immer«, korrigierte er fachmännisch. »Erdrosseln mit einem Seidenhalstuch könnte auch die Handschrift einer Frau sein.«

»Seidenhalstuch? Na so etwas hat hier keiner«, behauptete Helene, woraufhin ein kurzes Schweigen entstand.

»Außer piekfeinen Damen, hm?« Haie blickte zwischen Elke und Helene hin und her.

»Aber die machen sich doch nicht selbst die Hände schmutzig«, versuchte die Ladenbesitzerin zurückzurudern. Gerüchte in die Welt setzen war eines, aber jemanden eines Mordes bezichtigen?

»Vielleicht war es doch ein ehemaliger Schüler«, unterstützte Elke Helene.

»Oder eine Schülerin?«

Die Augen der beiden Frauen traten aus ihren Höhlen bei Haies Äußerung. Es war offensichtlich, dass sie alle plötzlich einen Namen im Sinn hatten.

»Habt ihr nicht gerade über Wiebke Bahnsen geredet?«, sprach Haie den Gedanken aus.

»Du musst zugeben, die ist merkwürdig«, entgegnete Elke.

»Weil sie anders ist?« Haie verspürte wieder diesen Groll in sich aufsteigen.

»Weil sie immer noch im Hotel wohnt. Alle anderen von der Abi-Feier sind mittlerweile abgereist. Was macht die noch hier? Familie gibt es, soweit ich weiß, keine mehr.«

»Die schleicht hier überall rum«, wusste auch Helene zu berichten, während sie ein paar Konservendosen im Regal geraderückte.

»Inwiefern?«, wollte Haie wissen. Seltsam war es schon, dass die ehemalige Abiturientin noch in der Gegend war. Aber vielleicht machte sie nur ein wenig Urlaub, und Helene dichtete der Frau gleich wieder sonst etwas an.

»Habe die schon öfters hier vorbeikommen sehen«, berichtete die Ladenbesitzerin.

»Und? An deinem Geschäft kommen doch jeden Tag eine Menge Leute vorbei.«

»Die wohnen hier aber«, gab Elke zu bedenken, die mit Helene einer Meinung zu sein schien.

»Hat denn jemand die Wiebke mal gefragt, was sie hier macht?«

»Nee, wo denkst du hin«, wehrte die Supermarktbetreiberin ab. »Mit so einer woll'n wir nichts zu tun haben.«

Haie runzelte die Stirn. »Was meinst du mit ›so einer‹?«

»Na mit so einer eben«, wich Helene einer Erklärung aus und entschwand zur Kasse, an der ein Kunde stand und zahlen wollte.

Ulf Postel schluchzte laut auf, während sie auf dem Flur im Krankenhaus warteten. »Warum tut er so etwas? Wieso hat er das gemacht?«

Inzwischen hatten Thamsen und Nielsen herausbekommen, dass Torsten Brinker versucht hatte sich umzubringen. Mit Schlaftabletten hatte er sich das Leben nehmen wollen. Zum Glück war sein Partner rechtzeitig nach Hause gekommen, doch die Lage schien ernst, denn schon seit über zwei Stunden kämpften die Ärzte um Torsten Brinkers Leben.

Thamsen hatte kurz versucht Ansgar zu erreichen, nachdem er dessen Nachricht auf der Box abgehört hatte, doch bei seinem Mitarbeiter war dauernd besetzt gewesen.

Nach einer gefühlten Ewigkeit öffnete sich eine Tür und ein Mann in einem weißen Kittel kam ihnen entgegen. Ulf Postel sprang auf.

»Torsten Brinker ist außer Lebensgefahr.«

»Gott sei Dank. Kann ich zu ihm?«

»Momentan schläft er, aber später.«

»Und wann können wir ihn verhören?«

»Verhören?« Der Arzt schaute Thamsen fragend an, der nickte. »Kommen Sie morgen wieder, dann sehen wir weiter.«

35. KAPITEL

Ansgar hörte das Freizeichen, das in seinen Ohren übernatürlich laut klang. Angespannt wartete er, dass sein Anruf entgegengenommen wurde.

Endlich meldete sich Lydia Nehlsen.

»Hallo, ich bin es noch einmal. Ich muss vorhin meinen Schlüssel bei Ihnen verloren haben. Sind Sie noch auf? Kann ich vorbeikommen?«

Die alte Dame zögerte kurz. »Na, bevor Sie die Nacht im Freien verbringen müssen«, stimmte sie schließlich zu.

Rolfs' Herz tat einen Satz. »Ich bin gleich bei Ihnen.«

Nur ein paar Minuten später klingelte er an der Tür von Lydia Nehlsen, die schon im Bett gelegen hatte. Jedenfalls trug sie ein langes Nachthemd, über das sie sich einen Frotteebademantel geworfen hatte.

»Ich habe aber nichts gefunden«, erklärte sie sofort, nachdem sie ihn reingelassen hatte.

»Oh, wirklich nicht?« Er versuchte, seiner Stimme einen möglichst verzweifelten Klang zu verleihen. »Haben Sie auch im Bad nachgeschaut? Vielleicht ist der Schlüssel beim Wasserlassen herausgefallen.«

Sie schüttelte den Kopf und lächelte. »Möglich.« Die Vorstellung, dass er im Sitzen pinkelte, schien sie zu amüsieren.

»Ich schaue mal schnell«, entgegnete er, merkte aber

sofort, dass sie ihm folgte. Warum auch nicht, schließlich suchte er einen Schlüssel und wollte nicht seine Notdurft verrichten.

Er erreichte das Badezimmer nur kurz vor Lydia Nehlsen, daher blieb ihm wenig Zeit, sich nach dem umzuschauen, was er eigentlich suchte.

Er hatte sich bei den Kollegen der Spurensicherung nach der Marke des gefundenen Lippenstifts erkundigt. »Colourful«. Wenn Lydia Nehlsen die Mörderin war – wovon er so gut wie ausging –, dann hatte ihr vielleicht auch der Lippenstift gehört. Und so wie er die Frauen kannte – schließlich war er mit drei Schwestern aufgewachsen –, blieben sie, was Schminkutensilien anging, oft bei ein und demselben Hersteller. Erst recht, wenn sie älter wurden. Da machte man ganz sicher keine Experimente mehr.

Doch auf den Regalen und auch auf der Ablage unter dem Spiegel konnte er keinen Lippenstift entdecken.

»Und, fündig geworden?« Lydia Nehlsen hatte das Bad erreicht.

»Nee, hier ist nichts«, sagte er wahrheitsgemäß.

»Haben Sie auch überall geschaut? Vielleicht ist er hinter oder unter etwas gefallen?«

Ansgar drehte sich um die eigene Achse, bückte sich dann, um hinter einen beinahe monströsen Ständer für Klobürste und Toilettenpapier zu blicken.

»Leider auch nicht«, seufzte er und richtete sich auf, als ein Schmerz seinen Kopf durchfuhr und ihm plötzlich schwarz vor Augen wurde.

»Bleib doch über Nacht bei mir, oder willst du dir diese Fahrerei antun?«

Thamsen fand Peers Angebot sehr verlockend, musste

aber sofort an Dörtes Reaktion denken, wenn er sie jetzt anrief und seine Übernachtung in Hamburg ankündigte. Obwohl, egal was er tun würde, sie wäre so oder so sauer auf ihn. »Das ist nett, aber ich habe gar nichts dabei.«

»Ich leihe dir was, kein Problem.«

Irgendwie schien Peer froh über die Aussicht auf Gesellschaft zu sein. »Außerdem bist du nah dran, den Fall zu lösen, oder? Der Suizidversuch erscheint geradezu wie ein Geständnis«, erklärte Nielsen, als sie zu dessen Wohnung in Altona fuhren.

»Schon, aber ich verstehe trotzdem nicht, warum Rita Hansen sterben musste. Das müssen unterschiedliche Fälle sein, oder was soll es für eine Verbindung gegeben haben?« Ehe Nielsen auf Thamsens Frage antworten konnte, klingelte dessen Handy. Es war Dörte.

»Wann kommst du?«

»Oh, ja also …«, stammelte er. »Ich bleibe heute Nacht in Hamburg.«

»Waaaas?«, schallte es donnernd aus dem Telefon.

»Schatz, es ist so …«, versuchte er, die Situation zu erklären, und hoffte, sie würde es verstehen. Gleichzeitig drängte sich ihm die Frage auf, ob er genügend Verständnis für sie hatte. Die Kinder waren schließlich verdammt anstrengend. »Du, es sieht so aus, als wenn der Fall sich morgen klärt, und ich verspreche dir, danach nehme ich ein paar Tage frei und wir fahren weg. Okay?«

Ein Schweigen war die Antwort. Dörte überlegte, ob sie ihm trauen konnte. Peer warf Thamsen einen fragenden Blick zu, als Dörte schließlich einwilligte.

»Mann, das ist nicht einfach in unserem Job, oder?«

»Normalerweise haben wir in Niebüll keine so aufreibenden Fälle, und dann mache ich auch zeitig Feierabend.«

»Du? Zeitig?«

Peer war bekannt, dass Thamsen Dienststellenleiter war. Er selbst war Leiter eines Teams und wusste: Als Chef hatte man eigentlich nie Feierabend.

»Ich versuche es zumindest«, räumte Dirk ein.

»Tu das. Sonst setzt du deine Familie aufs Spiel.«

Thamsen schaute Peer an. Der war Single, wünschte sich aber zumindest hin und wieder eine feste Partnerschaft. Er wirkte in dem Moment wie ein einsamer Wolf, vielleicht hatte er ihm daher die Übernachtung angeboten?

Nielsen parkte den Wagen auf einem kleinen Platz am Ring 2.

»Noch ein Feierabendbier?«, fragte er und wies auf eine Eckkneipe.

Sie betraten den verrauchten schummrigen Gastraum. Einraumkneipe. Thamsen war schon lange nicht mehr aus gewesen, und, wenn er ehrlich war, auch als Single war er nur selten durch Kneipen, Diskos oder Bars gezogen. In Niebüll und Umgebung waren die Möglichkeiten eher begrenzt, doch hier gefiel es ihm irgendwie – die Atmosphäre, der urige Wirt und die Gestalten am Tresen, die Stammgäste zu sein schienen.

Peer wurde mit einem lauten »Moin« begrüßt.

Sie setzten sich an einen Tisch und der Wirt brachte gleich zwei »Astra«-Knollen. »Dann mal Prost.« Sie stießen die Flaschen aneinander und nahmen beide einen großen Schluck.

»Und, was ist bei euch so los?«, wollte Thamsen wissen. »Was macht der Fall mit dem Toten in diesem Club im Kiez?«

»Ach, das war schnell geklärt. Beziehungstat. Täter war

der Freund. Motiv Eifersucht, weil der Tote sich in Darkrooms herumtrieb.«

Thamsen wusste zwar nicht genau, was Darkrooms waren, wollte es, wenn er ehrlich war, in diesem Moment aber auch gar nicht wissen. Das Milieu war eben ein anderes in Hamburg, die Motive erstaunlicherweise aber gleich.

Ansgar nahm verschwommen die Umrisse von Lydia Nehlsen wahr. Sein Kopf dröhnte, und als er versuchte sich aufzurappeln, tanzten glitzernde Sternchen vor seinen Augen. Er stöhnte.

»Das ist mir auch schon mal passiert. Vorsicht, sonst stoßen Sie sich gleich wieder den Kopf am Regal.«

Rolfs hielt in der Bewegung inne und drehte den Kopf. Gleich neben dem Waschbecken an der seitlichen Wand waren zwei Regale angebracht, auf dem oberen standen Kosmetikutensilien – Gesichtscreme, Haarspray, Zahnpasta, Mundspülung, Deo. Das untere Bord war leer.

»Wieso haben Sie überhaupt zwei von den Dingern?«

»Ach, das war für Ritas Schminke und Lippenstifte. Sie hatte da einen Spleen, musste alles von einer bestimmten Marke haben.«

»›Colourful‹?«

Lydia Nehlsen nickte. »Sie können sich gar nicht vorstellen, wie viele Döschen und Stifte sie hatte. Ich benutze so etwas ja nicht, aber Rita hat sich immer gern geschminkt. Von einer Sorte Lippenstift hatte sie ungelogen sechs Stück.«

»Mist«, fluchte er leise und seine Hand wanderte zur schmerzenden Stelle an seinem Hinterkopf, während er sich aufrappelte, darauf bedacht, sich nicht noch einmal den Kopf an der Kante des untersten Regals anzustoßen.

Damit war so gut wie klar, dass das vermeintliche Beweisstück keines war, sondern nur eine leere Lippenstifthülle, die das Opfer selbst weggeworfen hatte. Ein DNA-Abgleich würde das zu 99 Prozent bestätigen, nahm Ansgar an.

Er befühlte die Beule, die sich bereits bildete. Wenigstens blutet es nicht, stellte er fest, als er die Handfläche anschließend betrachtete.

»Ich bin Polizist«, gestand Rolfs nun. »Haben Sie vielleicht eine Kopfschmerztablette?«

»Polizist.« Lydia Nehlsen nickte, als hätte sie geahnt, wer er war, und schritt auf das Regal an der hinteren Wand zu. »Hier müssen irgendwo noch ein paar sein …« Sie kramte zwischen mehreren Packungen herum, und Ansgar, der sich mittlerweile vollends aufgerichtet hatte, blickte ihr über die Schulter.

Letzter Versuch, dachte er. »Oh, sind Sie krank?«

Sie warf ihm einen fragenden Blick über die Schulter zu, folgte dann seinem Fingerzeig auf die Packung mit dem Krebsmedikament.

»Ach so, nee, das ist … ich weiß auch nicht, wie das hierherkommt. Muss von Rita sein«, murmelte sie und schob die Packung zur Seite. »Sie hat für einen ihrer Neffen mal eine ganze Reihe von Arzneitexten übersetzt. Der arbeitet im Reimportgeschäft.« Sie griff nach einer Packung Aspirin. »Hier.«

Erst jetzt sah Ansgar, dass die Schrift auf der Medikamentenpackung in Spanisch war.

36. KAPITEL

Haie war am nächsten Morgen früh auf den Beinen. Er hatte Frühstück gemacht und ungeduldig gewartet, bis Niklas zur Schule aufgebrochen war. Gleich darauf hatte er sich sein E-Bike geschnappt und war hinaus in den Koog gefahren. Zu Elli und Jakob Lorenzen.

Er kannte die beiden recht gut, hatte mit Elli früher zusammengearbeitet.

Das Wetter war recht ungemütlich und der Wind pustete wie so oft oder, besser gesagt, fast immer von vorn. Mit dem E-Bike war das für Haie jedoch kein Problem. Mühelos radelte er in den Herrenkoog hinaus und hatte schon bald sein Ziel erreicht. Das Haus der Lorenzens lag friedlich da. In der Küche brannte Licht. Während er sein Rad zum Eingang schob, überlegte Haie, wie er seinen Besuch erklären sollte, aber da schlug der Hund schon an, und kurz darauf wurde die Haustür aufgerissen.

»Haie, du? Komm in!«

Als hätte sie ihn erwartet, führte Elli Lorenzen ihn durch den Flur in die Küche. »Willste einen Kaffee?«

»Gern.« Er setzte sich zu Jakob auf die Eckbank. »Mann, we häm uns aver lang nich seen.«

Jakob Lorenzen schien alt geworden. Haie hatte ihn lang nicht mehr gesehen. Er sah gebrechlich aus, wahrscheinlich der Grund, warum er sich im Dorf nicht mehr blicken ließ.

»Jo, das habe ich auch gedacht, und da kam es mi recht, weil ick een Frog heff.«

»Een Frog?« Elli Lorenzen reichte ihm die Kaffeetasse.

»Jo«, nickte Haie. »Ihr habt lange Jahre neben den Bahnsens gewohnt.«

»Und?«

»Na, wisst ihr, warum die Wiebke auf und davon ist und sich nie wieder hat blicken lassen?«

»Dat weer en seltsame Sok, damals«, antwortete Jakob. »Aber so wirklich hintergestiegen sind wi da ok nich. Is all lang her.«

Haie entfuhr unweigerlich ein Seufzer.

»Aber es ist doch seltsam, dass sie ihre Eltern nie wieder besucht hat, oder? Und nun, wo sie tot sind, ist sie wieder hier.«

»Vielleicht bereut sie es, den Kontakt abgebrochen zu haben. Ich habe sie jedenfalls vor ein paar Tagen drüben auf dem Hof gesehen.«

»Echt?« Haie beugte sich ein Stück vor. Aus dem Küchenfenster der Lorenzens konnte man die Straße und den gegenüberliegenden Hofplatz sehen. Seit dem Tod der beiden Bahnsens stand das Gebäude zum Verkauf, aber bisher hatte sich noch kein Interessent gefunden.

»Und was hat sie da gemacht?«

Elli zuckte mit den Schultern. »Ist da ein bisschen hoch und runter und drum herum gelaufen. Ich würde sagen, Vergangenheitsbewältigung hat die betrieben. Ist wohl zur Vernunft gekommen, leider ein bisschen spät.«

»Was heißt denn ›zur Vernunft gekommen‹?«, wollte Haie wissen.

»Na bevor die Wiebke abgehauen ist, hat es oft Streit gegeben. Und ich glaube, eskaliert ist das Ganze, als sich damals die Lehrerin eingemischt hat. Jedenfalls hat Bahnsen die damals regelrecht vom Hof gejagt.«

»Aber wieso hat die Lehrerin sich eingemischt? Wurde Wiebke zu Hause geschlagen?«

»Geschlagen, nee«, entgegnete Jakob Lorenzen und schlürfte lautstark von seinem Kaffee, während Haie durch das Fenster erneut zum Hof der Bahnsens hinüberschaute. Man hatte hier wirklich alles gut im Blick, zumindest den Hof und die Vorderseite des Gebäudes. Wenn das Fenster geöffnet oder die Lorenzens im Garten gewesen waren, hatten sie wohl auch mitbekommen, was bei ihren Nachbarn geredet wurde. Zumindest, wenn gestritten wurde. Die Frage war nur: Worüber?

»Weshalb denn sonst?«, hakte er daher noch einmal nach.

»Na, die Wiebke war damals nicht einfach.«

»Wir haben alle unsere Spleens«, versuchte Haie, Ellis Aussage zu relativieren.

»Spleens?« Jakob Lorenzen wurde laut. »Wenn es nur das wäre. Ein Spleen.« Er schüttelte den Kopf.

»Wieso, was ist denn mit Wiebke?«

»Frauen, die liebt Frauen.«

Thamsen wurde früh wach, denn irgendein fremdes Geräusch hatte ihn aufgeweckt. Er blickte sich um und entdeckte hinter der Scheibe eines Terrariums einen Leguan, der beharrlich an dem Glas kratzte.

»Mensch, Fritzchen, was soll der Terror?« Auch Peer war wach geworden.

»Vielleicht hat er Hunger?«, mutmaßte Dirk.

»Er hat immer Hunger.« Stöhnend erhob Nielsen sich und blieb einen Moment auf der Bettkante sitzen. »Kaffee?«

»Unbedingt.«

Er hörte Peer mit nackten Füßen in die Küche tapsen, das Kratzen an der Glasscheibe verstärkte sich zeitgleich.

Kurz darauf kam Nielsen mit einem Apfel und Salat zurück.

»So, jetzt ist aber Ruhe«, murmelte er, während er das Futter in das Terrarium fallen ließ. Der Leguan machte sich darüber her, als hätte er tagelang nichts zu fressen bekommen.

Thamsen stand auf und folgte Nielsen in die Küche.

»Hier«, Peer reichte ihm einen Becher. Die schwarze, heiße Flüssigkeit weckte Thamsens Lebensgeister.

»Nett hast du es hier«, bemerkte er, als er sich kaffeetrinkend umblickte.

»Für mich reicht's.« Nielsen öffnete das Fenster und Straßenlärm erfüllte den Raum. »Nur der Verkehr geht mir ganz schön auf die Nerven.«

Thamsen nickte. Das war etwas ganz anderes als zu Hause in Niebüll, dennoch hatte es einen gewissen Reiz, fand er.

Sie benutzten nacheinander das Bad und fuhren dann ins Krankenhaus.

Torsten Brinker wirkte blass, aber vielleicht wurde dieser Eindruck durch die weiße Bettwäsche verstärkt, von der sich das Gesicht des Verdächtigen kaum abhob. Ulf Postel saß bereits neben ihm und hielt seine Hand. Die Atmosphäre war beklemmend, das spürte Dirk sofort, als er den Raum betrat.

»Herr Brinker, haben Sie uns etwas zu sagen?«

Der blasse Kopf bewegte sich hin und her.

»Sie behaupten immer noch, all das hätte nichts mit dem Mord an Malte Löhns zu tun?«

»Doch, aber …«

»Vielleicht holen wir doch besser den Anwalt«, fiel Postel dazwischen.

»Wieso, ich habe nichts getan«, schoss es aus Torsten Brinker heraus. »Nur geliebt«, flüsterte er, »geliebt habe ich Malte. Und er mich auch. Er wollte wieder mit mir zusammen sein, alles sollte werden wie früher.« Er drehte das Gesicht zur Seite. »Und was bleibt mir nun von ihm? Nur das Geld, das uns letztendlich auseinandergebracht hat, als er es verdiente.«

Thamsen blickte zu Peer, da er Maltes Exfreund glaubte. Außerdem war es eine schlüssige Antwort auf die Frage, warum Malte sein Testament nicht geändert, warum er gezögert hatte.

Nielsen aber verfolgte einen anderen Ansatz. »Und Sie haben das gewusst. Waren eifersüchtig, konnten nicht ertragen, dass Torsten zu Malte zurückwollte, und haben daher kurzen Prozess mit ihm gemacht«, sagte er zu Postel.

»Ich?« Die Farbe wich ebenfalls aus dem Gesicht des Angesprochenen. »Nein, ich habe damit nichts zu tun.«

»Wo waren Sie denn am vorletzten Samstag?«, mischte sich Dirk wieder ein.

»Ich habe ein Alibi. Bei meiner Schwester war ich. Ich gebe Ihnen die Nummer, Sie können sie fragen.«

Mit zitternden Fingern schrieb er die Telefonnummer und den Namen in Dirks Merkbuch.

»Gut, wir überprüfen das.«

Dirk und Peer verließen das Zimmer.

»Ich glaube den beiden. Weiß nicht, warum …«, sinnierte Peer, während Thamsen im Flur die notierte Nummer in sein Handy eintippte. »Hast du weitere Verdächtige?«

»Nicht wirklich, nur so einen homophoben Spinner. Aber der ist eher harmlos, wenn du mich fragst, denn …« Er unterbrach sich, da sein Anruf entgegengenommen wurde. »Hier Kommissar Thamsen, Frau Riedel?«

»Ja?«

»Ihr Bruder, Ulf Postel, hat Sie als Zeugin für seine Anwesenheit genannt.«

»Zeugin? Anwesenheit?«

»Als Alibi«, klärte er sie auf und fragte sie nach der relevanten Zeitspanne.

»Ja, nein, wir waren essen und danach im Kino. Wieso, was ist denn passiert?«

»Nicht so wichtig«, entgegnete Thamsen, bedankte sich für die Aussage und verabschiedete sich.

»Ulf Postel sagt die Wahrheit«, bemerkte Dirk, nachdem er das Handy eingesteckt hatte. »Und Torsten Brinker, glaube ich, auch. Am besten, ich mache mich auf den Weg nach Hause und suche dort nach dem Mörder.«

Nielsen nickte.

37. KAPITEL

Haie radelte nach dem Kaffee bei den Lorenzens mit deren Informationen im Gepäck nach Niebüll. Unterwegs musste er mehrmals anhalten, um zu pinkeln, aber schließlich erreichte er die Dienststelle.

Ansgar Rolfs saß am Schreibtisch und telefonierte. Als er Haie sah, machte er ihm ein Zeichen und nickte. Kurz darauf legte er auf. »Du willst zu Thamsen? Der ist noch in Hamburg. Was gibt's?«

Haie behielt seine exklusiven Infos stets für Dirk vor, daher winkte er ab. »Ach, wollte nur hören, ob er weiterkommt.«

»Er ist heute Nachmittag wieder hier. Hat vorhin angerufen.«

Haie nickte und verabschiedete sich. Doch statt heimwärts fuhr er weiter Richtung Zentrum, genauer gesagt, zum Hotel.

Hier schien mittlerweile alles wieder seinen normalen Gang zu gehen; um diese Jahreszeit herrschte wenig Betrieb. Auch Elke arbeitete wieder und schob gerade den Putzwagen durchs Foyer, als Haie eintrat.

Sofort blühte sie auf. »Haie!«, rief sie erfreut. Er begrüßte sie.

»Na, alles klar?«, fragte er und konnte dabei förmlich zusehen, wie Elkes Hoffnung sich verfestigte, er sei ihretwegen gekommen. »Sag mal, ist die Wiebke Bahnsen noch da?«

Sofort huschte ein Schatten über Elkes Gesicht, doch sie nickte. »Klar, habe sie vorhin noch im Frühstücksraum sitzen sehen.«

Ansgar war nicht gerade gut gelaunt. Sein Schädel dröhnte immer noch und auf seinem Kopf hatte sich eine Beule spektakulären Ausmaßes gebildet, obwohl er gestern Abend, gleich nachdem er zu Hause angekommen war, ein Kühl-Pad auf die Stelle gelegt hatte. Wahrscheinlich war es da schon zu spät gewesen.

Seine schlechte Laune lag jedoch vor allem daran, dass seine heiße Spur regelrecht verpufft war. Er hatte in Rita Hansens Unterlagen erfolgreich nach dem Namen des Neffen gesucht und dann im Internet herausgefunden, dass der tatsächlich eine Pharmafirma führte.

Somit stimmte wohl Lydia Nehlsens Aussage, dass weder sie noch ihre Partnerin an Krebs erkrankt seien. Die These der Sterbehilfe war damit vom Tisch, ebenso die Annahme, Lydia Nehlsen habe gemordet, da sie eh bald sterben würde.

Zwar war die ältere Dame damit noch nicht völlig aus dem Schneider, aber hatte sie ein Motiv gehabt, Rita Hansen umzubringen? Ansgar Rolfs bezweifelte das. Bei Rita Hansen war finanziell nichts zu holen gewesen – Geldgier schied demnach aus. Und Eifersucht? Er konnte sich nicht vorstellen, dass man in dem Alter noch … Vielleicht sollte er lieber weitere Ansätze für den Mord an Malte Löhns suchen. Der hatte schließlich Geld gehabt und einen Schwager, der nicht gut auf ihn zu sprechen war, und einen Exfreund. Obwohl, soweit er Dirk verstanden hatte, hielt der weder Torsten Brinker noch dessen neuen Lebensgefährten für den Mörder.

Aber der Schwager war es vielleicht. Ansgar versuchte, sich an die Trauerfeier zu erinnern. Doch wirklich etwas aufgefallen war ihm nicht; vermutlich weil er zu dem Zeitpunkt hauptsächlich Lydia Nehlsen im Auge behalten hatte.

Ob er noch einmal zu den Brodersens fahren sollte? Aber was sollte das zum jetzigen Zeitpunkt bringen? Nach wie vor würde Lars Brodersen wohl kaum von sich aus den Mord an Malte gestehen. Außerdem blieb die Frage, warum Lars Brodersen Rita Hansen umgebracht haben sollte. Er seufzte laut, denn der gleiche Aspekt trat auf, wenn man die Teilhaberin von Löhns' Firma als Täterin in Betracht zog. Das war wirklich ein kniffeliger Fall. Rolfs fuhr sich mit der Hand übers Gesicht. Aber irgendeinen Punkt mussten sie übersehen haben. Es konnte gar nicht anders sein.

Er griff nach der Maus neben seiner Tastatur und fuhr über den Bildschirm, um ein paar Dateien zu öffnen. Irgendwo musste der Casus knacksus zu finden sein.

Haie lugte um die Ecke, doch der Frühstücksraum war mittlerweile leer. Seltsam, wo Wiebke wohl hin war? Laut Gästeregistrierung wollte sie erst morgen abreisen, hatte Elke herausgefunden. Vielleicht war sie spazieren gegangen? Aus dem Augenwinkel nahm er unvermittelt eine Bewegung wahr, drehte den Kopf in die entsprechende Richtung und sah durch das Fenster Wiebke Bahnsen über den Vorplatz gehen.

Wo die wohl hinwollte? Haie war sich sicher, es würde besser sein, ihr heimlich zu folgen, als sie direkt zu befragen.

Elli Lorenzen hatte ihm noch erzählt, dass Wiebke sich bereits zu Schulzeiten anders entwickelt hatte als die anderen. Sie selbst hatten einen Sohn in dem Alter und glaubten, das beurteilen zu können. Wiebke war zielstrebig und wenig an Freundschaften, schon gar nicht an Jungs interessiert gewesen. Michael Lorenzen habe ein paarmal bei ihr zu landen versucht, sei aber immer wieder abgeblitzt, hatte Elli schmunzelnd berichtet.

Bei der Zeugnisverleihung hatte es dann einen seltsamen Vorfall gegeben: Als Elli Lorenzen auf die Toilette gegangen sei, habe sie Wiebke mit Tränen in den Augen vorgefunden, und Rita Hansen habe mit verschränkten Armen vor ihr gestanden.

»Rita Hansen?«, hatte Haie erstaunt gefragt. Elli Lorenzen hatte genickt.

Er folgte Wiebke durch die Stadt. Da sie zu Fuß unterwegs war, aber einen forschen Schritt an den Tag legte, hatte er sich fürs Fahrrad entschieden. In einigem Abstand fuhr er hinter ihr her bis zum Friedhof. Wiebke schien völlig in Gedanken, sie bemerkte ihn nicht. Haie ahnte, wohin sie wollte, und richtig, sie steuerte schnell auf den Friedhof zu und blieb vor einer der neuen Grabstellen stehen. Hinter einem Baum suchte Haie Schutz, lehnte sein Fahrrad dagegen und fummelte nach seinem Handy.

Thamsen fuhr gerade in Schafflund ein und verlangsamte den Wagen, da er wusste, dass hier am Ortseingang oft geblitzt wurde. Außerdem hatte er es nicht eilig, denn Ansgar hatte ihn informiert, dass die heiße Spur, die er verfolgt hatte, sich als falsch erwiesen hatte, und auch Dirk kam ohne Ergebnisse im Gepäck zurück.

Torsten Brinkers behandelnder Arzt, den Dirk angerufen hatte, hatte gesagt, dass auch er glaube, Brinkers Selbstmordversuch sei durch starken Liebeskummer motiviert gewesen. »Für einen Mord, selbst im Affekt, ist der Patient meines Erachtens zu instabil. Man weiß zwar nie, aber sein jetziges Verhalten deutet auf Liebeskummer hin. Hätte er den Mann umgebracht, wäre Herr Brinker jetzt wahrscheinlich ebenfalls tot. Das war eher ein Hilferuf, wenn auch ein sehr lauter.«

Ulf Postels Schwester gab dem letzten Verdächtigen in dieser Konstellation ein Alibi; so brachte Dirk nichts aus Hamburg mit, was zur Auflösung des Falls beitrug. Es war wie verhext.

Er passierte das Schafflunder Ortsschild Richtung Norden und gab Gas, als sein Handy klingelte. Er nahm das Telefonat über die Freisprechanlage an. »Thamsen?«

Er wusste sofort, wer dran war, denn Haie pustete wie ein Walross in den Hörer, dann flüsterte er etwas, aber Thamsen konnte nichts verstehen. »Was, wo bist du?«

»Auf dem Friedhof.«

»Was machst du da?«

»Wiebke Bahnsen besucht das Grab von Rita Hansen.«

»Und?« Thamsen fand nichts Ungewöhnliches daran, schließlich war die Frau auch Wiebkes Lehrerin gewesen.

»Sie ist auch lesbisch.«

»Waaaas?« Thamsen wurde heiß und kalt. Wie ein Blitz durchzuckte es ihn und Bilder flammten auf.

Wiebke Bahnsen.

Trug sie nicht exklusive Sachen wie das Hermes-Tuch, das bei Rita Hansen gefunden wurde? Der Hinweis mit Heiko war von ihr gekommen. Warum war sie noch in der Stadt? Und hatte sie früher nicht immer mit Malte zusammengehangen?

»Okay, bleib, wo du bist, ich komme.«

Er legte auf, um sofort Ansgars Nummer zu wählen.

»Ich glaube, wir haben die Täterin«, stammelte er ins Telefon. »Fahr zum Friedhof und such nach Wiebke Bahnsen. Laut Haie ist sie am Grab von Rita Hansen. Ich komme auch gleich.«

Er schaltete das mobile Blaulicht ein und gab Gas.

Schon mehr als einmal hatte Haie sich in Gefahr gebracht, und Wiebke schien nicht ungefährlich. Wenn sie die Mörderin war, dann schreckte sie in ihrer enttäuschten Liebe vor nichts zurück.

Alles wurde ihm klar, und er musste sich zwingen, auf die Straße konzentriert zu bleiben. Wenn bloß Haie sich zurückhält, betete Dirk innerlich.

38. KAPITEL

»Ist schon ein Jammer, dass jemand einfach die alte Dame umgebracht hat.«

Wiebke Bahnsen fuhr bei Haies Worten herum. Natürlich hatte Haie es hinter dem Baum in seinem Versteck nicht ausgehalten. Was sollte diese Frau ihm hier auf dem Friedhof schon tun? Außerdem würde die Polizei gleich da sein. Er vertraute auf Thamsen und sein Team.

Wiebke blitzte ihn böse an. »Was geht Sie das an? Kannten Sie Rita überhaupt?«

»Wahrscheinlich nicht so gut wie Sie. War Ihre Lehrerin, nicht?«

»Auch.«

»Auch? Wieso, was denn noch?« Er trat einen Schritt auf sie zu. In ihren Augen schimmerten Tränen. Wahrscheinlich wie einst bei der Zeugnisverleihung.

»Sie war viel mehr, aber das verstehen Sie nicht.« Wiebke Bahnsen drehte sich wieder dem Grab zu.

»Von der Liebe verstehe ich so einiges«, entgegnete er, doch diesmal drehte sie sich nicht um.

Sie nickte lediglich. »Ich habe sie geliebt, und für einen kurzen Augenblick sie mich auch. Vielleicht habe ich mir das nur eingebildet, aber ich war glücklich. Bis sie anfing, mich zu schneiden, mich wie ein kleines Mädchen zu behandeln.« Wiebke Bahnsen sprach frei, und

Haie hatte das Gefühl, als spräche sie nicht zu ihm, sondern zu Rita Hansen. »Aber ich war nicht klein. Meine Liebe war echt und ich war mir sicher. Ich hätte sogar die Schule vorzeitig abgebrochen, nur um mit dir zusammen zu sein. Aber du, du wolltest nicht. Wolltest mich nicht und meine Liebe erst recht nicht.« Ihre Stimme klang verbittert. »Hast dich abgewandt, und als sei das nicht schlimm genug für mich, dir sogar eine neue Partnerin gesucht.«

»Warum hast du die nicht beseitigt?« Haie war ziemlich sicher, Ritas Mörderin vor sich zu haben, fragte sich aber, warum sie nicht einfach die Konkurrentin ausgeschaltet hatte, weder damals noch jetzt.

Wiebke drehte sich langsam zu ihm um. »Die konnte nichts dafür. Rita war doch die, die mich verletzt hatte. Sie war an allem schuld. Mit Lydia hat sie gespielt. Zumindest damals. Wahrscheinlich bis zum Schluss. Nein, ich musste mich von der Liebe befreien. Bin weggelaufen, nach dem Abi, nie zurückgekommen. Doch die Bilder und vor allem die Liebe blieben. Egal, wo auf der Welt ich war, mit wem ich zusammen war. Die Gefühle blieben. Ich wurde einfach nicht glücklich. Da war mir klar, sie musste weg.«

Die letzten Worte zischte sie hasserfüllt, sodass Haie ein Schauer über den Rücken lief. Er wandte sich suchend um, wo Thamsen nur blieb? Und auch Ansgar hätte doch schon lange da sein müssen.

»Und dann habe ich es getan. Es war mehr oder weniger Zufall, dass es auf der Toilette passierte. Und so schnell. War nicht geplant. Ich hatte nicht darüber nachgedacht, wie und wo ich sie beseitigen sollte. So ausgereift war mein Plan noch nicht. Deswegen habe ich mir freigenommen, um hier vor Ort reiflich zu überlegen. Zumal ich nicht wusste, in welcher Verfassung sie überhaupt war, schließlich war eine halbe Ewigkeit vergangen, seit ich sie das letzte Mal gesehen habe.« Wiebke holte tief Luft.

»Aber als sie da vor dem Waschbecken stand, mich im Spiegel anlächelte und ›Na, Wiebke‹ sagte, habe ich rotgesehen. Ich weiß nicht, wie ich das Tuch um ihren Hals geschlungen und zugezogen habe. Ihr Zappeln, ihren Blick, nichts habe ich mitbekommen, bis sie plötzlich reglos vor mir lag.«

Haie verlagerte sein Gewicht von einem Bein aufs andere. Wiebke stockte. Anscheinend wurde ihr bewusst, dass sie einem Fremden gerade einen Mord gestanden hatte. Sie presste die Lippen aufeinander.

»Und Malte?« Haie wollte alles wissen.

»Ach, der.« Wiebke blickte wieder auf das schlichte Holzkreuz. »Steckte selbst in Beziehungsproblemen. Habe doch die beiden Männer streiten sehen vor dem Hotel. Und dann der Kuss, da war klar, der war auch einer von uns. Ich bot ihm an zu reden, denn nach der Begegnung mit seinem Freund war er aufgeregt, wollte auch nicht zur Feier. Tja, und als ich dann Rita umgebracht hatte, kam mir die Idee, Malte als Täter dastehen zu lassen. Ich hatte schließlich noch die K.-o.-Tropfen, die ich für Rita besorgt hatte. Bin hin und habe an seiner Tür geklopft. Er war zwar überrascht, mich zu sehen, hat sich aber gefreut.« Sie atmete geräuschvoll aus.

»Der Waschlappen, wie jämmerlich der sich gab. Hat mir lauter Fotos von seinem Ex gezeigt und beinahe geheult. Und dann ging alles ganz schnell. Ich habe ihm die Spritze mit den Tropfen in den Körper gerammt. Wie der mich angeschaut hat. Aber die Tropfen wirkten schnell, der war gar nicht mehr in der Lage, sich zu wehren. Praktischerweise trug der so ein Halstuch. Typisch Schwuchtel. Mit dem habe ich dann …«

»Und der Brief?« Haie hatte sich und seine Umwelt ganz vergessen. Er hatte seine Vorsicht über Bord geworfen und trat der Mörderin zweier Menschen ganz unbedarft gegenüber.

Wiebke lachte auf. »Das war doch ein Kinderspiel. Da lag ein Brief, den er an seinen Lover geschrieben hatte. Die Schrift habe ich einfach kopiert, und mir war klar, dass das keiner bei einem Suizid überprüfen würde. Hätte auch geklappt, wenn ich mich mit Selbstmord und Fremdeinwirkungsanzeichen etwas besser auskennen würde. Hätte Medizin studieren sollen statt Anglistik.«

Sie blickte ihn an, und Haie sah es in ihren Augen aufblitzen. Er drehte sich um, doch weit und breit war niemand zu sehen. Weder Dirk noch Ansgar noch sonst ein Passant.

Das schien auch Wiebke zu bemerken. Sie lächelte. »Aber außer dir wird wahrscheinlich niemand erfahren, dass ich die beiden umgebracht habe. Soweit ich weiß, tappt der dumme Dirk im Dunkeln. Er ist kein schlechter Typ, aber besonders helle war er früher schon nicht.«

»Was?«, entfuhr es Haie. Für ihn war der Freund einer der brillantesten Köpfe in der Gegend. Wie viele Fälle er in den letzten Jahren gelöst hatte. Die Niebüller konnten froh sein, ihn zu haben.

»Na, oder glaubst du, er findet raus, wer die Hansen und Malte umgebracht hat?« Sie stemmte ihre Hände in die Hüften. »Ich jedenfalls nicht. Anderenfalls wäre ich nicht hiergeblieben. Aber es braucht ein wenig Zeit, bis man sich von seiner Vergangenheit völlig lösen kann – von der Gegend, dem Ort, dem Haus, wo die eigenen Wurzeln liegen. Ich musste bleiben, um mich zu befreien. Vor allem von den Menschen, die mich verletzt, ja noch mit Füßen getreten haben, als ich bereits am Boden lag.« Ihre Trauer schien wie weggeblasen. Jetzt blitzte Haie pure Bösartigkeit aus ihren Augen entgegen.

Kurz überlegte er, um Hilfe zu rufen und wegzurennen. Doch wohin sollte er laufen? Und sicherlich war Wiebke schneller. Seit seinem Unfall war er nicht der Sportlichste, eigentlich noch nie gewesen, wenn er ehrlich zu sich war. Er versuchte, die sinnlosen Gedanken, die durch seinen Kopf rasten, zu stoppen, anzuhalten, einzufangen und sich zu konzentrieren, aber da war Wiebke schon neben ihn getreten und packte ihn sozusagen am Schlafittchen. Sie zog ihn etwas hoch. »Hm, vielleicht könnte ich dich als möglichen Mörder beider präsentieren«, murmelte sie, während sie ihn eingehend musterte. Haie lief es kalt den Rücken hinunter. In ihren Augen, da war etwas, Haie konnte es nur als Wahnsinn bezeichnen, und er spürte, wie sich an seinem gesamten Körper die Härchen aufstellten. Er begann zu zittern.

»Das kauft dir keiner ab. Ganz gewiss nicht. Ich bin gut mit Dirk befreundet, der weiß, dass ich nichts damit zu tun habe«, brachte er stotternd hervor.

»Was?« Kurz fuhr ein Schatten über ihr Gesicht, dann aber lächelte sie wieder. »Mag sein, aber mir traut er auch keinen Mord zu, denke ich.« Sie zog die Jacke um Haies Hals enger und ihn dabei dichter an sich heran. Da war etwas in ihrem Ausdruck, was Haie zuvor noch nie bei einem Menschen gesehen hatte.

»Diesmal wird dein dummer Freund dir nicht helfen

können.« Sie fummelte aus ihrer Jackentasche ein Halstuch hervor und wollte es Haie um den Nacken legen.

»Wenn du dich da mal nicht irrst, Wiebke.«

Sie hielt in der Bewegung inne. Haie war ihr so nah, er konnte ihre Augenlider flattern sehen und wie das Blut aus ihrem Gesicht schoss. Bleich und mit unstetem Blick schaute sie Haie an, sah ihn aber nicht. Er traute sich nicht auszuatmen, aber er war erleichtert, diese Stimme gehört zu haben. Auf Dirk war Verlass.

Er hörte knirschende Schritte auf dem Kiesweg, dann gelangte Dirk in sein Blickfeld. Haie erschrak. Er hatte den Freund noch nie mit gezogener Waffe und solch einem entschlossenen Blick gesehen.

Wiebke auch nicht, denn ihr Griff lockerte sich und sie trat ein wenig zurück.

»Hm, da habe ich mich wohl geirrt«, flüsterte Wiebke Bahnsen. Man sah ihr an, dass sie tatsächlich nicht mit Dirk gerechnet hatte und nicht wusste, wie sie reagieren sollte. Gedanklich schien sie einige Szenarien durchzuspielen, aber ihr Mordwerkzeug war nicht geeignet. Weder für eine Geiselnahme noch einen raschen Selbstmord. Sie ließ ganz von Haie ab und streckte die Hände in die Höhe.

»Gut«, sagte sie, »du hast gewonnen.«

Haie blieb wie angewurzelt stehen, während Dirk nach seinen Handschellen griff und Wiebke festnahm. Kurz klärte er sie über ihre Rechte auf, währenddessen erschien Ansgar Rolfs endlich.

»Wo warst du denn?«, zischte Thamsen ihn an.

»Jemand ist mir auf dem Weg reingefahren. Es gab einen Unfall«, erklärte er und übernahm Wiebke Bahnsen.

»Alles klar?«, fragte Dirk Haie, der etwas bleich neben dem Grab von Rita Hansen stand.

»Etwas später und ihr hättet mich hier auch besuchen können. Danke«, keuchte der außer Atem.

»Ich habe zu danken«, erwiderte Thamsen und hakte sich bei dem Freund unter.

39. KAPITEL

Es war lange her, dass sie alle zusammen essen waren. Wenn Thamsen es sich genau überlegte, waren sie in dieser Konstellation noch nie in einem Restaurant gewesen.

Tom und Haie, zwischen ihnen Niklas, auf der einen Seite des großen Tisches, Dörte mit Hanno auf dem Schoß und Lotta neben sich auf der anderen Seite. Selbst Timo war aus Kiel gekommen und saß an der Stirnseite, Dirk gegenüber. Nur Anne fehlte, die ihm aber per Skype aus dem Outback zum Abschluss des Falls gratuliert hatte. Und Marlene, aber Dirk wusste, dass sie immer bei ihnen sein würde, in ihren Herzen.

Er hatte alle anlässlich des abgeschlossenen Falls eingeladen, wie früher. Nur waren sie diesmal ins »Frieseneck« nach Sande gefahren, denn in die griechische Taverne, in der sie vor etlichen Jahren oftmals gemeinsam den Abschluss eines Falls gefeiert hatten, konnte keiner von ihnen gehen seit Marlenes Tod.

Freudig saß er am Tisch und beobachtete, wie gut gelaunt und glücklich alle waren. Niklas berichtete stolz, wie er seinem Patenonkel dabei half, eine Einladung für dessen Klassentreffen am Computer zu gestalten, das Haie nun doch mit Toms Hilfe organisieren wollte.

Selbst Lotta und Hanno waren heute gar nicht quengelig, sondern lauschten interessiert, was Niklas erzählte.

Ach, dachte Dirk, wenn es doch nur immer so sein könnte. Aber er wusste, dass es nicht so sein würde. Zum einen würde es in ihren Familien immer wieder mal Streit, Ärger und Missverständnisse geben. Zum anderen herrschte in der Welt geradezu ein Überfluss davon, auch in Niebüll, sodass er immer einen Job haben würde. Eins aber wusste er: Er würde alles dafür geben, seine Familie und seine Freunde in Sicherheit zu wissen, sie zu beschützen, um immer wieder solche Stunden genießen zu können wie jetzt.

»Dirk.« Dörte stieß ihn von der Seite an. Er hatte die Frage, die ihm gestellt worden war, nicht mitbekommen und blickte seine Partnerin etwas ratlos an.

»Was du dazu meinst?«, wiederholte Haie, aber das half Thamsen wenig weiter. Das war ihm heute jedoch egal. Er nahm sein Glas, hob es.

»Was ich meine? Ich meine, dass ihr die besten Menschen seid, mit denen man sein Leben verbringen kann. Und darauf möchte ich mit euch anstoßen.«

Kurz blickten die anderen Dirk verwirrt an, dann aber erhoben alle ihre Gläser, lachten und stießen an. »Auf uns!«

DANKSAGUNG

Als ich 2016 mit den Planungen für ein Abi-Treffen meines Jahrgangs begann, entstand die Idee zu diesem Krimi. Warum Kommissar Thamsen nicht auf ein mörderisches Klassentreffen schicken?, dachte ich mir.

Ich danke daher meinen ehemaligen Mitschülern für den tollen Abend – ohne Zwischenfälle – im Juli 2017. Das war ein schönes Wiedersehen. Vor allem gilt mein Dank auch den Lehrern, die sich zu dieser Feier getraut haben. Das Treffen hat mich inspiriert, wie man sieht.

Mein besonderer Dank geht diesmal vor allem an meinen Mann Kay, der meine »Mordslaunen« oft ertragen muss. Danke für deine Geduld – du bist der W. b. E.!

Weiter möchte ich meinen Dank meinem Verlag aussprechen, der mich nun schon über zwölf Jahre begleitet und es ermöglicht, dass meine Mordsfantasien Leser erreichen. An dieser Stelle geht ein besonderes Dankeschön an meine Lektorin Dominika Sobecki, die meine Schwachstellen zu entdecken weiß und mir hilft sie auszubügeln.

Und auch diesmal gilt mein Dank meinen treuen Lesern, die mich meinen Traum vom Schreiben leben lassen. Herzlichen Dank!

Weitere Krimis finden Sie auf den folgenden Seiten und im Internet:

WWW.GMEINER-SPANNUNG.DE

SANDRA DÜNSCHEDE
Kilometer 151

978-3-8392-2108-2 (Paperback)
978-3-8392-5459-2 (pdf)
978-3-8392-5458-5 (epub)

TÖDLICHER BAUABSCHNITT Harry Neumann wird ermordet auf einer Baustelle zum Ausbau der A 7 in Hamburg-Stellingen aufgefunden. Doch wer hat den Mann ins Jenseits befördert und warum? Der Bauleiter zumindest hatte ein Motiv, denn Neumann ging aktiv gegen die Baumaßnahmen vor. Oder haben die Bewohner des benachbarten Flüchtlingscamps etwas mit dem Mord zu tun? Vielleicht sogar einer der anliegenden Kleingärtner? Kommissar Nielsen und sein Team folgen jedem Hinweis und stoßen bei ihren Ermittlungen oftmals auf Hass und Gegenwind …

SANDRA DÜNSCHEDE
Friesennebel

978-3-8392-2028-3 (Paperback)
978-3-8392-5303-8 (pdf)
978-3-8392-5302-1 (epub)

VERNEBELTE WAHRHEIT Gustav Nissen, Bewohner des Pflegeheims ›Olenglück‹, wird von Nordic-Walkern tot im Legerader Wald in Nordfriesland gefunden. Schnell stellt sich heraus, dass der Mann keines natürlichen Todes gestorben ist. Hatte der Sohn des Toten, der durch die hohen Heimkosten sein Erbe gefährdet sah, seine Finger im Spiel? Oder leistet im Heim jemand illegal Sterbehilfe? Kommissar Thamsen verfolgt mehrere Ansätze, doch erst ein Undercovereinsatz seines Freundes Haie im Pflegeheim scheint den Nebel zu lichten …

GMEINER SPANNUNG

WWW.GMEINER-VERLAG.DE
Wir machen's spannend

LIEBLINGSPLÄTZE AUS DER REGION

ANKE CLAUSEN
Hamburg

978-3-8392-1170-0 (Buch)
978-3-8392-3771-7 (pdf)
978-3-8392-3770-0 (epub)

DAS TOR ZUR WELT In der norddeutschen Metropole Hamburg leben knapp 1,8 Millionen Menschen aus 179 Nationen. Das kosmopolitische Flair der Stadt ist nicht nur am Hafen zu spüren, dem drittgrößten Europas und einem der größten der Welt. Doch Hamburg hat viel mehr zu bieten als seinen Hafen und die berühmte Speicherstadt. Anke Clausens ausgewählte Lieblingsplätze reichen vom kleinen Kioskrestaurant zum Findling am Elbstrand und vom größten Parkfriedhof zu Beachclubs, in denen man unter Palmen kühle Drinks genießen kann – obwohl Hamburg gar nicht am Meer liegt. Die Autorin bietet Tipps für Besucher und Einheimische, auch fernab der üblichen Touristenziele, und stellt ihre 11 liebsten Bars vor.